LAWLESS

序幕

1918年

那头花斑大母猪站在角落里，瞪着男孩。杰克·邦杜兰特掂了掂手中那杆点22枪栓式长枪，八角形的枪管呈深蓝色，枪托上满是被枯枝烂石刮出的伤痕。他把子弹上满膛，朝那头花斑母猪走去，抬手将枪口停在离母猪粉红色的眼睛一英尺的地方，扣紧了扳机。畜栏那边，他的父亲和哥哥正在谷仓下夯实烟叶坑里的湿土。

砰地一声枪响，一注鲜血斜喷而出，母猪巨大的身躯颤抖着，杰克手中的枪掉进了烂泥里。母猪冲了过来，前额上挂着一抹鲜血，露出一片白花花的骨头。杰克在猪圈的横栏之间跳闪着躲开。母猪摇摇摆摆绕着猪圈跑了几步，然后退到了角落里。杰克从猪圈的木栏之间取回长枪，用衬衣袖子擦掉上面的泥巴，吐了口唾沫，活动了一下枪栓，然后又钻进了猪圈。他双膝跪在母猪前，枪管瞄着它的鼻子，随即扣动了扳机。砰地一声，母猪抬起短粗的后腿微微后仰了几下，前额上又多了一片碎骨，暗红色的血液流进了粉红色的眼睛里。旁边一个猪圈里的猪仔们尖声嘶叫着，鼻子在栅栏之间拱来拱去，发出哼哧哼哧的声音，呼扇着两片耳朵。杰克又把子弹上满膛，枪管对着母猪的头部开了一枪。子弹像一只啮齿动物在它头盖骨的皮肤下钻出一条地道，向后撕扯着眼睛上方的肉褶。杰克蹲下身来，看着这头年老的母猪挣扎着站起身来，脚步不稳地转着圈。他抓着被劈坏的枪托，脚后跟在地上缓缓地搓着，他的双脚在靴子里热得发烫。他挤了挤眼睛，咽下从胃里发出的一声哽咽。

杰克抬起头来，他的哥哥弗雷斯特已经在猪圈里了。弗雷斯特是一个瘦长的年轻人，脸上永远带着一副自鸣得意的微笑，金色的头发里沾着烟草坑里带上的红土。弗雷斯特骑上那头母猪，坐在它的后背上，用胳膊使劲拽着它的鼻子。母猪的后背弓了起来，脖颈处的肉褶也给挣平了。弗雷斯特的另一只手摸着了一柄剔骨刀，抵在母猪的喉咙上轻轻一划，母猪的皮肤与金属刀锋之间裂开了一道口子。温热的鲜血喷涌出来，溅在沾着泥巴的稻草上。母猪呜呜地喷着血沫，脖颈的开口处喷出一口肺部的空气。母猪的身躯颤抖着，瘫倒在弗雷斯特的手边。短粗的前蹄垂了下来，身体像一条死鱼般弯曲着。

然后他们的父亲拿来了链条，他们一起用索具将母猪的尸体吊起来沥干血水。杰克的父亲在摇晃的猪身下放了一只铁桶，温热的血液在僵冷的冬日空气中冒着热气。杰克像蛤蟆一样蹲在地上，将那柄长枪紧紧抱在怀里，眼睛盯着嘀嗒的血珠，深红色的血流像一条流动的火焰。那一年，他八岁。

第二年夏天，西班牙流感*席卷了东南各州，一路肆虐进富兰克林县最深的河谷和山脉。整个县开始了自发隔离，数代久居于此的人家了解这些定期就会肆虐一场的疾病，如白喉、流感和天花，也了解在此期间所有活动都必须停止，一家人必须待在家里抱团熬过这段死神拜访的日子。杰克的爸爸格兰维尔·邦杜兰特关掉了他的店，只有流浪乞丐和开山铺路的筑路工人偶尔过来买点东西。一家人靠堆在阴凉的菜窖和储藏室里的食物储备维持生存。住在大山那头的布罗迪一家不再从门前那条路上经过，半英里外的黑人丹沙佐一家也不再来了。雪溪浸礼教堂的长椅空无一人，冠鸦在诵经台上筑起了巢。

邦杜兰特家在商店储备了充足的干货，杰克的妈妈留足了蔬菜罐头和肉制品，足以度过这个秋冬。全家人待在离农场不远的地方，这段时间对于杰克来说是一段愉快的时光，因为这意味着他的两个姐姐，碧娃梅和艾拉，还有他的哥哥弗雷斯特都会在他身边。上午他们在房子周围玩耍，而漫长的下午和晚上则在活动室里的火炉边度过。在那段日子里，杰克的父亲成天扮小丑逗乐，浓密的胡子遮不住他灿烂的笑容。晚上不是抱着孩子们坐在他的膝盖上骑大马，就是跟其他男人站在炉边谈天说地妙语连珠，身上那件浆过的围裙雪白干净。那时候他滴酒不沾，定期去教堂，每天都常常听到他的笑声。

---

* Spanish Lady Flue，爆发于1918年至1919年的一场全球性流感，造成两千五百万到四千万人死亡。该名称的由来并不是因为此流感爆发于西班牙，而是因为当时西班牙有八百万人感染了此病，包括西班牙国王，因此被称为西班牙流感。

说明：文中的注释均为译者注。

弗雷斯特有一辆二手自行车，每天下午都会在屋前的空地上骑着它，杰克沿着塌陷的河岸一路追着他的哥哥，笑声布满了那些金色的下午，夕阳中大片的紫色苜蓿花像一层丝绒般的薄雾弥漫在连绵的群山中。晚饭后，姐姐们围坐在火炉前的粗毛毯上，一边织毛衣一边说着话。碧娃梅和艾拉两人故意用毛线缠住杰克的手脚，看着杰克挣扎着，女孩子们咯咯大笑起来，说着她们自己才懂的密语。他最小的妹妹艾米年纪跟他相仿，成天粘着母亲，追着妈妈穿过厨房，一路跟到窗边的摇椅，直到坐上妈妈的双膝。艾米还是一派天真，说哭就哭，常常要哄，因此杰克经常一个人在谷仓里、狭长的田间、小树林里以及穿过他家农场的雪溪泥泞的支流里穿梭玩耍。到了晚上，他的父亲格兰维尔开心地笑着，双脚翘在火炉边。他们的母亲坐在靠窗的摇椅里，一边摇着，一边抽着手卷烟，嘴里喷出长长的烟圈，眼睛则望向屋前偶有旅行者经过的大路，她的大儿子霍华德该从欧洲战场上回来了。

杰克的大哥霍华德参了军，在运兵船上度过了 1919 年的大部分时间。船队先是从英格兰驶向大西洋，后来遇上了隔离时期，停靠在诺福克港。* 流感在船上肆虐开来，近一半的兵力折损在路途中。甲板上到处是羸瘦的士兵，躺在担架上剧烈地咳嗽着，破布条盖着的脸下发出阵阵呻吟声。晚上，霍华德睡在堆放着装有洋葱的大板条箱的高架上，为的是在拥挤的船上找到一处容身之地，远离那些咳红了眼睛的半死不活的家伙。疲倦不堪的军官们挥舞着手杖拨开人群，病号们蜷缩成一团靠在

* Norfolk，美国弗吉尼亚州第一大港口。

围栏上。霍华德在刺鼻的洋葱味道中努力想睡着，他拼命回想着家乡的群山和溪谷，厚厚的粘土味道，刚犁过的沃野，还有雪溪沿岸的蜀葵和忍冬。可在他的梦中，黑色的疾病漫过他的全身，蔓延到河流和山丘，传染到每个他认识的人身上。清晨睁开眼时，他惊恐地看到了倒在秽物中的死尸。

在十几艘运兵船停靠在港口的头六个星期里，他的同伴中已经有三分之一的人相继死去。每天晚上，港口都会被焚烧死人衣物燃起的鬼魅一般的火焰照得通亮。

当隔离期最终过去，霍华德被放出来时，他像个瞎子一般游荡在城市里，很快用劣等威士忌把自己灌个烂醉。第二天早晨，他在一家旅馆后边的垃圾场用一把火烧掉了他的军队制服和所有证件。

几天后霍华德在罗阿诺克站下了火车，他像个游魂一般，身上的肉深陷进骨头缝里。霍华德体型魁梧，身高超过六英尺半，原本高大的身形已经瘦得皮包骨，整个人就像一只夜行的食尸鬼。格兰维尔到车站把他接了回来。十一月初的第一场霜降打蔫了路边的爬山虎，霍华德只字未提他在法国和船上的经历，也没有人开口问他。在杰克眼里，大哥霍华德完全是个陌生人，一个年长他几岁，碰巧跟他有血缘关系的大男孩。童年记忆里的高大身躯现在变成了一个踏着沉重脚步走来走去的男人，一个在饭桌边弓起身子静静地往嘴里填食的瘦削身影。霍华德大部分时间都不在家，整宿地待在外面，回到家时，他浑身散发着玉米烈酒的气味，然后死人一般瘫倒在他的床上。

十二月的一天晚上，离流感隔离期结束的日子近了，乔治·布罗迪在半夜咚咚地捶响了邦杜兰特家的前门。杰克裹在厚被子里，身下的吊床微微摇晃着。捶门声响起的时候，跟他同睡一床的哥哥弗雷斯特一下子爬起身来，冲出了房门，杰克才费劲地睁开眼睛。布罗迪拼命拍打着大门，直到格兰维尔一把打开了房门，杰克听到他的父亲大声咒骂着：该死，布罗迪！杰克从温暖的床上溜了下来，空气寒冷凛冽，他走到了大厅，看见乔治·布罗迪双膝跪倒，月光照在他颤抖的双肩上，他的双手捂着自己的脸。

杰克从未见过一个大男人哭泣，一瞬间，他那依旧睡思昏昏的脑袋以为布罗迪是在梦游，就像弗雷斯特有时候也会那样。如果从树林里的小路走，布罗迪家到这里只有一英里，从大路走的话则超过三英里。布罗迪是不是疯了？布罗迪抬起头来说了一些话，杰克听不清楚，他看见泪水从这个男人脏兮兮的脸上滚滚而落，听到布罗迪那沙哑的声音像孩子一般语无伦次。格兰维尔转过头来，对着弗雷斯特嘱咐了几句。杰克看到他的哥哥转身从大厅里走了回来，光着上身，皮肤在朦胧的灯光下像牛奶一般。弗雷斯特把杰克拽回了屋里，让他回到床上睡觉，然后一把关上了房门。

随后的几分钟内，前屋里匆匆进行了一场讨论。杰克听见他的妈妈在厨房里忙活，闻到菊苣咖啡煮开的苦涩味道。他躺在那儿，盯着黑暗处，竖起耳朵仔细地听着。接下来弗雷斯特说了一些什么，妈妈提高了嗓门，语调尖锐而严厉。我不同意，格兰，我不同意。杰克听到他姐姐艾拉哭了起来，越来越大的哭泣声让杰克在吊床上不住地颤抖。前门啪的一声关上了，油灯微弱的亮光闪烁了几下熄灭了，大厅里的脚步声散去，一切都安静了下来。

杰克躺了快一个小时，这才明白弗雷斯特不会回来了。布罗迪把他带走了，消失在夜里，是他的父母允许的。他紧紧抓着毯子，顽拒着泪水，直到天明。

格兰维尔和弗雷斯特在第二天下午回来了。杰克从看到他们上坡时就冲到了门口，被妈妈用胳膊一把拦住了。她已经在工棚外放着的一张小桌上摆好了晚饭，有鸡肉，饼干和绿色蔬菜，上面盖着餐巾，还有一壶净水。旁边还放着毛巾、肥皂和几大桶水。杰克在窗边看着格兰维尔和弗雷斯特在寒风中吃着晚饭，呼出的热气在院子里凝成了雾气。吃完后，他们生起一大堆火，往滚烫的猪圈食槽里倒满了水，然后开始脱衣服。妈妈把女孩们送进了房间，留下了杰克。杰克的父亲和哥哥用热水冲洗着身体，水桶高举过头顶，兜头淋在已经烫得发红的皮肤上。杰克惊讶地看着父亲那毛发浓重的身体，他的胸膛被一大片胸毛覆盖着，下身处也有厚厚的一丛，还有细长的双腿，遒劲的双膝，走路时略微蹒跚的步子。在往火堆里扔衣服时，父亲脸上的表情严峻如花岗岩，旁边的弗雷斯特看上去十分瘦弱，在寒风中抱着胳膊搂着自己，当他转头瞥见杰克时，咧开嘴送给弟弟一个笑容，这笑容温暖了少年的心。

他们用毛巾揩干身体，裹进毯子里，坐在火堆边。弗雷斯特不时地朝屋子这边看上两眼，杰克和妈妈就站在窗边。下午渐渐过去了，天色已暗，火堆中飘出的火星在风中打着旋儿。杰克的妈妈紧张起来，耸起肩膀，指关节急促地敲打着窗户，她同院子那头的丈夫深深地交换了一个眼色，杰克知道有重要的事情发生。她微微点了点头，格兰维尔站起身来，朝屋子这边走来，弗雷斯特跟在他身后，双手抓住从肩膀上滑落的毯子。

格兰维尔用双臂环住她，脸颊抵在她的头上，他的胡须上沾满了呼出的热气凝成的冷霜。

弗雷斯特走过相拥在一起的父母，踏上门廊，冲着杰克咧嘴一笑，然后结结实实地在他的胸膛上给了一拳，大踏步走进他的卧室，身上披着的毯子垂在他身后，粉色的肩膀闪着光。

那天晚上他们躺在床上时，杰克问起究竟发生了什么，弗雷斯特回答说他太小了，等他长大后再告诉他。杰克央求着，弗雷斯特告诉他乔治·布罗迪的小女儿突然在床上惊了风，在枕头上吐血了，布罗迪吓坏了。那时他的妻子已经昏迷不醒，几乎快死了。格兰维尔说他会去的，还会带上他的大女儿碧娃梅过去帮忙，但杰克的母亲极力反对。艾拉悲痛万分，紧紧抱着姐姐的脖子。格兰维尔本想坚持让碧娃梅跟着，但弗雷斯特开口了，说让他代替碧娃梅过去。于是，两个大男人和一个男孩提着一盏冒烟的油灯穿过树林，翻过农场的山头，朝着奄奄一息的布罗迪一家走去。

杰克问弗雷斯特他是不是得上了西班牙流感，弗雷斯特轻声笑了笑，没有回答。

我们会不会也得病了？杰克问道，我们会不会死？

杰克沉默了一会儿，在黑暗中转向杰克。为了抵挡严寒，窗户上都钉上了被子，一丝光也透不进来，但杰克知道哥哥正看着他。

你觉得有什么能杀死老爹？弗雷斯特说道。

当然没有，杰克心想，但他并没有说话。他们的父亲会死？除非这世界先停止转动。他在黑暗中眨了眨眼睛。弗雷斯特绿色的双眼闪着微光，像快要熄灭的煤渣。

就是，弗雷斯特说道，仿佛听见了他脑袋里的想法。

［什么］都杀不死我们，弗雷斯特说道，我们［永远］不会死。

第二天早晨，霍华德回到了家里，浑身凌乱不堪，脸色阴沉。前一天晚上他四脚拉叉地躺在波恩磨坊镇*一间加油站后的一堆粗麻布袋下，在灌下半升私酿的威士忌之后昏睡过去。他在前廊上狼吞虎咽着有饼干和火腿的早餐，脏手在油腻的工装裤上抹了抹。杰克安静地坐在他旁边，鼻子里灌满了大哥身上的酸臭味。霍华德站起身来，在杰克的后脖子上好好拍了一下，然后拖着重重的步子去谷仓帮格兰维尔喂牲口了。

几天后，杰克的母亲、弗雷斯特、碧娃梅和艾拉都被流感击倒了。接下来的日子过得飞快，杰克感觉自己似乎一直处于半醒半睡的晨光；艾米跪在水泵边，双手通红地绞着湿衣服，身体来回地摇摆；格兰维尔像鬼魂一般在昏暗的走道上一站就是几个小时；霍华德笨拙地坐在门前的台阶上，两条大长腿盘在身前，双手攥着帽子，石板一般僵硬的脸上一片空白。

母亲死去的那个早晨，杰克站在父亲的座椅边，格兰维尔的手搭在儿子的肩膀上，双眼望向窗外那条长长的路。霍华德靠在火炉前，双臂交叉，抱着自己的宽肩，双眉紧皱，盯着地板。

噢，孩子们，格兰维尔说道，一切都没了。

霍华德抬起头来，盯着父亲。

这世上所有的美好都没了，格兰维尔说道。

---

* Boones Mill，富兰克林县境内的一座小镇。

望着满脸泪水的父亲，杰克的心像拳头一样缩紧了。尽管一忍再忍，他还是趴在父亲的肩膀上呜咽起来。

最先死去的是杰克的母亲，一天后，碧娃梅也没了，紧接着是艾拉。弗雷斯特像一块石头一样在床上躺了一个星期，不吃不喝，脸上覆了铅一般面无表情。几天内，他的皮肤开始起皱，并不可思议的带上了一抹蓝色，轻柔而朦胧，像知更鸟的鸟蛋。一天早晨他突然从床上爬了起来，之后，弗雷斯特总是带着些许病容，在某些灯光下他的皮肤依然罩着一抹蓝色。那个星期后他爬了起来，坐在餐桌边，跟格兰维尔、艾米、霍华德和杰克一起吃着早饭，他的身体羸弱而消瘦，双眼深陷。力气仿佛已经枯萎，命悬一线。杰克记得自己从盘子里拿了一块饼干，伸出的手颤抖不已。

他的母亲和姐姐们躺在地板上，身上蒙着被子。

没有人开口说话。

Chapter 1

1934 年

舍伍德·安德森* 开车穿过富兰克林县的边界线，他小心翼翼地驶过一座单行车道的小桥，小桥横跨在路面一块坡度较缓的洼地上。过了桥又开了几百米，他经过了一间加油站，这间加油站只简陋地用墙板搭出一个四方形，房檐倾斜得厉害，从屋子正上方探出的二层楼给狭窄的门廊搭了个凉棚。门前立着两台油泵机，手柄挂在油箱上，顶部的玻璃球内盛满了汽油。这地方有好几处引起了安德森的注意：虽然有门廊，但同大多数郊区的加油站不同的是，这里的门廊上没有长椅，建筑上也没有任何姓名标识，甚至没有张贴任何广告。停车场上停着四

---

* Sherwood Anderson，美国小说家，代表作有《小镇畸人》（*winesburg*，*Ohio*），欧内斯特·海明威、威廉·福克纳、约翰·斯坦贝克、塞林格及奥兹等作家都受到他的影响。

辆全新的轿车，引擎还响着，仿佛排队等待着加油，可油泵那边空无一人。几个身穿大衣，头戴礼帽的人站在门边，安德森经过的时候，那些人齐刷刷地回过头看着他。加油站后的小山坡上立着一间用作仓库的工棚，这是一座用煤渣砖垒起来的违章建筑，在四周密闭的结构中大开的门洞像一条钥匙缝。安德森经过时，一个只穿了件衬衣，戴着帽子的瘦高个男人从工棚里冒了出来，怀里抱着一只木箱。他直直看着，眼神直接锁定在安德森脸上。就在此时，一阵车轮的嘈杂声从大路上传来，安德森被苦楝树晃了一下眼睛，他俯身趴在方向盘上，开足马力，驶向了格拉希山*的后山，从这儿他进入了富兰克林县的首府落基山镇。**得记下这个地方，安德森提醒着自己，回罗阿诺克的路上经过时一定要下来看看。刚冒出这个念头，他的脑海中就闪过加油站外那一行人的面孔以及工棚里那高个儿男人的眼神，这事儿可不容易。久居弗吉尼亚郊县的安德森十分了解那种神情，它简单粗暴地警告来人：别他妈的瞎管闲事！

安德森提速行驶在空旷的路面上，飞驰的车轮不断碾过落叶卷起的漩涡。锯齿状的 33 号公路*** 将富兰克林县分为南北两块，蜿蜒着穿过陡峭的山坡和纵深的峡谷。这条路是该县最长的一条铺设路，此地多数仍是硬梆梆的石子路，混合着土壤、沙砾和粘土，有些地方甚至只有几道车辙印，被杂草覆盖着没入田野和森林中。行驶在南弗吉尼亚州的丛山之间给安德森带

---

* Grassy Hill，弗吉尼亚州富兰克林县内的一座山，位于落基山镇的西面。

** Rocky Mountain，位于弗吉尼亚州的罗阿诺克地区，富兰克林县的首府。

*** Route 33，美国一条南北走向的高速公路，从印第安纳州的埃尔克哈特到弗吉尼亚州的里士满。

来了某种愉悦的感受，他想起了旧日的颠沛，再次上路的感觉真好。

舍伍德·安德森前去探访的那两人正躺在落基山医院一间拥挤的公共病房里。这是一间狭长的病房，没有窗户，只有十几张床位。两人都是中等年纪，满脸沟壑，胡子拉碴，身份不明。头一个人像根针一般躺在床单下一动不动，空洞而肿胀的双眼盯着天花板，皮肤白得像煮熟的白切肉，下身处的床单上沾着一些淡黄色的液体。紧挨着他的另一个人脸上有一道猩红色的伤疤，从眼睛一直划到额头，像是被一根灼热的铁棍狠狠烙过似的。随着呼吸一鼓一鼓的甲状腺像一只揉皱的皮包挂在他的下巴上。他浑身都被汗水湿透了，上半身不停地痉挛着，下半身打着厚厚的石膏，发烧让他有些胡言乱语，混合着因疼痛发出的呻吟声。医生告诉安德森这人嘴里的一大块舌头也没了，很可能是之前受的伤。安德森自我介绍了一下，然后拉过一张椅子坐在他俩的床位中间。那个下身受伤的男人用眼睛在安德森身上转了转，随即盯回到天花板上。他的皮肤紧绷地像一根香肠，浑身散发着腐臭。

医生告诉安德森俩人都不肯说出发生了什么，但显然其中一人的双腿是被生生打断的，从脚踝到髋部无一完好，而第二个人则是下身受了重伤。警察那边也没问出什么来，两人不吐一字，也没有人前来探望他们。其他情况我们就不知道了，医生耸了耸肩。那个下身受重伤的人已是命悬一线，感染随时会要了他的命，能拖到现在已算是奇迹，他的失血情况十分严重，医生说，只有等死了。是匿名者通知的我们，否则他们早死了。那个被打断腿的人有可能熬过去，但可以肯定的是他将永远无法站起来行走。

***　***　***

本来舍伍德·安德森来到落基山镇是为《自由》杂志报道一个叫威莉·卡特·沙普*的女人。闻着私酒的味道一路向北打听，编辑们说，酒类走私这个题材有不少猛料，山民们就是以走私酒类为生的，威士忌仍是这里的经济作物。1919 年通过的《沃尔斯特法案》**，即宪法第十八修正案法案，造成了这些山区形同九头虫般斩禁不绝的非法酿酒和走私。直到 1933 年该法案被废除之后，私家酿酒仍在继续。为了规避非法蒸馏的重税，人们采取了私酿的做法，或者从边境线上的私酒贩子手中购买。现在禁酒令解除了，人们希望看到更多有关开禁初期的故事。这些山民从小就给他们的孩子灌输这些事情，编辑们说，他们在酒里煮鸡蛋，往早晨的第一杯咖啡里滴上两滴。每个人都希望这事能够继续，安德森心想，这个膨胀的产业带来了成捆的钞票以及无数消费者，他们在曼哈顿上城区某个肮脏的地洞里啜饮着令人反胃的私酿杜松子酒。添加了作奸犯科这等猛料的故事是读者们所需要的，他们希望看到骇人听闻的传说和你死我活的枪战。接近他们，编辑们嘱咐道，那些人物，那些角色，他们的欲望、内心和热情，毕竟这也是你最擅长的。

一场大审判即将在富兰克林县举行，这场审判将清除私酒

---

* Willie Carter Sharpe，禁酒令时期一位著名的女私酒贩子，被称为“罗阿诺克的私酒女王”，在 1926 年至 1931 年期间共贩运了 220 000 加仑的私酒。

** Volstead Act，美国宪法第十八修正案禁酒法案，禁止个人从事酒精的生产，销售和运输。该法案自 1920 年 1 月 17 日正式生效；1933 年，国会颁布宪法第二十修正案废止禁酒法案。

垄断集团之间旷日持久而又复杂棘手的战争留下的残余人员，其中包括联邦政府检察官，谣传他将以勒索罪和阴谋罪被起诉。该县所有的大私酒犯，包括威莉·卡特·沙普，如果她最终服法的话，将被传唤至大陪审团前作证。沙普早年嫁给了一个大块头的私酒贩，很快便成了押送行动中的顶梁柱驾驶员。她开着导向车领着运输私酒的车队一路碾过偏远乡镇的山路，进入大城市的渠道中，在此类行动中她俨然成了一位明星。人们议论着她电影明星般的外表以及镶在牙齿上的钻石。纽约市的社交女性纷纷向她寄出热情洋溢的书信，渴望能见她一面。《自由杂志》希望安德森能把她的故事带给全国的读者们。

从 1925 年到 1934 年的九年时间里，舍伍德·安德森的大部分时间是在弗吉尼亚州的东南部度过的。他在马里昂县*修建了一座宅院，这地方位于富兰克林县的西部，处于地势稍高的山上。他买下了两家当地报纸**，开始了小镇编辑的生活。安德森注意到不只一位文学圈内人士建议他回到过去，回到那个失落的年轻之地。但他知道自己并不打算回到乔治·威拉德***和温斯堡那个阶段，事实上他希望自己能远离它。

修筑房子期间，他窝在山坡上的一处陋室里，一连几天观察着二十几个青壮年山民在宅子的雏形上爬来爬去，井然有

* Marion County，位于西弗吉尼亚，该镇名字的由来是为了纪念美国独立战争时期的一位将军弗朗西斯·马里昂。

** 这两家当地报纸为 *Smyth County News* 和 *Marion Democrat*。

*** George Willard，《小镇畸人》里的主人公，身份为记者，小说以他的视角讲述了俄亥俄州小镇温斯堡居民的生活。

序而又效率百倍地忙碌着。他同他的出版商里弗莱特*达成了一项协议，里弗莱特每星期给他一百美元，加上他的销售版税，包括现代文库**的《穷白人》***和《小镇畸人》的再版收入。不管安德森写了什么，里弗莱特都会发表。在那些日子里，安德森的书桌整洁得连根针都看得见，最后他去了趟纽约，请求里弗莱特取消他们之间的协议。他修建的这座宅子名叫瑞普兴。****

安德森前一天从瑞普兴过来，在罗阿诺克的一家酒店待了一夜，第二天早晨同罗阿诺克时报的编辑见了面。他离开的时候尚早，天空渐渐从紫色变成了紫罗兰色，道路两旁落叶纷纷，在这样一个清早离开寓所驾车外出让他的心情十分愉快。安德森咬了咬牙，抓紧了方向盘，他想起自己那个有些天真的念头，他希望瑞普兴将来能够成为一处乡间文学沙龙，在这处乡间天堂里知识分子们能聚在他左右。说不定他的朋友葛楚德·史坦*****也能过来，在他的书房里跟他一起踱步，聊一聊画家和

---

* Boni & Liveright Publisher 是一家成立于 1917 年，位于纽约的出版社，创始人为 Horace Liveright 和 Albert Boni Liverigh，该出版社出版了一系列当代美国作家的作品，包括 T. S. 艾略特、西奥多·德莱斯、欧内斯特·海明威、威廉·福克纳。

** Modern Library，也是由 Horace Liveright 和 Albert Boni 在 1917 年创办的，成立初期的主要业务是再版一些欧洲现代派小说。

*** *Poor White Man*，舍伍德·安德森发表于 1920 年的小说，讲述了主人公休·麦克维自密西西比河岸发家，摆脱贫困的故事。

**** Ripshin，瑞普兴农场，舍伍德·安德森的寓所，位于弗吉尼亚州的特劳特代尔小镇（Trousdale county）。

***** Gertrude Stein（1874—1946），美国女作家，评论家，现代主义文学和现代艺术教母级人物。

语义学。

实际情况是他被自己买下的两家报纸绊住了无法脱身，几乎每个星期他都在办公室，同印刷部门一起工作，还包揽了几乎全部的报道。为了舒缓压力，他在一个专栏里杜撰出一个叫贝克·费弗* 的人物，借他之口散播幽默和智语，风格类似于威尔·罗杰斯** 遇到了马克·吐温。

到了1934年，瑞普兴里满是喧哗扰攘的宾客，紧赖在这里不走。安德森原先视这些人为同道中人，现在看来他们更像是来乡下换个胃口的聒噪不已的城里人，而身为主人的安德森就像个开旅馆的。唯一的安慰来自一个名叫伊莲诺的年轻女人，他是在上一次婚姻的最后几年内在马里昂遇到她的。他们在前一年结的婚，在他外出旅行期间，他给她写了数封热情洋溢的长信，这些饱含着活力与热情的书信让他自己都感到震惊，因为这样的创造力只会出现在他虚构的作品里。事实上，这些信里的温言软语，情绪与念头，仿佛都来自一个影子般的人物，它身无定形，只深藏在他心底。

《罗阿诺克时报》的编辑说此事很可能是报复行为。去医院前，安德森坐在那间堆满了报纸，被廉价雪茄的烟雾缭绕着的办公室里，感到阵阵沮丧，困意不断袭来。他点了一支烟，希望能休息一会儿，喝杯咖啡。

很可能是一场以牙还牙的报复，编辑说道。

那人的两只眼睛活像肉饼上的洞，说起话来总像在咆哮，

---

* Buck Fever，舍伍德·安德森专栏里的一个虚构的人物。

** Will Rogers（1879—1935），20世纪二三十年代美国著名的牛仔、社会评论家和演员。

还总是歪着嘴，令人十分不快。

那俩人一定是对别人干了些什么，他说道。如果没人在谈论此事，你可以肯定这事儿跟酒有关。

那位编辑又确认了一些关于那场即将开庭的审判的传言。大陪审团处于保密之中。

编辑说，其实，你在富兰克林县是找不到什么故事的，除非你能撬开一个死人的下巴。

这话说得聪明，安德森心想，这样一个粗人。

先生，安德森开口道，我不是什么新手。我十分了解这些人以及他们的境况，也知道一些酒类走私的事情。

肉饼点点头，哼笑了两声，硕大的身躯晃了晃。

只要在富兰克林待得够久，编辑说道，你会一路摸爬滚打过来的。

编辑用手挥了挥眼前的雪茄烟雾，安德森的胃里涌起一阵不适，真应该吃了早饭再来的。

这里有个人，编辑说道，现在关在落基山监狱里，这家伙名叫汤姆·C. 坎迪夫。那人跟黑鬼* 一样疯狂，但他应该不会冲你吐痰的。还有好几个家伙跟他关在一起，都是做私酒买卖的惯犯。我是不会跟他们中的任何一个人谈话的，除非他们被关在铁栏后，并锁上好一阵子。事实上，我应该告诉你别去惹谁，也别去跟谁谈话。

没事的，安德森说道。

编辑在书桌旁的一个抽屉里翻找着，拿出一大捆厚厚的文

---

* Coon，黑鬼，一种蔑称。

件。他用大拇指蘸了蘸唾沫，抽出几张证词的复印件扔到了安德森的膝盖上。

也许你看过，他说道，几年前的了。

[1930 年 12 月 20 日邦杜兰特三兄弟在蛆虫湾*遭到代理治安长官开枪射击：

邦杜兰特兄弟在黑烟囱山**附近企图冲破封锁时遭到枪击]

如果我是你，我不会把他们找出来，编辑说道。

我并不打算惹什么麻烦，安德森说道。

编辑把双手撑在桌子上，那张肉饼脸凑近安德森，逼得安德森不得不移开身体。

让我来告诉你，编辑说道，那些试图在富兰克林县的群山中搜寻的人只会找到两样东西：藏在树桩里的威士忌***以及不要钱的鞭臀服务。

在去医院之前，安德森把车开进了落基山镇外围的一处加油站，下车找点东西吃。加油站内，三个男人和一个男孩坐在椅子上，椅背向后仰着，抵在加油站的护墙板上。护墙板上挂满了铁皮广告牌、格兰杰粗制香烟、哈罗德药粉之类的。这四人直直盯着走上前来的安德森，空洞的脸上没有任何表示，只带着少许轻蔑。安德森打了声招呼，那四人依次点了点头作为回应。安德森注意到那个男孩正嚼着一小块烟叶，黝黑的腮帮子动来动去。一个身穿印花连衣裙的女人站在屋里的柜台后。

---

* Maggodee Creek，富兰克林县内的一条小河。

** Burnt Chimney，地名，位于富兰克林县境内。

*** Stump hole whiske，禁酒令时期为了对付警察的突击搜查，私自酿酒的人们会把私酒藏在锯倒树木后留下的树桩内，树桩威士忌因此而得名。

一架大肚炉*立在店内的中央，炉子四周堆着一圈木屑。安德森走过堆放着稀稀朗朗的货物的过道，两个脏兮兮的女娃蹲在纸盒上，停下手中正玩着的粗布玩偶，看着经过的安德森。安德森买了几包饼干——在这个地方他们把饼干叫 nabs** ——再加一瓶桦木啤酒。*** 在柜台等着找零时，安德森听到一阵柔风吹过铁皮房顶的声音，像是在歌唱，门廊上的座椅吱呀作响。

安德森把车从停车场开出来，拐上面前一条泥泞的路面，路延伸着没入昏暗的树林里。他用手擦拭着被水蒸汽模糊的挡风玻璃，双脚在车内的地板上跺了跺，仿佛在驱走靴子里的寒气。可以肯定的是这个县里到处都有私酒，他心想，这里的山泉流的都是烈酒，这里的天上地下都是威士忌。他用拳头在方向盘上捶了两下，汽车尖啸着上了路。

在落基山医院里，安德森从大衣里掏出一瓶威士忌，递给了那个下身被切除的男人。这个举动可能有点蠢，但他不知道还能做什么。那人的眼睛在酒瓶上闪烁了几下，嘴角微微弯出一丝蔑笑。

是因为钱吗？安德森问道，何不告诉我究竟发生了什么？

他在两人的床边坐了快一个小时。那个双腿被打断的人陷入了昏迷之中，时醒时睡，双手在床单下抽搐着。护士在病房里进进出出，照顾其他的病人，安德森看着那些病人在吱吱嘎

---

* potbelly stove，旧时使用的一种烧木头的铁炉，炉身突出，状如胖人的便便大腹。

** Nabsico，National Biscuit Compay，国家饼干公司，生产饼干和休闲类食品。

*** Birch beer，一种从桦木的树干中榨取的碳酸饮料。

嘎的病床躺下来，干硬的病号服像纸一般噼啪作响。过了一会儿，安德森拧开那瓶加拿大威士忌，猛灌了一口，他被这口烈酒呛到了，猛烈地咳嗽着，这引得病房里的其他人朝他这边看了几眼。

之后安德森在走廊里向护士和医生打听了一下报纸上关于此事的报道，但回答他的是清一色的无可奉告的耸肩和惴惴不安的微笑。这家医院没人想说出点什么。他又在两人边上坐了一个小时，一边读着《罗阿诺克时报》，一边啜饮着纸杯里的威士忌。看完报纸后，安德森站在病房门口，叼起一根香烟，看着陷入昏迷的两人，他们的床单被汗水浸湿了。安德森摸了摸自己身上潮乎乎的外套，他的嘴巴像烟灰一样干。他已经喝掉了快三分之一酒瓶的酒，但依旧很清醒。他的裤脚沾满红土，他的手里似乎还摸得到砂砾。

在过去的几个月里，安德森·舍伍德一直开车蜿蜒行驶在富兰克林县，遇到庄户人家就停下来拜访；遇到有人在田间地头干活，他也会从布满车辙印的路上停下来，上前交谈一番。他曾同瘦弱的农场孩子们一起，在三伏天走过种着大片烟叶的田野，烟叶低垂着翠绿的叶子，枝茎高挺蔓延在烈日下。男人和孩子都寡言少语，他们坐在萎靡的榆树下，乘着阴凉默默地把晚餐打开，大口大口地吞咽着猪肉三明治和饼干。他们的眼神时不时地掠过安德森，但多数时间他们似乎是在盯着很远很远的地方。他们的脸颊、脖颈和双臂都被晒得黝黑。龟裂的土地像谜一样，到处都钻进了纤细的土壤颗粒，一天下来，无论是在落基山镇租来的房间地板上，还是回到瑞普兴的家中，安德森都发现了这些红色的颗粒，它们落在他的鞋里、袜子里、口袋里和眼角上。一路上，路堑上的巨石块像伤口一样裸露着。当庄户人家坐下来吃着从田里新鲜采摘下来的食物做的晚餐时，他们的眼睛和手腕上的细纹里依旧带着沙砾。这些砂砾沾在蔬菜上，被裹进玉米面做的糕饼里一起烤熟，钻进家猪的血液里，长在了土鸡的皮肤上。

安德森惊讶于这些人高度的坚忍，深沉的平静和对万事万物实用性的无比忠诚。他们的谷仓是用旧指示牌和用不上的软木等废物搭建起来的。斧子的手柄塞上了六七个用以紧固的楔块，生锈的犁被锤打成形后再接着用，除非被使断了才会被送进临时熔炉里重新熔化锻造。水泵的手柄用的是一根铜管，汽车被拆成零件再重新组装，每一次改造都将原物改头换面。废弃的零部件被丢弃在房子下面的洼地里，把那里变成了一处堆满了废铜烂铁的泥坑。即便这样，到了晚上，老农仍会端详着自己那间堆满废物的院子，琢磨着能否把那根旧拉杆改造一下，用在脱粒机的轮轴上。把手边的东西尽可能地改造成有用之物成了一场永无止境的战斗，而当它们最终被耗尽时，就会粉身碎骨地落入红色的尘土里。

***　***　***

安德森正准备离开医院时，大厅里一个勤杂工示意他跟过去。这是干吗？安德森暗想。他有点累了，尽管是白天，宿醉的迹象已经显现出来。那个勤务工领着安德森来到另一间大厅，停在一扇门前。他伸出手，油腻的脸上面无表情，死鱼眼盯着安德森。安德森把那瓶威士忌递给他，那人把酒瓶翻来调去，看了看酒精度，耸了耸肩，塞进了衣服后面的口袋里，旋即又伸出手来。安德森在他满是老茧的手里放了一美元，那人领他进入了一间昏暗的储藏室。在这间储藏室里，放置物品的架子从地板一直顶到天花板，上面颤巍巍地摆着各种大小的罐子。勤杂工拉了拉电线把灯打开。

在那俩人被送进医院的第二天，有人把这个送了过来，勤杂工说道，抬手掀开了蒙在一个半加仑的玻璃瓶上的布。

就放在一个纸袋里，他继续说道，没有字条，什么都没留下。

安德森看了看罐子，想弄清他究竟看到了什么。

这是被你们称为白色闪电*的酒，勤杂工说道，私酿的威士忌。

罐子里盛满了透明的液体，里面飘着一团浅灰色的球根状物体，带着卷须，颜色斑驳，上面飘着一丝幻影般的血迹。一对不规则的球状物悬浮在瓶内，像死人的眼睛。

这里面漂着的是那家伙的卵蛋，勤杂工说道，那人的睾丸。

安德森的脸刷地一下白了，胃里酸臭的威士忌一下子涌到了喉咙口。

---

* White Lightening，俚语，一种非法私酿的下等威士忌酒。

Chapter 2

1928 年

杰克和霍华德兄弟俩站在落基山镇白头百货商店外的角落里。快到六点了，街上空无一人，大家都准备吃晚饭了。霍华德伸长双腿，脚上那双泥泞的靴子搭在路缘上，一只手扶着肩膀上驮着的一袋粮食，另一只手拎着一只粗布口袋，里面装了一块咸猪肉。三月的山风依旧料峭，霍华德的脸被刮得又红又硬。战争过后，霍华德的体重迅速增加，二十八岁的他虎背熊腰，长了一身腱子肉，两只胳膊跟没切开的火腿似的。

一辆锈迹斑斑的福特卡车加大油门从街道上驶来，在路缘前停了下来，发出一阵精疲力竭的突突声，像一挺机关枪。丹尼·米切尔从车窗伸出头来。

来不来？丹尼问道。

你他妈的怎么那么久？霍华德说道。

丹尼咧嘴一笑，露出一口大白牙，他有副令人惊叹的好牙，整齐地嵌在红润健康的牙龈上。

霍华德把咸肉和口粮放在卡车的车箱内，爬进了驾驶室。

县界餐馆呢？杰克问道，今晚你会到那儿吗？

会，霍华德说道，但你不能去。

杰克朝路缘上吐了一口痰，他头戴一顶羊毛的司机帽，裤子塞进了齐膝高的靴子里，勒紧的裤带系得老高。

霍华德拍了拍仪表板，丹尼把油门一踩到底，那辆福特A型卡车咔咔作响地开过了东庭街*，杰克双手插在口袋里，注视着卡车一路颠簸着下了山。连开往鬼方向都不知道，啥也看不清，杰克暗想。当卡车最终消失在视野里，杰克拽紧了帽子，轻快地跳上人行道，朝镇子里走去。

丹尼·米切尔把车放在空档上，一路溜下山。他的两腿之间夹着一只拧着螺盖的酒瓶。他用膝盖驾着颤巍巍的卡车，猛灌了一口，然后把玻璃瓶举到面前，双眼透过玻璃瓶看着面前的路。几分钟后，他们就出了落基山镇，朝着南面的33号公路开去。

来一口，丹尼说道。

丹尼把酒瓶递给霍华德，霍华德用大手接了过去，迎着亮处举起。瓶中的液体上层透明清朗，底部晃动着一层棕色的粘液。霍华德晃了晃玻璃瓶，鸟枪子弹大小的气泡摇晃着不断地上浮和跌落，一团厚而浓黑的东西腾了起来，像一朵喷发的蘑菇云，激起的小块的枯枝树皮和泥土像青蛙一般在瓶中跳跃漂浮。

这里面的东西是拿沼泽地里的脏水和蝌蚪做出来的，霍华

---

* East Court Street，富兰克林县内的一条街。

德说道。

丹尼冲着挡风玻璃像猎狗一样嚎了起来。

这里有东湖玉米，他嚷道，上好的！卡罗莱纳威士忌。*

卡车开下了硬土路，车轮向着雪湾方向碾上了没入丛山之中的车辙路。玻璃瓶子中的液体有几滴溅到了霍华德手上，霍华德嗅了嗅那浑浊的液体，满满地灌下一口，在舌头上绕了绕。他的喉咙开始发紧，胸膛里似乎有一个肿块，像个活物般猛坠下去，逼得他眼里渗出了泪。他吞咽着，脑腔里的东西似乎都变成了液体，一时间涕泪直下。

这是我嘴巴沾过的最他妈难喝的威士忌。

去你妈的，丹尼说道，小心点儿，会上头的。醒了以后，你的肝能吐到袜子上。

霍华德坐回座位上，把双腿塞进有些挤脚的靴子里。他的口袋里还有四美元三十五美分，这是他在这个世界上所有的钱，其他的钱还在火鸡山**上的私酒坊里，在玉米、大麦、黑麦和糖浆里。三天后，在用掉整十箱麦芽浆后，他们就会酿出一百二十公升的好酒。每加仑至少可以得两美元，除去原料，再跟丹尼和坎迪夫平分之后，他差不多能拿到一百美元，带回去给露西和孩子。还有他的欠债，他欠弗雷斯特六十美元，欠父亲至少四十美元，都是店里的到期账单。威士忌缓缓地在霍华德的胃里化掉，他感到这酒似乎在他的脊背上沉淀了下来。阳光穿过挡风玻璃，漏斗形的树叶在头顶上游动着，涌起大片的黑

---

* Carolina mule，一种玉米威士忌酒。

** Turkeycock Mountain，位于南弗吉尼亚，横跨亨利县和富兰克林县。

色、琥珀色和矢车菊黄。身旁的丹尼吐了一口痰，双手和胳膊肘拼命扳着方向盘，一副较劲的架式。驾驶室弥漫着一股熏人的气味，最浓烈的地方来自司机，混合着下体的骚味、脚气、烟草、狗屎和口水的酸臭，令人几欲作呕。

在大冬天跑这一趟真是愚蠢，霍华德想着。这一宿加明天一天都得让麦芽浆保持在一定温度上，这全靠一堆篝火加手感，连个温度计都没有。今晚他还得管丹尼借一下卡车，赶回县界餐馆给弗雷斯特帮忙。这是弗雷斯特借钱给他的新条件之一：弗雷斯特最近跟戍亭湾*的一帮人做了一摊大买卖，半夜走货，需要人手支援。霍华德晚上回到餐厅至少要一个小时，所以他盘算着先把蒸馏器加热，麦芽浆安置好，然后就出发，留坎迪夫和丹尼守夜。

丹尼回头冲他一笑。妈的，霍华德暗想，丹尼还算是个不错的家伙。他从玻璃罐里摸出一只蜗牛，又扔了回去，一连打了三个喷嚏。

我跟你说，丹尼，霍华德说道，我们得在中途某个地方停一下，来一口真正的威士忌好酒。这瓶狗屎送去喂狗，狗都不带闻一下的。

杰克沿着东廷街一路小跑，躲开那些拎着杂货无精打采走在回家路上的行人，尽量避开路上那些车轮印和骡子粪便。落基山镇的中心林立着几幢商店，边上紧挨着一些住家和公寓，还有两家酒店和一条狭长的农产品供货仓库，街上永远散落着动物的粪

---

* Shooting Creek，戍亭湾起始于蓝岭山，流经弗洛伊德县至富兰克林县，沿河的山谷以私酒贩子猖獗而著称。

便和农作物的碎屑。快到小哈伯餐馆时，杰克慢下脚步，摘下帽子拍了拍，再从一个合适的角度重新戴在满头金发上。他又看了一眼脚上那双破靴子，伸手弹掉在街头沾上的泥巴，然后整了整马裤和大衣。杰克往理发店的玻璃里照了照，玻璃给他罩上了一层柔和的光泽，让他感觉到自己英姿挺拔，威武不屈。杰克在斯隆男子服饰用品店停了下来，盯着橱窗里那双铜扣眼的勃艮第小牛皮靴，一只脚的脚后跟搓着另一脚的脚面。这是我人生中的第一个两美元，干干净净，完全由我支配，杰克想着。皮靴淡黄色的内里看着十分平滑，他想象着它们有如黄油般柔软。店内一个身穿毛边齐膝大衣的男人正在柜台付款。杰克盯着一辆正对着路缘的崭新的双盖道森伯格敞篷车*，蓝黑色的油漆在下午的阳光中闪烁着，脚踏板和有白色胎壁的轮胎上喷着一层精致的土红色油漆。他从没在富兰克林县见过这样一辆车，只在广告上看过。这车他妈的能抵上十辆福特，杰克心想，或许更多。

走进店里，杰克发现他的朋友蝈蝈·帕特正在柜台前边喝咖啡边吃甜甜圈。

嗨，蝈蝈，杰克打了个招呼，往你那食管里填饱了没有？

填饱了，蝈蝈答应着，走吧。

蝈蝈把甜甜圈塞进嘴里，两个少年跳进蝈蝈那辆停在街边破烂不堪的皮尔斯·箭牌** 80 系列轿车。

---

* Duesenberg，美国一款豪华古董车，起家于印第安纳州的奥本，其高端轿车和赛车曾于20世纪初期名噪一时。

** Pierce-Arrow，美国一款古董车，该品牌起家于纽约州的水牛城，主要以高端豪华轿车闻名于20世纪上半叶，同时还制造商用卡车、消防车、露营车、摩托车和自行车。

我来开，杰克说道。

杰克发动了汽车，车子连蹿带蹦地开下了街道。蛔蛔摇晃着脑袋，紧紧地抓着头上的破烂铁皮车顶。

杰克，拜托！他嚷道，这么开下去，我俩都得给你颠飞了！

蛔蛔是杰克在雪溪中学的同学，尽管比杰克大三岁，但上到三年级就被留级了。蛔蛔身材细长，童年时期的缺乏营养造成了他双膝内翻，由于缺乏维生素 D，他有点 O 型腿，走起路来像是在跨栏。自打 14 岁死了娘以后，蛔蛔就一直住在史密斯山*，他从不知道自己的爹是谁。他维持生计的方式是在山中打松鼠，在湖**中放鱼线钓泥鳅，遇到收获季节则去打打短工。17 岁的时候他跟一个来自桑塔格的红发妓女结了婚，第二年又离了婚。蛔蛔在县里出名的地方是他现场修理农用设备的天赋。据说，虽然可能传的有点走样，他拍一下就能让拖拉机和脱粒机正常运转起来。自打 14 岁起，蛔蛔就在深山里自造过少量的劣质酒，能弄到什么就造什么。

放心，杰克说道，我啥都能开。

杰克开出镇子，一路向南。他脱掉靴子搓着双脚，小心地把靴子放在座位上，车上搁脚的地方全都沾着树枝和泥巴的硬块，他光着两只脚操纵着离合器。两个年轻人在史密斯山上有台老旧的蒸馏器残骸，但没有螺旋冷凝器和密封盖，也没钱来投资配料。杰克希望霍华德能带上他和蛔蛔，但是对于这个话题，他大哥一直持免谈态度。杰克想着往西开到县界餐馆，

---

* Smith Mountain，位于弗吉尼亚州境内。

** Smith Mountain Lake，密斯山湖，弗吉尼亚州罗阿诺克地区的一座水库，位于罗阿诺克市的东南面，该湖南岸的大部分地区位于富兰克林县境内。

看看弗雷斯特需不需要帮忙。也许弗雷斯特能借钱给他，但是他知道他的这个哥哥绝不会让这成为一种惯例，他从不答应。再说，蝈蝈得在天黑前回到史密斯山，杰克答应他如果蝈蝈带他进城的话，他会说服霍华德带上他俩，合伙做笔生意。他知道在他跟大哥说话时，蝈蝈兜里的最后一枚五分钱用在了咖啡和甜甜圈上。俩人无声地行驶在黑乎乎的路上，转弯时杰克慢了下来，手掌轻柔地转动着方向盘。蝈蝈还没开口问事情的进展，杰克觉得现在还不用告诉他。

天色将暗，丹尼艰难地跋涉在火鸡山的上山路上，奋力拨开身旁的灌木丛和曼陀林草，他一只手抱着那只快见底的酒瓶，大声地咒骂着这一路上刺骨的寒冷，不知道打哪儿突起的青石块，以及随时会绊人一跤的树根。霍华德背着口粮和熏肉走在他身后，在距离他十几码的两翼位置上跟着，以免留下人踩出来的痕迹。树木如同浮雕般垂在深蓝色的天幕下，黑黢黢的树影好似逆光镜头一般。树叶已经落光了，光秃秃的树干有如细长的纺锤。对温暖的渴望让霍华德希望自己被树叶包裹着。

在走过一处高地后，两人经过了一片桦树林，继续向山的东面前进，进入了一片茂密的松树和橡胶树林。这片林子正对着一块裸露在外将近四十英尺高的岩壁侧面，岩石的地基上闪烁着火把的光亮，霍华德有些咋舌，想象着从谷底往上看会是什么情景；四方形的岩壁被照亮了，如同一座星球升起在山边。但是没有人想上到这儿来，即便他们知道路，［尤其］是那些知道该怎么上来的。如果想带着一脸霰弹弹孔丢掉小命的话，最简单的做法就是半夜摸进一群身手敏捷的私酒贩子的帐篷里。丹尼朝着光亮处喊了起来，发出一连串尖利的叫声。

汤姆·C. 坎迪夫坐在一截木头上，盯着眼前的篝火，一杆猎枪靠在他的膝盖上。他头上那顶破旧的圆礼帽拉得很低，脖子上紧紧围着一条羊毛围巾。他的身材瘦而结实，脸部轮廓分明，五官突出，双眼分得很开，四肢却有些发育不良的样子。坎迪夫身后的阴影中立着一个黑色的金属大块头，那是蒸馏器。营地里到处散落着木柴、碎木板、糊满赤糖的空罐子、肉罐头的空盒子以及饼干的包装纸。霍华德朝那堆麦芽浆走去，一周前他们用锤子把它们固定成一个四英尺深、三英尺宽的炉子，外表的缝用泥巴糊得严严实实。霍华德的太阳穴突突直跳，他感觉到酒精在体内乱窜。山里的寒气冻得他直流鼻涕，他伸手用外套袖子抹了抹。为了整宿保持住麦芽糖的温度，他们需要给缓慢燃烧着的炉子添上更多的木柴。坎迪夫没做过这事，像是理当如此，这意味着他那悲情而坚定的心正被一些事情困扰着。霍华德感觉到在那副长着一双蓝色眼睛的狂人外表下深藏着智慧与妥协。从很多角度来说，坎迪夫是个相当不错的拍档；他能够混合一堆固体麦芽糖，用手指拍两下盖子就知道里面的压力，瞄一眼气泡就能晓得度数。到现在为止他已经在山上待了四天，他看上去像是一刻也没合过眼，最要紧的，他一直紧闭着嘴一言不发。

霍华德揭开麦芽浆的盖子，一边想，有大买卖时，坎迪夫当然希望我支持他一把。弗雷斯特压根不肯分他一勺羹，他只会说用霍华德欠他的那部分抵掉。霍华德拎起上次酿的一瓶酒，在篝火上晃了晃，检查着气泡。弹珠般大小的泡沫厚厚地浮在液体的表层，至少有150度。* 今晚让坎迪夫看着麦芽糖，等他体力不支倒下后再换丹尼负责守第二天，一直到霍华德回来。

霍华德派丹尼去收集更多的木柴，自己捡起一块木板，搅动着麦芽糖，查看着盖子下的情况；还用手指蘸了蘸，尝了尝蒸馏器里的啤酒。在天色完全黑下来之前他们必须把蒸馏器里的第一批货完成。麦芽浆已经开始滚雪球般膨胀起来，发酵产生的泡沫如波浪般浮在表面，最终溢了出来。坎迪夫从篝火边站起身来，几个人一起将一截锤打成U型的金属管接到水管上，这条水管是他们从流经山坡的一条泉水引过来的，之后几个人又合力把通气管安装好，这样清水就可以流到螺旋管的冷却桶上。

一个小时后，他们把第一箱麦芽浆倒进了蒸馏器里。霍华德开了一罐新的玉米威士忌酒，指头轻轻一弹，金属瓶盖飞旋着跌落进漆黑的树林里。三个男人坐在篝火边默默地分着罐内的酒，呷第一口的感觉像是咽下一口滚烫的灰粉，奇怪的是，滚烫过后剩下的是泉水般的甘冽和清凉，仨人瞪着烧得发红的炭火，发麻的喉咙痉挛着。丹尼饮完那瓶酒后，将瓶底的残渣泼在火堆上，腾起一片蓝色的火光。

夜渐渐深了，寒气愈发逼人，霍华德把平底锅贴在蒸馏器下，在锅里煎了几片熏肉，几个人就手吃了起来。

关我什么事？霍华德想道，让弗雷斯特管好他自己的生意就行了。火光映着他闪烁的双眼，霍华德想着自己欠弟弟的钱，咬紧了牙齿。

---

* Proof，一种旧式酒精单位，为alcohol by volume（ABV）的7/4倍。

坎迪夫在蒸馏器里搅动着，封上盖子拍了拍，再用链条在顶部拴了一个十字，以防高压下蒸馏器的盖子被顶开。巨桶上接着一根铜管，铜管的一头连着蒸馏器，另一头连着冷凝器线管。冒着热气的麦芽浆开始在巨桶里发出沉闷的撞击声，随着压力的升高有节奏地敲打着桶壁。丹尼蜷缩在蒸馏器边上睡觉，双手枕在头下，加热炉发热的砖头温暖着他瘦骨嶙峋的身体，他光着两条腿，只套了双靴子。四下静谧中回荡着一阵金属的叮当声和篝火的哔剥声，有那么一阵子，霍华德以为自己听到的是铃声，他深吸了一口气，懒洋洋地靠在木头上，往下躺了躺。篝火烤得他脚后跟热乎乎的，高大的树木在他头顶上来回游曳着，划出月光的弧线。霍华德又闭上了眼睛。

醒来时，霍华德发现自己倚着炉前的木头坐在地上，坎迪夫跪在冷凝器边，盯着冷凝桶里的一股热流流进小桶中。第一批酒就这样冒着小股热气，缓缓地流淌出来。酒头*同原料里的杂质一起冒着泡，形成一股混合着酒精和渣滓的热流。摇曳的火光下，坎迪夫的脸像甲虫的翅膀一样扑扇着，黝黑的面庞好似昆虫的护胸甲。霍华德的双腿像两根死木般在面前抻开了个八字，他感觉大山似乎在跟自己一同呼吸着。每一次吸气时，大山也随之鼓起胸膛，把他抛入上百英尺的空中，越过树梢，飞向那黑暗的天幕，那里闪烁着点点繁星，他隐约知道它们并不在那儿。呼吸间他从天幕落回了地面，篝火在他的睫毛上闪烁出深红色和金色，之后便是一片漆黑。

---

* Foreshot，酒头，蒸馏酒精时的初馏物。

霍华德一个鲤鱼打挺，双手撑地坐直了，身体咔嚓响了一声，像是狠狠扭了一下。巨桶啪啪作响，山坡上都听得到回声，一股蒸汽从桶盖上一处头发丝般细的缝里冒了出来，发出一阵尖利的哨声。

[弗雷斯特，县界餐馆。]

霍华德横爬过不省人事的丹尼，把随身口袋翻了个底朝天，打开翻找出来的怀表，篝火下，怀表显示已将近午夜。他在忽明忽灭的篝火中摸索着车钥匙，阴冷粘腻的地上到处是湿乎乎的落叶和蜘蛛网，丹尼的卡车就停在山下的路边上。

霍华德蹒跚着翻下陡峭的山路，一路上时不时地踢到麦芽浆的空罐子。回头张望时他看见坎迪夫被一圈摇曳的火光包围着，捧着一捧泥巴糊着桶盖。坎迪夫的手指轻轻地扇开蒸汽，胳膊抬得老高。还没到半夜，应该赶得到。霍华德顺着下山的冲力，上半身向前探着，双腿尽量跟上身体前倾带来的惯性。一路上枯枝落叶和杂草荆棘刮烂了他的衬衣，岩石和树桩擦破了小腿上的皮，他一边咒骂着一边拨开眼前的树枝，脚上的靴子还得不停地踏平绊路的小树。山脚下那条细长的小溪像一条灰色的血管，那儿就是他要到的山谷和大路，在那儿他能找到那辆卡车。

霍华德的靴子吱吱嘎嘎地踏上了坚实的硬土路。四下里空空如也，只有一条模糊的石灰石路。没有树木，没有大山，没有星星，也没有月亮，只有笼罩着四周的黑暗。他不知道车子停在路的哪一头，只能两个方向都跑一跑，想找到车子只能这样，别无他途。霍华德跑了起来，伸出一只胳膊触摸着空气。突然，他感到脸上一片冰冷，黑暗的世界突然有了点点亮光，像是飞来了成群的萤火虫，他感到一阵害怕，脚下也蹒跚起来。不断飞来的萤火虫发出耀眼的白光，照亮了黑暗，周围的空气也变白了，原来是下雪了。霍华德放下伸出的一只手，上下挥舞着双臂，他感觉到自己在加速朝大雪中飞奔而去。

Chapter 3

午夜时分，县界餐馆里的男人们无处可去，三三两两的打着牌，肘边堆着落满灰尘的五分和一角硬币。有几个坐在吧台那儿，一脸憔悴，幽幽的眼神像野狗似的，手上点着的香烟快燃到了指头，一瓶快要见底的玻璃酒瓶晃悠悠地拎在另一只手上。柜台上的收音机播放着从西弗吉尼亚的威林市*传来的节目：卡特一家**的《请别忘记这首歌》。***一个身穿平头钉靴，大衣上污渍斑斑的男人正和着节奏在吧台上打着拍子。窗边投下了一层阴影，窗棱上结着白霜。地上堆满了成团的脏木屑。

我曾追求过一位美丽的女子，
她的名字我不会说
噢，注定要下地狱的我为何要让她蒙羞，
上了断头台的我时日无多，

---

* Wheeling，西弗吉尼亚俄亥俄县的首府。

** The Carter Family，卡特一家是美国第一支成功的传统乡村音乐组合，活跃于20世纪20年代至50年代。

*** Don't Forget This Song，卡特一家的代表作，录制于1929年2月。

你也许会忘记这个歌手，

但请别忘记这首歌。

弗雷斯特·邦杜兰特手拿帽子站在厨房里，望着窗外的大雪飘满了后院。他穿了一件厚衬衣，衬衣下摆塞进了粗蓝布工装裤子里，分开的头路上抹了一层油光锃亮的发蜡。他站在那里，时不时地在地板上跺两下脚。弗雷斯特跟自己的兄长一样人高马大，骨节粗壮，双耳招风，活脱脱小一号的霍华德。脚上那双潮湿的靴子让他十分不舒服。他刚从仓库整理货物回来，经过后院时一脚踩进一滩黑冰里，黑水漫过了脚踝，连袜子也潮了，又湿又冷。洗碗工黑人杰弗森·丹沙佐回头看了看跺着脚的弗雷斯特，然后扭过头去埋头于面前那一池褐色的肥皂水里，嘴上的香烟冒着袅袅烟雾。

前厅里喝酒的人中有两位正等着购买八十加仑的酒，带往戌亭湾西北面的弗洛伊德县。* 弗雷斯特的哥哥霍华德还没到，如果他还没上路的话，那就真的来不及了，这样弗雷斯特就得让负责柜台的哈尔拿着枪做他的后援。弗雷斯特想着仓库里的货物，足足两百加仑。这个星期车队来了好几趟，弗雷斯特手上的现金盒里锁着六百美元的现钞，盒子就藏在厨房里的一架旧炉子里。他摸了摸口袋里的一节小木块。手头上的现金太他妈的多了，他心想，这样真是愚蠢。

天色一副山雨欲来的架势，云团在山脊上聚集翻滚，弗雷斯特要走二十里山路才能到家。县界餐馆位于富兰克林县和亨

---

* Floyd County，位于弗吉尼亚州富兰克林县的西面。

利县的交叉口，桑顿山* 西面的山嘴下；19 号公路** 和 21 号公路*** 在此交汇，由此可驶上通往马丁斯维尔**** 的硬土路，马丁斯维尔位于帕特里克县和弗洛伊德县的西面，北卡罗来纳州的南面。县界餐馆十分简陋，只有一张木质柜台和几张餐桌，烤架前摆着几只脚凳，光秃秃的窗户上没装窗帘，窗外是一片泥泞的空地。住在这里的人都清楚这里是个可以坐下来吃早饭的地方，一个三明治，一片火腿，几块饼干，以及一两杯还入得了口的山乡野酒。在平常晚上，只需半美元，酒保哈尔·查尔德斯就会端上一夸脱玉米威士忌或者白兰地，跟卖给车队贩往北方的兑了糖的劣等威士忌相比，这可算是好东西了，一口下去就是十美分。只要不惹事，你就可以靠着围炉，听一下午的音乐。到了晚上，男人们通常会聚在桌边打上几手牌，弗雷斯特每周会组织几场游戏，关起门来玩到深夜。如果你需要大批进酒，弗雷斯特·邦杜兰特会负责安排。县界餐馆真正的生意是在午夜和凌晨时分，汽车和卡车组成的车队鱼贯驶入。男人们搬运着成箱的酒，有半加仑的水果罐，有五加仑的铝罐；有的驶往南方，有的向东开往里士满*****，有的向西进入田纳西；这些人中有一些皮肤黝黑，满脸倦容，脚踩泥泞的靴子，他们是把蒸馏器里的威士忌从山上扛下来的山民。还有一些身

---

* Thornton Mountain，位于弗吉尼亚州的富兰克林县境内。

** Route 19，美国境内一条南北走向的高速公路，连接墨西哥湾和伊利湖。

*** Route 21，美国境内一条南北走向的高速公路，始于南卡罗来纳州的亨廷岛州立公园，北至弗吉尼亚州的威斯维尔。

**** Martinsville，位于弗吉尼亚州的亨利县境内。

***** Richmond，弗吉尼亚州的首府。

穿长大衣，头戴硬礼帽，嘴里说着只言碎语的人，他们是来买酒装货的，然后押着货物一路北上，运往华盛顿、巴尔的摩和费城。

还有一些人是专门来县界餐馆看麦琪的。麦琪是这里的女招待，负责在柜台煎鸡蛋、烤土司、做饼干和三明治。麦琪的年纪在三十上下，身材高挑而瘦削，五官狭长，宽肩细背。她身上有种独特的风度，带着一丝警惕和冷漠，她的动作轻盈的像一只猫，方圆几里找不出第二个像她这样的女人。她留着一头棕色长发，干活时梳成一个高髻。麦琪总穿着最新款的裙子，上面缀满蕾丝，印着机织图案，布料新颖独特。这些裙装订购自商品目录，差人送到落基山。男人们坐在柜台边，透过苹果白兰地的酒瓶盯着她看。她在烤架前忙碌着，瘦削的肩胛骨在漂亮的裙子下耸动着。等她转过身来，男人们则审视着她修长的脖颈和垂下来的几缕柔发。闪亮的布料像水一般包裹着她的臀部，男人们努力克制着自己伸手摸上去的冲动。麦琪似乎并不介意男人们坐在那儿直勾勾地盯着她，无论她在柜台后弯腰取黄油，还是从冰柜里拿出一大块冷肉来，都有一排男人的头跟随着她转动。没事的时候麦琪会倚在水槽边抽上一根烟，鼻子里喷出缕缕烟雾。那些男人盯着她的时候，她总是望向他们的身后，仿佛望着很远的地方。

弗雷斯特将两根手指放进嘴里，低低地吹了声口哨，哈尔从厨房那道弹簧门后走了出来，手在围裙上擦了擦。哈尔个头不高，圆球般的脑袋上头发梳得很仔细；他是个沉默寡言的人，一个星期嘴里说不出十句完整的话。

关门，弗雷斯特吩咐道。

哈尔点了点头，转身回到前厅。

弗雷斯特穿上大衣，正打算回到仓库，突然一声喊叫从前厅传来。他站在那里听着，一只胳膊还伸在大衣袖子里。接着传来了一阵玻璃破碎的声音，他听出有人往墙上扔瓶子。紧接着木板啪嗒一声，之后是一阵撕扯声，一个男人痛苦地大叫着。杰弗森把双手从肥皂水里伸出来，在抹布上擦拭着。

柜台上，一个男人正伸出一只滴血的手，试图抓住麦琪的腰。麦琪背靠着烤架，手背在身后。那人的帽子掉在了地上，一个穿着一身脏兮兮的工装裤的男人站在他边上，他们坐过的板凳翻倒在地上，这两人是从戌亭湾过来买酒的。牌桌边的人现在都站了起来，手里还攥着牌。收音机里吉米·罗杰斯*还在唱着：

[给我买一只枪，跟我的身高一样长的枪。**]

哈尔站在柜台的尽头，从吧台下取出一根木棒握在手里，看着那两个人。他喘着粗气，几缕头发耷拉在耳边。

住手！弗雷斯特喊道，都出去！

靠在柜台上的那个人扭过身来，他的脸上滴着汗，两片嘴唇上湿乎乎地，颤抖着嘴巴挤出一个笑容。

我付了第二杯的钱，但她不肯给我上酒，还砍了我一刀！

他举起血淋淋的手，关节处划着一道深深的口子，皮开肉绽。

弗雷斯特看着麦琪，她轻轻地摇了摇头。弗雷斯特回过头

---

* James Charles Rodgers（1897—1933），美国乡村歌手，被誉为会唱歌的扳道工，乡村音乐之父。

** *T for Texas* 里的歌词，吉米·罗杰斯的代表作。

看着那两人。

你没付钱，弗雷斯特说道。

[给我买一只枪，跟我的身高一样长的枪。]

我们买的量那么大，那人说道，难道你就不准备额外奉送点儿？

你们连个屁都买不到，弗雷斯特说道，滚出去。

哈尔在柜台后弯下腰来，捡起一柄柯尔特左轮手枪，上面还沾着斑斑血迹，扔给弗雷斯特。

她不肯给他酒，他就掏枪指着她，哈尔嗫嚅着。她拔出刀子，划到了他。

弗雷斯特面无表情地看着那两人。

你有没有拿枪顶着这个女人？他说道。

那人用拳头在吧台上捶了一下，抓起了另一只酒瓶。

你他妈的要是敢扔那个酒瓶试试，小心自己身上没一块好肉，弗雷斯特说道。

那几个打牌的看到这阵势，纷纷戴上帽子穿起了大衣，把桌上的零钱扫进手心，半空的酒瓶塞进口袋里，跌跌撞撞地走进夜色中，啪的一声把门关在身后。弗雷斯特扫了一眼盯着那人的麦琪，她的右手仍背在身后，紧紧抓着那柄用来切火腿的快刀，刀锋上沾着猩红色的血迹。

[我要杀了西尔玛，就为了看着她蹦起来再跌倒。*]

那人在吧台上抹了一团鼻涕，举起酒瓶一把扔在麦琪右边的大镜子上，镜子碎裂开来，碎片雨点般落进了她的头发里。

---

* *T for Texas* 里的歌词，吉米·罗杰斯的代表作。

弗雷斯特一阵怒火中烧，他看得出来这些人压根不是来买酒的。手头上放着太多现金真是愚蠢，没带猎枪或者手枪就出来应付这种麻烦更是愚蠢。幸好这些人似乎只有这一把枪，这等于他们的脑门上写着铤而走险这几个字。如果霍华德在场，整件事就容易多了。那俩人一定是等着看他会不会出现，现在已是深夜，而霍华德依旧没有出现，所以他们决定铤而走险。没关系，弗雷斯特想道，这是他们自找的，就让这些混蛋得到他们应有的惩罚。

动手吧，那人喊了一嗓子，冲着弗雷斯特拉开了架势，那个身穿工装裤的人迈步站到了弗雷斯特的身后。第二个人中等个头，但身板比大多数人都厚实。他下巴上的甲状腺似乎发炎了，肿地像火鸡头上的肉冠。这人脸色阴沉，令人生畏。这家伙不像是喝醉的样子，弗雷斯特暗想，可要当心这人。弗雷斯特打量着对手，好让自己心里有数，这种预判让他的耳朵一阵噼啪乱响，手指关节攥得发白。在弗雷斯特的脑海中，他看见自己的愤怒如同一道三角形的火焰升腾在黑夜中，他全神贯注在这道火焰上，用一个黑色的盒子罩住它，让它变小。突然，一股水一样冰冷的黑色撞倒了他。他想挥出双拳，把自己扔到世界的背后。他看着那俩人，就像看着两只用后腿站立的动物。

弗雷斯特从吧台站开几步，给自己腾出一些空间来。哈尔拿枪站在他的身后，但是弗雷斯特知道那俩人会冲过来，而哈尔这个老头是不会开枪的。四人相对站了一会儿，突然，那个满脸是汗的人挥舞着双拳向弗雷斯特扑过去，弗雷斯特一个侧身闪开了，借力把来人推上了一张桌子上，那人摔倒在了地上。杰弗森围着围裙从厨房里冲了出来，一屁股坐在那个试图挣扎起身的人的腿上。哈尔用枪顶着那人的太阳穴，警告他躺着别动。

弗雷斯特转过身来，那个身穿工装裤的人冲他的脸一拳挥来，弗雷斯特一偏头，拳头打在了他的耳朵上，力道之大逼得他架起双肘护住面门。那人双臂箍住弗雷斯特的上身，试图把他举起来，他张着嘴咕哝着，嘴里一股热烘烘的难闻气味。弗雷斯特感觉到自己的双脚离了地，他意识到这下麻烦大了。那人把他举了起来，摇晃着走进吧台。趁着那人的双手略微松开一小会儿的空当，弗雷斯特的一只手挣脱出来，手腕一抬，正打在那人下巴上那块柔软的甲状腺上。那人牙关咔地一声响，踉跄着后退了几步，睁大了双眼。弗雷斯特趁机挣脱了。一条亮晶晶的舌头挂在那人的下嘴唇上，紧接着一大口鲜血喷在了他的下巴和脖子上，他用手接住那块舌头，痛苦的呻吟着。挣脱了束缚的弗雷斯特麻利地戴上了藏在口袋里的铁指节*，揪起那人的衣领把他拎了起来，手高举过肩，一拳下去，正打在那人的两眼之间，那人的前额顿时皮开肉绽，人瘫倒在了地上。

餐馆里的几个人拖着那人的双脚把他扔进了路边的沟里。在头碰到沾着泥的脏雪时，那人哼了几声，捂住自己血肉模糊的头。随后，弗雷斯特和杰弗森又把那个满脸是汗的人扔到了停车场外，那人在地上滚着，连哭带骂了几声，弗雷斯特又连踢带踹了他几脚。他等着那人的身体转开或者胳膊移开，以便在他的肋骨或头上再踢一脚。他绕着那人走着，紧跑几步，借力狠狠地踹了上去，靴子在雪里打滑了。那是一个寒冷的夜晚，

---

* Iron knuckles，一种套在手指上的暗器。

云团在山的东面聚集起来，硬土路边高大的松树林伫立在黑暗之中。弗雷斯特脚上的靴子寻到了那人身上的一处软肋，那人咕哝了一声，困难地喘着气。弗雷斯特感到一阵疲倦，整件事让他愤怒无比，尽管他对此并不感到惊讶。此地有钱的消息已经传了出去，总有不怕死的人前来铤而走险。弗雷斯特用手指擦了擦裂开的耳垂，瞄着那人的肾脏处狠狠踢了一脚。该死的霍华德，他想道，净鬼扯，什么忙都帮不上！

弗雷斯特回到屋里的时候，麦琪正在清扫镜子和酒瓶的碎玻璃。收音机仍在响着，方圆几里听不到其他声音。弗雷斯特突然感到一阵羞愧，他想说点什么或者道个歉，却转身走进后屋帮哈尔和杰弗森收拾厨房去了。她不是孩子了，弗雷斯特想道，她肯定见过更糟的情形。

厨房里，杰弗森正在水池里洗手，哈尔抽着烟，在地板上来回走着，嘴里咕哝着，刚才那股紧张的劲儿还没缓过来。弗雷斯特拿出他的钱夹，抽出两张五美元，走到哈尔面前，在老头依旧颤抖的手中放了一张。哈尔点点头，弗雷斯特拍了拍他的后背。杰弗森揩干了手，将那张五美元整齐地折好放进衬衣口袋里。

多谢，弗雷斯特先生，杰弗森说道。

感谢你的帮忙，弗雷斯特说道，不会再发生这样的事情了。

杰弗森挠了挠头，若有所思地看着他。

我也想那样，杰弗森说道。

那正好，我们想到一块儿去了，弗雷斯特说道。

随后，麦琪穿上了大衣，头戴男士呢帽站在钱柜边数着钱。餐馆里空无一人，安静得很，杰弗森和哈尔都回家了。哈尔开车下山，往南进入亨利县；杰弗森·丹沙佐则大踏步地走在茫茫的雪夜里，回到南面几里外自己的小屋中。麦琪自己有车，一辆改装的福特T型卡车，这是她父亲生前留给她的。不管去哪儿，她都坚持自己开车。她一贯待到很晚，整理好收据，清点完钱柜里的钱才走。弗雷斯特在库克山*上有间住所，位于富兰克林中部偏北的地方，但是离得太远，而且山里正在下雪。在这样的夜晚，他会拨旺炉火，来两杯白沐尔威士忌，然后倒头睡在后屋货架之间的铺盖上。弗雷斯特站在那儿看了一会儿，麦琪并没有抬起头来，她的眼睛专注在写收据的小纸片和铅笔头上。

你在做什么？弗雷斯特问道。

吃冰激凌，麦琪回答道。

她从碗柜里拿出一个杯子，倒上咖啡，抬手把长发捋在耳后，给了他一个紧绷的微笑，化了烟熏妆的黑色眼睛闪烁着疲惫。她的大衣敞开着，弗雷斯特看到她裙子的腰部喷着一道干了的血迹。

快上路吧，弗雷斯特说道，趁路上还没积雪。

马上就好，她答道。

弗雷斯特走出屋子，来到停车场上查看雪势。大片的雪花缓缓飘落下来，伸出手便可以接住这些碎片，这意味着雪势不会持续太久。但是，在这样的大雪中上路依旧十分困难，他还得翻过桑顿山才能到家。雪地上有一摊血迹，弗雷斯特用脚堆出一些新雪盖在上面。停车场那头，麦琪的车停在他那辆松绿

---

* Cooks Knob，富兰克林县境内的一座山峰。

色的福特 1928 旁边。在积雪的映衬下，那辆福特 1928 的形状看上去有些怪异，弗雷斯特穿过停车场走向他的车。快到跟前时，他才看清在车前的挡泥板上耷拉着一尊躯体，是那个被他用铁指节打伤的男人，鲜血已经在他的额头上凝固成黑色的血痂，他一定是自己拖行到这里来的。那个被他踢得不省人事的家伙不见了。停车场上空空如也，只有他的车和麦琪的车停在那里。没有风，弗雷斯特听到雪花轻柔地刷刷落在树间，山路上汽车的引擎发出阵阵轰鸣声。

他看见自己那辆车的车盖半开着，那股灼热的愤怒之火突然间又回到了身上。他考虑着把这人的腿打断再扔进沟里；他想把他的两只脚踝搁在石头上，踹到他的小腿骨断掉为止。这个想法让他感到疲惫，他甚至痛心地希望这人什么都没干过。他弯下腰来摸了摸那人的脖子，那人的脉搏依旧有力地跳动着。他还活着，这意味着在这个夜晚结束之前他还可以承受更多。许多男人似乎在早晨醒来后都需要一顿这样或那样的暴打，他们说了并做了一些奇妙的事情，就为了让另一个男人打扁他的脸，这始终让弗雷斯特感到惊讶和不解。也许是那两人的自取其辱让他无端腾起了一股事后气。就让他们在第二天浑身疼痛地醒来，在泥地里翻着身，摸索着嘴里被打落的牙齿，抚摸着撕裂的耳垂，从后视镜里看到自己糊满血迹的脸吧。如果这些是他们自找的，那么就给他们一顿好受，弗雷斯特暗下决心。不管哪样，他都会把这人推到沟里，打断他的双腿；如果他死了，那也是自找的。

他蹲下身抓住那人外衣的翻领，想把他从车子的脚踏板前拎起来，拖进沟里。突然，那人猛地睁开双眼，冰冷的双手一把抓住了弗雷斯特的手腕。他一脸狰狞，嘴唇边依旧冒着汩汩鲜血。弗雷斯特绞着双手，奋力地挣脱着。

操，孙子！弗雷斯特怒骂道，你有完没完？

突然，他觉察到有人近到了自己身后，双手圈住了他的衣领。身后那人压在他的背上，弗雷斯特一时无法站起身来。抓住他手腕的那人咧嘴一笑，伸出嘴里的半截舌头，活像一根血肉模糊的香肠。他圆睁着眼睛，肿胀的甲状腺晃悠在下巴和衣领上。弗雷斯特身后那人用一只前臂抵住他的下巴，把他的头朝上扳向天空。低矮的云层翻滚着，卷起幽暗的煤灰色。

动弹不得的弗雷斯特感到刀锋划过他的脖颈，那种金属的冰凉仿佛是冰块在皮肤上划了一条线，如此平滑而毫无痛感，这让他惊诧不已。他仰着头，望着杳渺的星星穿过云团，感觉到双脚上的靴子依旧潮湿。身后那人紧紧地抱住他，面前那人抓着他伸出的手腕，一脸狞笑地逼近他。夹击之下，两人的呼吸在他们之间喷吐着。他被那股力道耗尽了力气，突如其来的虚弱感占据了他。鲜血从他的喉咙和胸膛喷涌而出，他大口吞咽着这汩汩微咸的东西——［我的脖子？天呐，他划开了我的脖子，他将要把我的头整齐地砍下来！］身后那人正锯着他的脖子，弗雷斯特蹒跚着弓起后背想甩开他，他挣脱出一只手，抓向身后那人的脸上，他碰到了那人的颧骨和眼窝，猛地用大拇指插进那人脸上柔软的部位。那人惨叫一声，放开了他，弗雷斯特站起身来，朝着餐馆踉跄着走了几步，便直挺挺地摔倒在雪里。他惊讶于如此多的鲜血像水龙头一样喷涌而出，洒在雪地上，血浆在他的两手之间冒着热气。他挣扎着爬向停车场那头的餐馆，那里传来一阵门被踢开的爆裂声，随后屋里传来一阵尖叫，他知道他们已经闯进去了。

弗雷斯特倚着墙，用麻木的手指摸索着脖子上的伤口，面前一片白茫茫。他抓着脖子上的刀口，心想着这该是一个人一生中仅有的几次思考人生的时刻，但他满脑子想得都是那两个家伙是来找打的，他遂了他们的愿，可这一切又是为了什么？

我身上的一部分少了，他想到。宇宙之间唯一完整的我，那个我该是一个在清晨起来，翻山越岭，用大而粗粝的双手杀人如草芥的硬汉。弗雷斯特抬起头来，天脊已经消失了，只剩一个破洞，星星也不见了，光线如闪烁的溪流缓缓地投了下来。天上的那个破洞旋转着，他觉得自己在漂移，整个地面和地面上的人都被困在了一个盒子里，被踢翻扔在了黑暗之中。还不到死的时候，他想着。屋里又传来一阵女人的尖叫声和玻璃被打碎的声音。女人陌生而又凄厉的喊声钻进了弗雷斯特的心脏，他的心抽紧了。而弗雷斯特已无法集中精神去想那尖叫声是怎么回事，又是谁在尖叫？弗雷斯特看着自己的双腿在面前摊开了个八字，裤子上沾满了黏糊糊的鲜血，他知道它们已经无法做出任何反应。

后来，一切都安静了下来，弗雷斯特望着片片雪花像云团一样落在他的双腿上，停车场上，以及道路尽头的树林上，仿佛给他们盖上了一层白布。他稳了稳心跳，恢复了短促而规律的呼吸，肌肉也放松开来。

[还没那么糟糕，他想到。]

雪依旧簌簌下着。从他头顶上的窗户里传来了收音机里微弱的音乐声，他的注意力转向那渐弱的音乐声，突然，一个声音响了起来：

[给那些生病的和关在家里的人。]

紧接几个声音合唱起一首赞美诗，缓慢而从容，歌词听不清楚。

弗雷斯特猛地睁开眼睛，路对过的树林边上闪过一丝动静，他看不清那是什么。如果那是上帝，他会伸出手一把抓住他，打断他的头，像踢爆路上的土块一样把他踢成碎片。还没那么糟糕，事实上这一切都合情合理。他的脸垂了下去，落在了雪地里，两颊一片冰冷；他仍旧抓着脖子上的刀口，跌进了黑暗之中。

***　***　***

霍华德·邦杜兰特醒来时，发现自己侧躺在前座上，方向盘正抵着他的牙齿。他坐起身，定睛看着挡风玻璃外。车外一片银装素裹，大地仿佛是被来自地下的光亮照亮的。他仰面在座位上躺了一会儿，像婴儿一样抬起双腿，脚趾头在仪表板上狠命踢着以恢复知觉，麻木的手指摩挲着腋窝。他的肠胃区域传来阵阵疼痛，他痉挛着，无比希望能再度回到不省人事的状态里。

随后，霍华德使劲把车门扳开。猛力之下，车顶上的冰层碎裂开来， 块 英尺厚的雪落进了驾驶室里，正砸在他的裤子和肩膀上，脖子里也掉进了几片碎冰。天空和地面都是一片白茫茫，有阵子他分不清卡车是在直走还是拐弯，还是悬浮在空气中。在他的左面，大雪正随着山势起伏，间隔平均的雪堆像一道篱笆。在他的右面一排松树伫立在他的目力所及之处。松树的树梢被积雪压弯了，歪向各个方向，仿佛一群人坐在椅子上打着瞌睡。卡车半埋在一个陡峭的拐弯处，霍华德觉得自己大概冲进了一处溪谷。他凝视着那排松树，一阵微风吹乱了树梢，积雪簌簌地往下掉，激起阵阵起伏的雾堤。群山渐渐从空气中清晰起来，像一只冰冷的胳膊肘敲在他的膝盖上，他跪了下来，在雪地里一阵干呕。

[弗雷斯特。]

霍华德利用那道雪篱笆和松树作为向导，走上了下山的路。他面向东方，朝着圆盘一样散发着微弱光芒的的太阳走去。

Chapter 4

第二天清晨，艾米·邦杜兰特出现在厨房里，身穿家居服，手里拿着一盒火柴。屋里的空气刺骨地寒冷，夹杂着清晨的潮湿。杰克看着妹妹点着炉子，为他们的父亲煮咖啡。跟前五十年的他相比，父亲现在睡得很晚。艾米个子很高，跟杰克和其他哥哥一样，头略微有些前倾。她探着身子在炉前忙碌着，瘦削的肩胛骨像鱼鳍一般张开着。她切下一大块猪板油*，扔进平底锅里，一边搅动着嗞嗞冒油的肉块，一边用手指把头发拨到一边。她刻意留了短发，她的头发原本是淡金色的，几乎像玻璃一样，现在已经长出了几缕铁灰色。艾米只有16岁，比杰克小两岁。

杰克站在窗边扣着衬衣，望着被大雪覆盖的路，寻找着哥哥的身影。每个月第一个星期的星期五弗雷斯特都会往县城周边送一次货，有时也会带上杰克一起。杰克必须紧盯着大路，因为弗雷斯特绝不会载着一车酒开上屋前的车道，他只会在路

---

* Fatback，猪肉背部上的条状猪油，通常晒干并用盐腌制。

边停上几分钟。如果杰克没有准时等在那里就错过了。

在那些日子，杰克一大早就暗地侦查着弗雷斯特的车，一看到它徐徐地开到车道的尽头，杰克便一口吞下杯子里的咖啡，冲出家门，跑上车道，嘴里塞着一块油乎乎的饼干，口袋里还揣着一块。奔向弗雷斯特的车让杰克有种像小马驹一般嘶鸣的冲动，他蹦蹦跳跳地奔跑在土路上，经过牲畜栏和田地，成排的豆荚、卷心菜和葡萄藤在犁沟里烂掉。车里弗雷斯特的鹰钩鼻子和头上戴的费多拉*帽在路面上投下了剪影，轮胎侧上方的挡泥板扇呼着，车上六十加仑的酒把轮胎压瘪了。同弗雷斯特一起送货意味着口袋里会有俩钱儿，在落基山镇让人看到他跟哥哥在一起总能让杰克挺起胸膛。

杰克一般会跳上后车厢，周围满是五加仑的铁皮罐和半加仑的玻璃罐垒起来的木箱，他就在木箱之间的狭窄空间里老实坐着。遇到杰克开着那辆结实的四缸福特行驶在硬路上时，杰克便伸出双臂扶稳那些泼泼洒洒的酒瓶。一路上他们在农庄前停下，杰克窜起身来，把酒瓶从车上卸到农舍的后廊上。在落基山镇，他们几乎到过半数的住家和商户。杰克跑过小巷，将酒瓶放在某间办公室后窗的窗台上；他也曾踩着楼梯爬上拥挤而倾斜的楼房，敲开住家的门。里面的人应声开门，发现一瓶酒就放在门口，走道里还回响着送货人的脚步声。在他们送货的地址里还有法庭、警察局和教堂的牧师住所，收货人有律师、法官和市政厅里的人。

之后他们会向北翻过格拉希山，然后往东进入烟囱山和波

---

* Fedora，一种帽檐很低，前后较长且侧面帽檐可以卷起的软毡帽。

恩磨坊镇。他们会在一道十字路口前停下，那里有间加油站，一个长着一对斗鸡眼的男人等在门廊下，旁边的墙上靠着一杆来福枪，门前的空地上停着一辆卡车，引擎空转着，那个斗鸡眼男人沉默地卸下三十加仑的酒。之后他们向东进入史密斯山湖，将剩下的酒卸在由一个叫哈切尔的人开的加油站里。在这间加油站前站着一群人，等在各自的轿车和卡车上，有四方形的纳什维多利亚*，长型的斯图贝克**，增压型的派克车***，以及无处不在的福特 A 型。那些人安静地站着，一些人露出了看似随意地插在腰带上和口袋里的手枪。在停车场上一辆放空的轿车里，治安官谢里夫·霍吉斯和他的儿子兼副手亨利，正啜饮着保温杯里的热咖啡。

有时，在杰克放下酒罐后，会发现后门廊上放着一个小纸包。他把纸包交给弗雷斯特，弗雷斯特顺手便塞进了衬衣口袋里。在他跟着弗雷斯特一起送货的日子里，他从没见过金钱交易。赶在最后一分钟被弗雷斯特带上总是让杰克热血沸腾；他等在落基山镇中心的角落里，大街上男男女女熙来攘往，他歪戴着帽子，脚上穿着擦拭一新的靴子，脸上带着一抹自得的笑意，双手上各拎着一只五加仑的酒瓶，细长的双臂抻得笔直而遒劲。人们不怎么正视他，只匆匆瞥上一眼，随即很不自然地

---

* Nash Victoria Six，一款古董车。创始人为查尔斯·W. 纳什，纳什汽车公司成立于 1916 年，后并入美国汽车集团（AMC）。

** Studebaker，一款古董车。制造商为斯图贝克，一家以制造马车起家的汽车制造商，创建于 1852 年，总部位于印第安纳州的南本德，1966 年倒闭。

*** Packard，一款美国豪华型古董车，制造商为派克汽车公司，总部位于密歇根的底特律。第一辆派克车制造于 1899 年，后与斯图贝克合并为斯图贝克—派克汽车公司。

转开视线；年轻小姐们睁大眼睛，很快便低下头盯着叠放在棉布外罩和衬衣前襟上的双手，这让他感到一阵满足。他看得出对人们来说，他的出现形成一个磁场，一阵裹进他们中间无形的风。他有滋有味地品味着每个时刻，并在自己的梦里将它们尽情释放。

那个清早，弗雷斯特始终没有出现。道路已经冻成一条平滑的白练，从昨晚开始下雪就没人从这条路上经过，杰克以为哥哥是无法从餐馆分身。在窗边站了一个小时后，他放弃了，气鼓鼓地坐下来吃了一顿早餐。艾米给格兰维尔准备了饼干和苹果酱，然后端来了咖啡、煎蛋和一碗热气腾腾的猪油渣玉米粥。等到她忙完坐下来跟他们一起吃的时候，格兰维尔和杰克已经快狼吞虎咽完了。杰克看到把头埋在咖啡杯里的艾米露出一丝得意的鬼笑，他在想是不是因为今早弗雷斯特没有出现的缘故。弗雷斯特又没把他带上，她有必要那么得意吗？格兰维尔倒咖啡的时候不小心洒了一点在茶托内，赶忙凑近了啜饮着，那样子像一个苦行僧。喝完咖啡后，他用双手抓了抓满嘴的胡子，向窗外望去。

你今早要出去？

我本来以为会出去，杰克回答道。

那好，格兰维尔说道，那你今天就把那边那捆松树收拾好，先在谷仓里洒点水，然后给牲口喂点青贮饲料。*

弗雷斯特随时都可能来的，杰克说道。

格兰维尔转身对着杰克，斜着眼看着他，仿佛看着远处的

---

* Silage，青饲料，通过把绿色草料植物放进地窖贮存且发酵而得到的饲料。

某物。父亲的前额拧着几道皱纹，双眼犹如朗星，喉咙上布满了斑点，松弛的皮肤堆成了三道平行的褶子。

你不用出去，格兰维尔说道，去帮你的妹妹干点什么，然后照看一下奶牛，收拾收拾那片林子。艾米迅速站起身来，开始收拾碗碟。杰克的眼睛盯着她的脸，寻找着高兴或得意的表情。

可是我要给弗雷斯特帮忙的，杰克说道。

那等他到了以后你再出去，父亲说道。

格兰维尔拾起帽子穿上大衣，准备新一天的开门营业。等他出了门以后，杰克转向水槽前的艾米。

怎么了？你到底在笑什么？

我什么都没说。

艾米忙碌地刷着碗筷，杰克觉得拉着妹妹问个究竟也没什么意思。他站在窗边喝着咖啡，看着父亲清扫着车顶上平滑的积雪，然后小心翼翼地驾着车从车道驶上大路，防滑链发出阵阵叮当声。

杰克劈柴时，哈尔·查尔德斯开着车到了。天气暖和多了，还没化掉的雪痛苦地巴着树。杰克脱了外衣，只穿了条背心，身上像役马一样袅袅冒着热气。哈尔深一脚浅一脚地走在雪中，杰克看出有些不对劲，老头脸上面无人色，紧握着双拳放在胸口，像是一个喝醉酒的拳击手。杰克奇怪他怎么没在县界餐馆的烤架前干活。

我说不清楚，杰克，哈尔开口道，我觉得弗雷斯特出事了。

杰克望了望身后的屋子。窗户黑洞洞的，只看得见窗帘的形状和母亲的那把摇椅。哈尔在雪中颤抖着。

霍华德在吗？

不在，杰克，我没看到他们一起。

大路上传来一阵车子经过的声音，防滑链在雪地上咔咔作响，两人转头看着它经过。杰克感到皮肤一阵刺痛，双脚在羊毛袜里痒得难受。

出什么事了？杰克问到。

搞不清楚，哈尔说道，好像是跟戍亭湾那边两个家伙的一笔生意谈崩了，原本已经解决了，但是今天早上弗雷斯特的车还在那儿，人却不见了。

杰克想着店里的父亲，估计正跟平时那帮吹牛聊天的老头们一起站在大肚炉边，双脚在锯末里拖来碾去。他真希望霍华德在这里，尽管霍华德一言不发，但只要他坐上哈尔的车，杰克也跟着搭上车，一切都会没事的。

稍等一下，杰克说道，迅速走进屋里。

屋里的暖气热得有些令人窒息，杰克伸手用袖子擦了擦额头。艾米捧着一本书坐在母亲那架摇椅里，大眼睛看着杰克。

我不知道到底发生了什么，杰克说道，哈尔说县界餐馆那里出事了。

杰克走进阴冷的储藏室，里面的架子上堆满了罐头、蔬菜和腌制食品，都是艾米和格兰维尔在秋天放进去的。杰克知道父亲有一把来福枪放在里面，但是他不清楚在哪儿。他在架子间翻找着，拉开角落里放着的一张旧五斗橱，当他突然意识到五斗橱的抽屉是放不下一杆来福枪时，立刻觉得自己像个傻瓜，低声骂了一句。他不想去找那杆枪，不想去处理这件事，这种想法像一根镰型棘一样楔入他的体内。

杰克在起居室停了一会儿，搓着双手。他知道妹妹假装在看书，其实是在盯着他。

听着，他说道，别跟爸爸说这件事。

艾米睁着大眼睛点了点头。

杰克走出了家门，抄起外衣穿在身上，朝哈尔的车走去。

走，他说道，我们去看看。

空气清冽，雪化得很快。一路上，哈尔向杰克解释了那场口角的始末。餐馆快打烊的时候，两个从成亭湾过来的人前来寻衅，麦琪用切刀划伤了一个人的手，最后弗雷斯特把那俩人赶了出去。由于行驶在雪中，防滑链在硬路上的噪音很大，哈尔必须连吼带叫地说话。

弗雷斯特的车依旧停在餐馆的停车场上，车盖半开着。杰克不禁想，一个一星期能挣上一百美元的人怎么会买一辆跟个饼干盒似的八百美元的福特车？他们把车停在餐馆的门前，熄了引擎。车轮印和脚印依旧清晰可辨，上面覆着一层一英寸厚的新雪，杰克明显看出那个晚上发生了很多可怕的打斗。

看这儿，哈尔指着餐馆的大门说道，门虽是关着的，但把手那里裂了，有人破门而入。杰克看着一道脏雪的痕迹，从餐馆的侧面一直延伸到一块已经结痂的暗红色块，顺着弗雷斯特车边的石子路滴着融水。

我们打伤了其中一人，哈尔说道，但是这里的血迹不是他的，除非他划开了自己身上的血管。

餐馆里到处散落着碎酒瓶和破家具。收银机摔在了地上，大开着。所有的抽屉都大敞着，柜台后的架子上放着的东西被洗劫一空。那把切刀戳在吧台上，刀锋上还留着一抹凝固的黑血。

麦琪呢？杰克问道。

她一般在我们后边走，哈尔说道。她的车不见了，所以我猜她应该安全到家了。

杰克走进厨房，踢着扔在地板上的锅碗瓢盆。

我们走之前打扫干净了，哈尔说道，我跟杰弗森俩人打扫的，不该是这样的。

我们最好喊霍吉斯过来，杰克说道。

还是先检查一下仓库，哈尔说道。这么多白沐尔酒在手上，要是我们喊来了治安长官，弗雷斯特一定不想让他看到。

他们走出厨房的后门，发现了几行清晰的印迹通往仓库。仓库大门的周围印着几条轮胎印，这表明有人出入这里好多次。仓库的门大开着，雪地上躺着一把斧子，看样子大门应该是被这把斧子劈开的。阳光照在后院上，晒软了积雪。杰克双手抱着头开始思考，此时他的脑袋像一个蜂箱。

他放在这里的酒有多少？杰克问道。

差不多两百美元吧，我猜，哈尔说道。

黑黢黢的仓库里，地板上散落着一些碎酒瓶和五加仑的空罐子，空气中弥漫着玉米烈酒的恶臭。在眼睛适应了屋里的昏暗之后，杰克看到这间仓库几乎空了。这么多加仑的酒，他们一定带了好几辆车和好几拨人手过来。这间仓库里的货至少值五百美元。他走出仓库，双手在身前紧紧地攥着。杰克感到自己似乎刚从漫长的一觉中醒来，他的视线有些无法集中。树木在摇晃，空气中并没有一丝风，只听到两人嘎吱嘎吱踩着半融的积雪。杰克知道若非一场苦战，弗雷斯特绝不会轻易让人搬走这么多酒，突然，他脑海里冒出一个念头，那些带走这么多酒的人会不会也把他的哥哥从这个世界上带走了。

*** *** ***

杰克考虑头一件事应该是给落基山镇的医院打电话，看看他们有没有接受过符合弗雷斯特外貌特征的人。县界餐馆里有电话，杰克试着把电话接通，哈尔在一边清扫残骸。如果医院没有，那么第二个电话就该打给停尸房。但是弗雷斯特在那里，躺在重症监护室里，还有气。杰克和哈尔两人赶紧驶往落基山镇。弗雷斯特毫无知觉地躺在病房里，咽喉处缠了一圈厚厚的绷带。医院已经把他咽喉处不规则的伤口缝合上了，这条伤口从一只耳朵下划开，经过下巴，割在喉结上一公分处，一直划到了另一边的颚骨。他的失血量惊人，医院一品脱接着一品脱地给他输血。护士说他是凭一己之力在凌晨摸进医院的。他摇晃着走进大厅，手指紧紧捂着咽喉上的刀口。在昏过去之前弗雷斯特跟护士说他不小心出了一场事故。从县界餐馆到落基山镇将近十二英里路，而且大部分山路蜿蜒崎岖，十分难走。当问到他是怎么到这儿的，弗雷斯特回答说他是走来的。

Chapter 5

1929 年

落基山县以北只有一条路，呈锯齿状没入一座名为格拉希山的陡峭大山中。到达山顶之后，这条路继续向北穿过黑烟囱*，沿着山脚的河谷和溪流蜿蜒进入崎岖不平的波恩磨坊镇。几座小山将富兰克林县和罗阿诺克县分隔开来，两县的分界线为黑水湾一条细细的支流。穿过黑水湾再走三十英里便到了南弗吉尼亚的中心枢纽罗阿诺克。

这条黑水湾的支流叫蛆虫湾，根据当地的说法，这条水湾里曾经繁殖有大量蛆虫，蛆虫湾因此而得名。同黑水湾的干流一样，这片水湾总是呈现出一片暗褐色。这是因为沿河两岸生长着栗子树，栗子树上多刺的种壳掉进水里，随着时间被溪水冲淡了颜色。蛆虫湾上有座桥，说是桥，只是简单地支着四根

* Burnt Chimney，黑烟囱，富兰克林县境内的一个地名。

柱子，横铺着几块木板，桥的宽度只允许一辆车通过。桥的两边是幽深的栗子树、橡胶树和松树林。

下了桥，往落基山镇方向两百码不到的地方有座很小的加油站，掩映在路边的一片树林里。那个冬天弗雷斯特出院后，他就从罗·韦伯手里买下了这间加油站，把楼上的房间作为自己的寓所。弗雷斯特的供应商和联系人也跟到这里，几天下来，车辆在此排起了长龙，弗雷斯特就在加油站外做着自己的生意。浩浩荡荡的车队仿佛筑起了一道路障，它们冲过落基山镇，翻过格拉希山，停在加油站前，然后装货送往罗阿诺克，几分钟之内便驶过了县界。对酒精的需求量一直稳定地增长着。每到夜晚，蒸馏器的炉火如萤火虫一般闪烁在山腰。到了冬天，蒸馏器里的水蒸汽从山谷和小丘上袅袅升起。

这间加油站没有任何标识，但自那时起一直到弗雷斯特死，这里被称为黑水加油站、黑烟囱加油站、或者邦杜兰特加油站。

出院后，弗雷斯特拿走了他在县界餐馆的那份钱，把餐馆贱卖给了哈尔·查尔德斯。弗雷斯特还购买了移动式锯木设备、以小型发动机为动力的电锯、便携式长锯、刀片等其他手动切割的配套设备。在雇了几个当地劳力之后，他开了一间锯木厂，在县里跑起了锯木生意，加工硬木和松木。他白天在锯木厂的营地里干活，晚上则泡在黑水加油站里。加油站后耸立着一座高山，弗雷斯特在距离山脚十几米的山坡上用石头搭建了一间储藏室，并安上了一扇厚重的胡桃木门，木门的四周包上了铁皮，把手上挂着一把巨大的挂锁。他给钥匙配了一条短链，把它挂在脖子上，钥匙正吊在他喉结的凹陷处。

县界餐馆出事的几周后，麦琪出现在了黑水加油站，在那里的烤架前忙碌起来。加油站的楼上有三间卧室和一间带下水管道的盥洗室。弗雷斯特搬来了一些旧家具，大多数都是丢弃的。当麦琪带着行李，身穿一件系着金色缎带的深红色礼服出现时，弗雷斯特一言不发的转过身去，领她上了楼。他把一张铁架单人床摆进其中一间配置了最好的家具的房间，在另一间房间里给自己放了一张草垫子。麦琪的房里有一张椭圆形的镶边梳妆镜，摆在斗橱的背板上，这个斗橱是弗雷斯特的祖父用黑胡桃木做的。客厅里正对前窗的位置上摆着一张结实的旧沙发，上面盖着一方毯子，从这里可以望向窗外的大路和山下的蛆虫湾。厨房的架子上摆着母亲的旧瓷器，有些已经开裂或者磕碰掉了一块。

弗雷斯特从波恩磨坊镇雇了一个名叫埃弗雷特·狄龙的年轻人负责油泵。埃弗雷特二十来岁，寡言少语，面孔黝黑，长着一头浓密的黑发，总喜欢低着头。他工作勤快，从不问任何问题。他在山上有女人和小孩，需要稳定的收入。麦琪跟在县界餐馆一样站在柜台前，但其实没人在黑水加油站点东西吃，所以大多数时间她靠在烤架上抽着烟，望着窗外的路。加油站定期会有牌局，一打就是几个小时，油泵那边的生意一直比较稳定，但是大多数走进这里的人来自县里和北边一些地区，他们前来的目的是为了酒。

早晨，当麦琪还坐在床边，对着镜子梳理长发时，弗雷斯特已经在楼下做好了早餐，煮好了咖啡。弗雷斯特把县界餐馆里的收音机也搬了过来，晚上，他俩坐在沙发上，望着窗外的大路，一边抽烟一边听着来自威林或者里士满的广播节目。遇上弗雷斯特睡在锯木厂的营地，麦琪则独自坐在沙发上听着广播。后来，她坐在床上，一边抽烟，一边翻看着西尔斯*公司的广告目录。有时弗雷斯特回来得很晚，她已经睡了。第二天早上醒来时，只要闻到了培根和咖啡的味道，她就知道他在家。

麦琪从未对任何人谈起那晚在离开县界餐馆后发生了什么，也闭口不谈搬进黑水加油站同弗雷斯特住在一起的事。弗雷斯特也从未对任何人谈起过她，也没有人挑起这个话题，包括霍华德和杰克这俩亲兄弟。

在县界餐馆的营业时间里，哈尔擦着吧台或者给顾客倒喝的，他常常想起麦琪，烤架那里现在换了一个新的女招待。很多年之后，变成老头子的哈尔仍希望能从眼角的余光看到麦琪和她那倚着烤架的修长身材。有时在餐馆里，哈尔和其他人谈起弗雷斯特被割喉的那个晚上。他告诉人们弗雷斯特是如何用铁指节把那人放倒，又是如何把雪地里的另一个家伙踢个半死的；之后弗雷斯特又给了他一张五美元的钞票，让他回家；再后来，哈尔、麦琪和杰弗森都走了，就剩弗雷斯特一个，也就是那时他在停车场上遭到袭击，在雪地里九死一生。随着时间的推移，哈尔不断地给这个故事添加细节，以符合后来的结局。在他的版本中出现了闪着寒光的砍刀，他和杰弗森艰难地闯过扭打着的人群，弗雷斯特像拳击手一样挥舞着拳头，把那些人打得不醒人事。人越来越多，等在停车场上，个个身穿大衣，开着豪车，看样子像是北方人。弗雷斯特站在一片漆黑的门口，赤手空拳，脸上沾满了鲜血，让他们一起上。这个故事在他的口中生发着，演绎着，到最后，没人肯相信那老头说的了，它

---

* Sears，创建于19世纪晚期的美国零售业巨头。

的真相也被层层包裹起来，留给人们无尽的猜想。

弗雷斯特从未告诉任何人那天晚上到底发生了什么，警察没有过来调查。到后来人们逮住杰克和霍华德就会追问：[你那脖子被狠狠划开一个大口子的兄弟到底是怎么在一英尺深的大雪中徒步走了十二英里的山路，摸到了落基山镇医院的?] 兄弟俩耸耸肩，这种事没人能搞清楚。

你抓到他们没有？杰克向躺在医院里的二哥问道。

没，弗雷斯特说道。

你打算做什么？

弗雷斯特的面部表情十分平静，脖子上的伤口皱在一起，结着紫色的痂，密密麻麻地缝着黑线。一杯温热的水摆在床边的小桌上，走廊里一个病人正用嘶哑的喉咙向护士央求打个电话。弗雷斯特的眼神盯着天花板的某处，看着哥哥流露出低落的表情，杰克感到一阵突如其来的悲伤。他的面容让杰克想起了他们的祖父，一位经历过内战的退伍硬汉。在杰克模糊的记忆中，那个老人总是僵硬地坐在床边，一片片地削着木块。

我会动手拦住他们的，杰克说道，我也想在那里和你一起。

弗雷斯特咧开嘴，露出牙齿，给了杰克一个微笑。脖子上伤口被牵扯成一个状若第二张嘴的东西，形成一个诡异的双重微笑。

我会喊上你的，杰克，弗雷斯特说道。让那俩人希望在我们动手之前自己已经死了的好。

杰克感到一阵呕吐的冲动，哥哥的生活会不会最终像一棵老树桩一样被连根拔起，直到死掉那一天；弗雷斯特会不会始终生活在暴力和痛苦之中，永无宁日。

[什么都杀不死我们。]

Chapter 6

1934 年

傍晚，舍伍德·安德森坐在落基山镇的小哈伯餐馆里，一边啜饮着一杯咖啡，一边观察着一个头戴女士兜帽，一身黑衣的丹克尔教派*女子，她同两个年纪稍大留着胡子的男人坐在一起。对安德森来说，小哈伯餐馆是个理想的潜伏地点，因为治安长官和其他代理长官经常光顾这里，因此很容易嗅到一丝风吹草动。经常来这儿的还有州检察官卡特·李，安德森还无法结识此人。安德森已经在富兰克林县待了三个月，可只收集到一些零星的资料。在他租住的寓所的书桌上到处散落着小纸片，上面草草地记下了一些景色和人物。他在县里各处撒了不少五分和一角的硬币，主要都散给了趴在加油站里和餐馆柜台上的

* Dunkard，又作 Dunker，该教派系德美浸信会的一个支派，反对服兵役及法律宣誓。

男孩子。

[威莉·卡特·莎普？唔，我听说过她，就是没见过真人。]

[你不认识她？你到底打哪儿来的？]

安德森的确学习到了一些东西，比如富兰克林县里的人从不把这事称为“走私”，这个词在这里几乎算一个外来词语。你是说封锁，先生？什么封锁？这里的人也不说“私酒”，而是各种五花八门的名字：白色闪电、白沐尔、月光、树桩威士忌、山露、松鼠威士忌、冰火，在马里昂的几年时间内他见过不少。在修建瑞普兴的时候，他的工头，一个名叫波尔的七十岁老头，一个如黑熊般健硕、对自己的酒量充满信心的老人，每个月总要海喝一顿。他一般会雇一辆车和司机，在车上装满酒，开着车在县城里绕弯，遇到朋友家就停下来，邀请他们加入他的流浪豪饮中。有次安德森刚回到瑞普兴，发现所有的工人都醉了，东倒西歪地从脚手架上摔下来，身上沾满了白色的石膏。他的朋友大多也是善饮之人，尤其是福克纳特别好这一口儿，在新奥尔良的时候俩人喝过不少。那么这里又有何不同？每隔几天就有车队在大晚上急速驶过落基山镇，引擎的轰鸣声穿过了安德森租住的房间的墙壁。

安德森利用在罗阿诺克时报的关系弄到了一份初始报告《美国政府 VS. 查尔斯·卡特·李》，这份发表于当年七月的报告是提交给酒精税务科*的临时代理检察官的，后来成为大陪审团的调查基础。

---

* ATU，Alcohol and Tax Unit，禁酒时期设在美国国税局（IRS，Internal Revenue Service）下面的收税科室。

［1928 年秋天，查尔斯·卡特·李，弗吉尼亚州富兰克林县的州检察官，同治安长官皮特·霍吉斯将富兰克林县的几位副治安长官叫到了皮特·霍吉斯的办公室，有些是被单独叫来的，有些是几个人一起被叫来的，他们提议将富兰克林县按区划分，每月向从事非法酒精蒸馏的人和私酒贩子征收一定数量的酒水（从十美元到二十五美元不等），作为县政府官员向他们征收的保护费。］

几周后，大陪审团即将召集到一起，但地点尚未确定。报纸舆论建议审判应该在县外举行，以防大陪审团被收买。几位县里的重要执法者将受到敲诈勒索罪和阴谋罪的指控，但共犯的名字要等到真正起诉时才会公布。尽管如此，运送私酒的行动仍在继续，似乎没有受到影响。安德森发现，在一些加油站里，只要一言不发地往柜台上塞一张五美元的钞票，然后等在门外的车边，过不了几分钟，就会有一个泥猴般的小男孩从店后蹦蹦跳跳地跑出来，递给他一瓶用纸袋包装起来的半加仑的玉米威士忌。他曾经在一间加油站给了一个浑身脏兮兮的女孩五美元，她接了钱之后，转身奔上山去，消失在森林里。安德森在路边等了一个小时后才怀疑自己是不是上了最简单的圈套，但很快一匹骡子从山路上溜达下来，鞍囊里鼓鼓的塞满了酒瓶。说这里天上下的都是酒可能有些夸张，但这个地方的确到处流淌着威士忌。他之前的错误在于不该见人就问这鬼东西，他发现在富兰克林，交易的方式如出一辙，无需言语，只要把握好时机，加上简单的肢体语言，双方便能心领神会。在安德森租住的房间里放着六瓶不同的半加仑酒罐，一字排开立在斗橱上。他把它们作为样本收集起来进行研究，结果发现这些酒的确是有差别的，他不得不承认它们之中有些品质相当好，口感独特，层层递进，后味悠长。

安德森观察着小哈伯餐馆里几个黑衣人。几个农民正坐着喝咖啡，样子明显是戒酒会里的成员，安德森暗想，这个县的人在外转悠时，难保不在山里某处的篝火边喝上两口私酒。柜台的酒保把双臂叠在圆鼓鼓的上半身，若有所思地抽着烟。一个男人在隔间里看着报纸，手里拿着一截铅笔。这人梳着整齐的分头，发蜡抹得油光锃亮；他一身西装，系着蝴蝶结领带，应该是一个路经此地的销售员。安德森看着自己平滑细嫩的双手，旁人只消看上一眼，就能明白无误地看出这是个外人。他在想自己是不是需要一个翻译，一个把自己介绍给劳工阶层的引荐人，这个想法让他倍感羞愧。还有那个神秘的威莉·卡特·莎普，这个世界上唯一一个能够把着一辆福特车的车门把车开下格拉希山的人，虽然她到底是男是女都不清楚。但人们在门廊上、炉火边不停地谈论着她。

我可以马上把文章写出来给他们，安德森想道，写他们想要的人物。夜里，安德森坐在寄宿旅馆里一张破旧的餐桌旁奋笔疾书，回想着自己这一路的所见所闻：在地里劳作的农民的双手，晾烟棚里的男孩，伙房里表情严峻的农妇。他们脸上的线条，工装衬衣上划开的口子，以及鞋履上的缝线，可他从这其中几乎看不到任何东西。在这里，隐姓埋名似乎是一种受到鼓励的性格。安德森也曾到过中西部地区，那里的艰难生活赋予了人们一种奇特而有趣的魅力，只要搭上话匣子，他们便如鲜花般绽放开来，毫无保留。安德森从他们闪烁的眼睛和污浊的双手上读到了一切，也许是中西部大片中常出现的那种开阔的空地给人的思维提供了驰骋的空间。但富兰克林县却透着古怪，它那悠长的天际线和起伏的群山给他一种圈禁和限制的感觉，仿佛这里关着一个危险的东西，而这个县的人竭力不让它跑出来。这里的男人走路时一副萎靡不振的样子，双腿在身前踢着走，迈着八字步，含胸低头，双手深深地插在工作服的口袋里。他们的帽子一般压得很低，眼睛朝下看着地上的红土。这里的女人看上去在她们的余生中都会带着那一脸愁苦而又逆来顺受的表情，总是忙里忙外，停不下来。她们睁着一双空洞的眼睛，身穿一件破损不堪、毫无腰身的宽松裙衫*，脚上套着泥泞的靴子，手腕上也许挽着根绳子，脖子里挂着根细细的十字架。她们从不开口说话。

那他为什么不回家呢？想想伊莲诺？没有人知道安德森的确切位置，包括伊莲诺。这种从人间蒸发的神秘带给他某种无情的快感。他想起在俄亥俄州的伊利里亚**自己从工作中出走的旧事。那是1912年，他在安德森制造公司——一家生产平价屋顶涂料的公司工作，闲时在乡间俱乐部里学打高尔夫球。有一天，他走出了自己的办公室，身上就背了几件衣裳，其他什么都没带。

怎么了？他的秘书一脸严峻地问道。她是个十分聪明的女人，安德森心想，可能比他还聪明。暴风雨敲打在窗户上。

年轻的女士，安德森说道，这听上去很愚蠢，但我决定不再关心这些买进卖出了。

---

* Shift，一种从肩膀垂直而下的裙装。

** Elyria，伊利里亚，位于俄亥俄州，洛兰县的首府。

你病了吗？她问道。

她问得对，但安德森明白自己必须从这儿出去，就在眼下。他觉得只要到了门口，接下来的一切就会顺理成章。他的双脚会带他去到任何他需要的地方。她是不是认为他疯了？他疯了吗？安德森看着自己的双脚。

我的双脚趟过了一条长长的河，它们冰凉潮湿，沉重无比，他曾说过这话，所以我现在要走上干燥的陆地。

安德森离开了办公室，他知道是这些话把他带了出来，他宣誓效忠于它们，他沿着一条铁轨走出了镇子。

几天后他出现在了几英里之外的地方，浑身肮脏、身无分文，人们说他之前一定是崩溃了，也许是一时的不理智，跟压力有关。人们编织了各种理由去解释他的行为，在他成为一个作家后，许多人开始把那场出走归结为他的“艺术气质”。他试图在《讲故事者的故事》里做一番解释，这本自传式的漫谈小品集将使他得到一笔高额稿费，但仍以失败告终。

他们全都错了。那段插曲完全不是他们说的那样，它远没有那么世俗。在那段插曲里，他曾在一片新修剪过的山坡上眺望着教堂的墓地；他看到一个身着燕尾服的男子手持一束捧花等在月台上，一个女人在门廊里哭泣；某个黄昏时分，在一片苹果园里，潮湿的泥土让他不住地颤抖。

可现在的故事呢？

餐馆的空气中传来一阵微弱的轰鸣声，那个正在看报纸的男人抬起了头。酒保的眼睛瞥向窗外，又看了看那几个丹克尔教徒。安德森也听到了引擎加速时低沉的呻吟声，一列车队正驶过小镇。

安德森跌跌撞撞从座位上起身，从前门冲了出去。这也许是个近距离观察的好机会，他暗想到。安德森扶了扶帽子，在前门的台阶上站住脚步，朝南边的缅恩街*望去。引擎的轰鸣声越来越大，他看到了几束闪烁的车灯很快消失在弯道里，来人应该是绕行到了落基山镇的南面。

那个系着蝴蝶结领结的男人站在他旁边，报纸夹在胳膊下。安德森回头瞥了一眼，发现那个丹克尔家庭也站到了窗边。突然，两道光束划过，紧接着又划过三道，跟着是噗噗两声微弱的枪响，安德森和销售员齐齐蹲下身来，往餐馆里跑去。他们来了，酒保小声嘀咕了一句。安德森从窗户里看到一辆黑色派克车正驶上缅恩街，左拐右闪地躲避着后面跟着的两辆车。一个男人从第一辆车的后车窗里探出身子，手里握着的手枪正瞄着那辆派克。派克车从县政府大楼前呼啸而过，在经过法院和缅恩街的十字路口时突然减速，车尾翘了起来，后面两辆车急忙转向躲避，其中一辆撞上了一排矮木栏，另一辆则开上了人行道。混乱中，安德森看到身穿灰色法兰绒西装的司机弓起身体，肩肘并用，狂乱地打着方向盘。十字路口那辆派克锁上了刹车，车尾急速调转着方向，腾起一股烟雾。急转之后，派克车向南冲上了缅恩街。那两辆尾随的车子手忙脚乱地从一片混乱中脱身出来，在三点钟方向调头后，又急忙追了上去。那辆派克车从餐馆前驶过时，安德森瞥见了乘客座位上的一个身影，一头卷发上戴着一顶小圆帽，深色的嘴唇边露出一抹紧绷的微笑，是一个女人。

---

* Main Street，缅恩街，富兰克林县内的一条街道。

安德森正要开口说话，但那个销售员模样的人已经冲出了餐馆，朝着停在门口的一辆道奇轿车跑去，那张被他叠得整整齐齐的报纸掉在了人行道上，哗哗地翻着页。安德森追逐在他的身后，身上的厚长大衣让他行动不便。

喂，安德森喊道，喂！

安德森冲在前头，一把拉开车门，钻进了车后座里。一柄左轮手枪的枪管抵在了他的脖子上。

你他妈的在干什么？那人问道。

安德森无力地指着前方快要消失的几辆车的车顶，大口大口地喘着气。

我认识那个女人，安德森上气不接下气地说道。

看到前方的车子斜着拐了个弯，销售员一把把枪扔在膝盖上，猛拍着节流阀，道奇车猛地向前一窜，车屁股跳了起来。销售员弓身伏在方向盘上，盯着挡风玻璃外，一言不发。转弯时，车身强大的离心力都压在了他俩身上，安德森拉住车门扶稳了身体。一时间，车子失去了牵引力，车轮弹跳了几下才稳住。

我叫安德森。

安德森伸出手，但旋即意识到以每小时六十迈的速度开着车时，握手是多么地多余。

小心！安德森大喊一声。

销售员猛地一刹车，车子差点撞上路中间一个四方形的铁皮罐。在转上第七大街时，他们终于追上了那三辆车。派克车侧身翻倒在一片草地上。那两辆追赶它的车停在它的两翼，四个男人站在车灯的灯光里，手上的枪都瞄着那辆倾翻的派克车。

一根电线杆从地基处被撞断了，电火花在大街上闪烁着，像牛鞭一样舞动乱颤着。那辆派克车冒着烟，车轮疯转着，后门大敞开来，铁皮罐不断地从上面掉落下来。

该死，销售员嘧嘧地骂了一句，把车停了下来。他跳出车门，朝事故现场跑去。立刻有两个人转过身来，大喊着站住，手枪罩着他的全身要害。安德森从车里爬了出来，站在边上观望着。销售员掏出一枚徽章，我叫理查兹，他喊道，代理治安长官，那俩人草草看了一眼，转回头盯着那辆派克车。安德森侧身前行了几步。第七大街上零星地坐落着几户住家和商铺，但这几家门廊上的灯都灭了，也没人开门探出头来张望。那辆派克车的前身撞毁得很严重，散热器的护栅撞上了电线杆，挡风玻璃碎了一地。

大家别动手，理查兹喊道，这里由我们负责。

埃尔默，其中一个人喊道，到车门看看。

别轻举妄动，理查兹说道。

埃尔默往碎车窗中看了看车里的情况，随即猛地拉开乘客座的车门。一个身影瘫软着从车里歪倒出来，姿势极不自然。安德森迅速把脸别过去，然后又转了回来。那人的面部一片血肉模糊，但仍能看出是一个女人。司机座位上的车门也被打开来，他们拖出了另一个人，放在了草地上，也是个女人。她穿着丝袜，被撞歪的帽子上别着一朵巨大的雏菊。她看上去情况还好，双手捂着脸，身体因为抽泣而不断地耸动着。她的裙子皱成一团，堆在腰部。理查兹弯下腰来，查看着那个死去的女人，小声地对着自己嘀咕着。安德森走上前来，想看个清楚。

这人是谁？

四个男人中那个名叫埃尔默的冲着安德森挥了挥手枪。

我说，你是谁？理查兹问道。

我的名字叫安德森。我……以为我认识这个女人。她是不是威莉·卡特·莎普？

不是，埃尔默回答道，你在这里做什么？

另一个男人走上前来。

我们得把这位女士送到医院。

行，埃尔默说道，让威尔金斯跟你一起。

埃尔默转向理查兹。

那个死女人居然向我们扔盛满酒的铁皮罐，好几次我们差点就撞了上去。长官，你是不是得把你的人从这儿带出去？

是的，理查兹说道，我们会负责这里的一切。

先生，请您退后，埃尔默对安德森说道。

你们是联邦警员吗？还是酒精与税务部门的人？安德森一边问，一边缓缓地后退着。

理查兹拔出手枪，瞄着安德森的头。

你最好继续赶你的路，这里不需要你操心。

安德森从原路返回，路边的阴沟里躺着一个被撞烂了一半的罐子，那是一个拧着盖子，四方形的五加仑铁皮罐。安德森在十英尺开外的地方就闻到了它的味道，一股浓郁而醉人的玉米发酵气味，混合着一丝焦糊的蔗糖味。安德森用脚尖碰了碰铁皮罐，他见过这种罐子，跟刚才散落在路边的那种一模一样，这种铁皮罐在富兰克林县堆积如山。他曾见过一群孩子在落基山镇的小巷里踢着它们玩儿。安德森站在人行道的一棵树后，观察着犯罪现场的那些人。看上去理查兹似乎希望 ATU 的探员离开，让他来处理这事，但是那些 ATU 的探员坚持不走。

几分钟后，大路上开来了一辆老旧的福特 T 型卡车，正是餐馆里的那个丹克尔教徒家庭。他们在距离安德森不远的路边停了下来，前排乘客座位上一个年长的男人把头探了出来。

没出什么事吧？

恐怕情况不太好，安德森说道。其中一个死了，另一个正被送往医院。

到底是什么人？

不清楚，安德森说道，两个女人。

后座上的那个年轻女人开口说话了。

那是珍珠·胡佛的车。我昨天在那辆车里见过她。

那个年长男人盯着安德森，眼神如钢铁般冷硬。他的上嘴唇饱满而潮湿，没有刮过的胡子上沾着一道肉汁。

白色闪电，他嘀咕了一句。

那是什么？安德森问道。

威士忌交易，司机回答道。

老人紧盯着安德森的脸，灰色的眼睛有些浑浊，安德森这才反应过来他可能患有白内障，所以无法在黄昏中看清他的脸。

我叫舍伍德·安德森。

塔兹韦尔·明尼克斯，开车的人也自我介绍了一下。这是我的父亲，R. L. 明尼克斯和我的女儿伯莎。

我知道她们是从哪儿来的，老人咕哝道。

爷爷！那个年轻女子嗔怪道，声音中带着一丝尖利。

她继承了爷爷铁灰色的眼睛，安德森心想，挺漂亮的一个女孩，在傍晚跟父亲和祖父出门吃顿晚餐。很显然他们没听说过他的名字，这让安德森感到庆幸。

别跟这个世界同流合污，老人用手指捻着胡须，嘀咕了一句。

您说什么？

老人浑浊的瞳孔向上翻着，盯着安德森。

［黑水加油站，］他咝咝地说道。

开车的人伸出一只手，放在老人的肩膀上。老人冲着安德森吐出一连串的话。

他们在那儿，邦杜兰特家的几个小子，他们是富兰克林县的害群之马。

爷爷！

年轻女子伸手抓紧了前排座位的椅背。

另一辆车从山上开到了镇子中央，在派克车前转了个向，停在了车子的残骸后面。三个男人从车里钻了出来，其中有一个身穿西装、体格健硕的中年人。他大踏步地向 ATU 那几个人走去，身后跟着几个随从。

那人是谁？安德森问道。

我们得上路了，驾驶座上的人说道，祝你今天愉快，先生。

说完那句，塔兹韦尔·明尼克斯将那辆福特车挂上档，开走了。

那个身穿灰色西装的人把杰弗逊·理查兹拉到一边一阵耳语。他们压低嗓门争论着什么。理查兹指着路面，那个身穿灰色西装的人凑近着他的脸。酒水从那辆撞翻的车上不断渗到路面上，潺潺地流进安德森脚下的阴沟聚成一滩。ATU 的人将一件外套盖在那个死去的女人的身上。

安德森走回山上的小哈伯餐馆，把刚才没来得及付的账单补上。他向酒保描述了那个身穿灰色西装的男人，从酒保口中得知那人很可能就是州检察官卡特·李。他在记事本上记了下来，必须同李先生面谈一次，还有那个名叫皮特·霍吉斯的治安长官，以及那个叫杰弗逊·理查兹的家伙，此人到底是什么来路？安德森还询问了如何去黑烟囱的黑水加油站。酒保警惕地看着他，一顶小帽歪戴在他的尖脑袋上。他用十分真诚的语气建议安德森不要靠近那个地方。

那不是城里的绅士们去的地方。

我是在农场长大的，先生，安德森说道，我并不是油头粉面的城里人。

我可以告诉你，酒保说道，黑水加油站那里的人是不会打听您的祖上的。

那天晚上回到他的房间里，安德森灌下几杯山酒，躺倒在床上。这酒让他感觉渐渐动弹不得，仿佛蜷缩成了一团。现在我明白为什么有人喜欢它了，他想着。这东西入口时有些烫，像一小团煤块一样滑了下去，灼烧着腹部，让人立刻感受到那股温暖和热流，几天来，他的肌肉第一次得到了彻底的放松。[白色闪电。]

安德森知道在这片世界里，人们相信存在着两种闪电，一种是红蓝色的，另一种是白色的。它们的差别就在于，由白色闪电点燃的火焰是无法被浇熄的，只能等它无可为继，自行熄灭。那是盛夏时节引燃森林大火的雷霆闪电，它怒吼着摧毁一切。白色闪电这种酒让人每咽下一口，就得手捂胸口，摁住那砰砰直跳的心脏，因为那里燃起了一团无法被熄灭的火。

酒精让他的身体和大脑逐渐暖和起来，安德森思索着，这里的情景似曾相识：工业化的浪潮卷起了人的贪欲，把作坊里的手艺人变成了机器零件，我们把这称之为进步。这种“进步”把人们变成了简单且可被替换的消耗品。人是如此的廉价，仿佛他们的心是用剪刀在马口铁上剪出一个形状，再拿胶水粘起来的。

管他的，安德森想着，这东西还是可以入口的，他举起玻璃杯送到唇边一饮而尽，然后闭上了眼睛。在头顶上方忽明忽暗的空白之中，他看到一个巨大的形状从一片暗地里升起，它的力量和形状都令人生畏。那团巨大的形状缓缓地下降着，摇曳着。安德森脱了鞋，躺倒在床上，刚才灌下的几口威士忌已经爬上了他的脑干挟住了他，很快他便倒头睡死过去。

Chapter 7

1929 年

春日里的一天，大家围在雪湾米切尔家的谷场上剥玉米，杰克·邦杜兰特第一次见到了弹着曼陀林琴的伯莎·明尼克斯。她的头微微抬着，双眼紧盯着曼陀林琴上泪珠形状的弦拨，圆圆的钟形乐器像一根木勺般抵在她纤细的腰部，她的头上紧紧系着一顶缀着蕾丝的丹克尔女帽，一身黑色长裙裹到手腕和脚踝。杰克倚墙而立，霍华德侧身站着，胳膊支着墙，两人的眼睛半睁半闭地盯着几个乐手。

那两个来自戍亭湾割伤弗雷斯特的家伙似乎人间蒸发了。弗雷斯特把精力投在了锯木厂和黑水加油站的生意上，似乎对找出那两个割喉之人没有太大兴趣，这让杰克有点惊讶。有仇不报似乎不是弗雷斯特的风格，但杰克对弗雷斯特的私事并不十分清楚，这种情形似乎自打他们出生起就安排好了。

杰克看着伯莎·明尼克斯的手指在琴弦上翻飞着，拿着弦拨的那只手飞快地弹拨着。她的手指抽动着，拨了个扫弦，“比尔在新大陆”和“桉树林里的大火”的旋律从琴声中流淌出来，人们适时地和着节奏拍着手。她身旁还有两个男人，一个弹着吉他，一个拉着小提琴，都是黑烟囱的本地居民，杰克曾见过。看到丹克尔教徒弹奏乐器是一件古怪的事情，因为丹克尔教派通常不允许其信徒弹奏任何形式的乐器，他们的音乐主要依靠精心编排的和声。霍华德解释说他们是“新派”丹克尔，因此对这些歪门邪道的态度更宽容一些。伯莎头上有几缕黑发垂到了脸颊上，一曲终了，她抬起头，迅速地扫视一遍人群，露出一丝微笑，然后不好意思地点了点头。第二次看到她微微点着的头，杰克感到一阵无法呼吸，那惊人的美丽让他的心裂成了两半。

杰克和霍华德在太阳快要落山，天空一片粉红的时候来到了谷场，剥玉米活动已接近尾声。男人们站在锯木架和木板的长桌边，撕掉玉米的外衣，然后扔进用桦木和旧铁皮围成的临时粮仓里。那是个凉爽的下午，空气中飘荡着泥土里果实的甘甜味道。男人们大笑着，以最快的速度剥去玉米的外衣，胳膊噼啪作响。人群中的年轻人在地上重重地跺着靴子，高唱着“老菲比”，冲着女人们准备晚餐的伙房方向高喊着押韵的歌词。

如果是一年前，杰克还可以像他们那样，衣裳拉到脖子下，袒胸露腹，像骡子一样喘着粗气，嘴里喷出玉米威士忌的酒气，扯着破锣嗓子唱歌。遇上舞会，他会同每一个愿意做他舞伴的女孩子共舞一曲，绝不错过。他那薄薄的嘴唇弯出一个好看的曲线，黑眼睛闪烁着兴奋的光芒。挺拔的鼻子、瘦削的脸庞以及微黑的肤色让他看上去跟某只消失的部落沾亲带故，所以当地的女孩子管他叫“印第安人杰克”或者“酋长”。年轻女孩们极少同杰克说话，更不会跟他开一些无伤大雅的玩笑，那些玩笑曾让他露出得意的笑，帽檐也跟着飘飘然起来。就在几年前，他看着自己的两个哥哥霍华德和弗雷斯特，希望自己也能加入他们的秘密兄弟会，像他们那样把帽檐压得低低的，没人敢开他们的玩笑，只有一些上了年纪的人在他们不在的时候嘘他们两声“废物”。每个人都尊重像他们那样的男人：塔尔梅吉·杰米森、汤姆·坎迪夫以及霍华德和弗雷斯特兄弟俩，尽管这种尊敬笼罩着害怕和敬畏。这些人随时带着手枪，口袋里塞着成卷的百元大钞。

那个春天，杰克跟着霍华德在弗雷斯特锯木厂的营地里干活，手指用力地拍打着松木板，混在一群粗汉子和临时工中间，在镇子里窜来蹦去。那些临时工游荡到山里，打两天工，领完薪水，然后便走人不见了。因为弗雷斯特会给看守营地的人多发一份奖金，也因为杰克除此之外没有其他地方可去，所以在忙季他常常跟霍华德睡在营地里。在他的心中，这段运气欠佳的日子是他宏大计划里一段暂时的退步。他同蝈蝈·帕特和其他几个人酿过几批酒，兜里有时也能装上一点钱，但这俩子儿还没撑过一个星期就花光了。

弗雷斯特时不时地在黑水加油站派给他一些垒罐子或者搬箱子之类的零活儿，有时候杰克和霍华德只需站在停车场边，腰带上别着手枪，霍华德牛腱子般的双臂交叉在胸前。有好几次加油站来了一些北方人，个个身穿长大衣，怀抱长枪，一边抽烟一边盯着他和霍华德搬运成箱的酒。每次转身时，杰克都感到阵阵冰冷的恐惧，有如芒刺在背。在几百美元易手之后，他们开着车，往罗阿诺克方向疾驰而去。杰克害怕出一身汗来，舌头跟一团棉球似的堵在嘴里，冷汗顺着他粗蓝布工装的内缝流下来。也许他天生不是这块料，他望着哥哥平静的脸暗想道。只要我能自己跑一趟货，杰克心想，有一辆好车，就可以干起来，车轮后的位置才是属于我的地方，帮那些满手戴着大金戒指、衣着光鲜的城里人卸货才不是我该干的。

霍华德一半时间待在锯木厂的营地里，一半待在彭胡克*陪伴他的妻子露西。有时他在火鸡山上一待就是好几天，制造成批的私酒，没人知道他的确切位置。入夜后，锯木厂营地的气温骤降，杰克和霍华德裹着毯子躺在篝火旁，像两条疲倦的狗。早上，他们借着篝火的余烬热了饼干、猪肉和白豆做早餐；下午，锯木厂关门后，他们又接着吃一顿，还共饮一瓶酒，一直喝到天色漆黑。霍华德把一根粗壮的栗子树树桩扔进火堆里，给漫长的黑夜添把火。杰克凝视着夜空里斑驳的树影，他的脸被太阳晒得发红，双眼如繁星般闪烁着。他絮絮叨叨地跟霍华德说着话，说着那些等他有了钱以后想做的事，那双他心仪已久的新皮靴，还有新车，他会开着他的新车冲出县城，向西或者向北，开入那广阔天地里。杰克喝了酒就会滔滔不绝，脾气也好很多，他坚信这个世界有着无限可能。他生动地讲述着那些奇妙的梦中故事，在睡梦中他到过的山脚地带。在那里，人们围拢过来，他盯着他们的脸，笨拙地描述着他们是一群多么令人惊叹的生灵。到了晚上，人们躺在床铺上，盯着屋顶落满灰尘的木梁，回想着［那个男孩到底是怎么回事儿。］

---

* Penhook，地名，位于弗吉尼亚州富兰克林县境内。

咳，去他的，杰克说道，都是些梦话。

继续说，霍华德鼓励道。

杰克脱掉靴子，使劲地搓了搓自己长满水泡又肿又痛的双脚。

接着说。

在剥玉米的谷场上，杰克咬着牙，跟霍华德两人一来一往地喝着酒，时不时地抬脚踢着谷仓里横七竖八的玉米秆，其他人都在吃饭。杰克的眼睛扫视着晚餐桌边那些贪婪的面孔，那些人正狼吞虎咽着蘸满肉汁的饼干，这些自耕农们身上没一处好衣裳，他们的生活是多么地悲惨、可笑和虚伪，而他们自己对此浑然不觉。这是一种交织着苦涩的正义感。此时，杰克同那些人一起倚墙站着，奇怪的是，身在他们其中让杰克感到阵阵寒意。他想象着在对面那片天地里有自己的太阳和热源，可实际上那里如机械一般冰冷，如冬天里的第一颗星辰般遥远。而旁边的他们一文不名。

［废物。］

杰克看着霍华德的脸，他无动于衷地站在那儿，喉咙缓缓地吞咽着。这一切对他来说完全不重要，杰克想到，霍华德根本不在乎，永远不会。

伤害会再次到来，它总是近在咫尺，弗雷斯特躺在医院里时曾说过这样的话。杰克站在床边，双眼盯着哥哥下巴那道参差不齐的缝线，黑色的线扎在他白里泛青的脖子上。熬过去的唯一办法是把它深埋在身体里，让热酒熨贴上一会儿，很快你就会忘了最初那曾带给你无限痛苦的东西。

杰克想起了那些上了年纪的老头们，他们聚在百货商店里、加油站的前廊上以及女人们一起缝被子*的酸苹果树下，唾沫飞溅地说着话，锐利的眼神扫视着四周，脑袋愤怒地轻叩着。在讲述中，他们把过去重新活了一遍，那曾走错过的路，那些轻率的侮辱，绝望的诅咒，失踪的家畜，消失在山里的马车，夏天在玉米地里的大声呼喊，星光洒在裸露的伤口上。他们只会反刍过去。这绝不会发生在我身上。杰克望着那些剥玉米的人暗想道，我不会变成他们那样。

突然，众人齐声高喊起来，一个名叫温菲尔德的小伙儿高举着战利品——一把红色的玉米穗，这是这个晚上大家剥到的唯一一根，这意味着他可以亲吻任何一位在场的年轻女子。温菲尔德跟杰克年纪相仿，孩提时代曾在雪湾一起玩耍。现在他已经长成为一个风风火火、以行动力来说话的年轻人，穿着浆过的挺括衣领，头戴卷檐帽。** 他已经顺利从高中毕业，进入了弗吉尼亚大学。温菲尔德一家来自潮汐地区***，他家原先是农场主，现在在夏洛蒂镇****的私人属地买下了几处富丽堂皇的别墅。温菲尔德的父亲正忙于清理留在富兰克林县的破烂，温菲尔德的表现似乎意在表明，自己只不过是在继承弗吉尼亚上等家庭的合法地位之前来这处穷乡僻壤看看而已。

到了乐手中场休息的时候，人群中一声大喊，温菲尔德像举着一把火炬似的高举着战利品，走在谷场上，身后跟了一群

---

* Quilting bee，旧时妇女们聚在一起缝被子的活动。

** Snap-brimmed hat，一种男士帽，帽檐可卷上去或翻下来。

*** Tidewater Area，弗吉尼亚州东部地区的汉普顿锚地（Hampton Roads），因水位线受潮汐影响而得名。

**** Charlottesville，弗吉尼亚州阿尔比马尔县的首府。

起哄的家伙。杰克的妹妹艾米同其他女孩们站在角落里，咯咯地笑着，把头发拢到脑后。杰克看见妹妹的脸上闪过片刻的幸福，这种表情十分少见。杰克意识到自从母亲和姐姐去世以后，艾米似乎只是一个在父亲家里来回穿梭的身影，一双为他们端茶送饭的手。温菲尔德朝艾米走去，杰克突然感到一阵怒火中烧。但那群又唱又跳的起哄队伍只是从艾米身边经过，杰克松了口气。他看到在温菲尔德走过时，艾米的双颊一阵颤抖，她呼了口气，下巴突了出来，眼中有种杰克从未见过的东西。他对妹妹和妹妹的生活了解甚少。上帝啊，艾米，杰克满心内疚。那个晚上，他那瘦弱的心房再一次扣紧了。

杰克朝着妹妹的方向走去，温菲尔德那群人中响起了一片起哄声，他已经选中了要亲吻的女孩。那群年轻人围成一个圈，等着看好戏。杰克对着人圈打了声招呼，但女孩们的注意力都集中在温菲尔德要亲吻谁身上，个个踮着脚努力地张望着，艾米也只是把手轻轻地搭在他的肩膀上。杰克比在场的人都高，所以很容易地看到圈子里的情形。温菲尔德拉起了那个丹克尔女孩的双臂。

为什么是伯莎·明尼克斯，一个女孩问道，那个住在黑烟囱的弹曼陀林琴的女孩。

杰克望着温菲尔德炫耀似的向周围点点头，抓起了女孩的胳膊肘，佯装要吻地把头低下来好几次，引得围观的人发出阵阵哄笑。在温菲尔德和众人的欢笑和叫喊声中，伯莎·明尼克斯的下巴几乎低到了胸口。这小子真是头蠢货，杰克心想。伯莎·明尼克斯抬起头来，嘴边露出一丝紧张的微笑，她歪着下巴，迎向温菲尔德，温菲尔德被她突如其来的大胆弄愣了，一时间场面有些尴尬，起哄的人群也安静下来了。温菲尔德很快恢复了常态，冲着那些站在他身边的男人们眨了眨眼，然后扶着伯莎的头，结结实实地吻着她的嘴。等他离开时，伯莎的双眼闪烁着光芒。温菲尔德放开了她的胳膊，游移不定地退后了几步。杰克看得出来，这家伙就是成心闹这一出好戏的。

之后男人们拥着温菲尔德离开了，女孩们大声拍着手，围着伯莎。丹克尔女孩垂着头，转身回到了和乐器们一起等待着她的其他乐手那里。兜帽下的后颈一片粉红，她伸手轻轻地摸了摸耳朵，杰克知道她一定是烧红了耳朵。有那么一会儿，他希望那一双轻柔的耳垂能滑入自己的手指之间。

杰克回到墙边，喝着霍华德递过来的酒，尽量伸长身体，希望能对上她的目光。可吉他手拨了个和弦，伯莎·明尼克斯把怀中的曼陀林琴抵在腹部，弹起了《老丹塔克》*，年轻男子和女子们站了起来，摇摆着身体，合着音乐唱了起来。

[老丹克尔从大路上下来了，
他来得太晚了，错过了晚餐
晚餐没有了，但早餐正在做
老丹克尔站在那里，大喊着
他在煎锅里洗脸
他在马车车轮上梳头
脚后跟上的牙痛要了他的命]

杰克沿着她的视线调整着自己靠墙的姿势，帽子精心地摆正了位置，帽檐低低地压在眉毛上，香烟叼在嘴角上。霍华德

* *Old Dan Tucker*，美国的一首民谣老歌。

站在他身旁，喝干了最后一口玉米酒，喉咙耸动了两三下。那一夸脱的酒瓶握在他的大手中就像一只玻璃杯。这真是一项令人惊叹的本事，即使是霍华德这样的硬汉。我的老天爷啊，杰克想着，这人真能喝。霍华德拿着空酒瓶轻轻推了推他，杰克转身走进了夜色之中。

谷场位于一片开阔的牧场的斜坡上，一条涓细的小溪流经这处缝隙。杰克从车上的箱子里又拿了一瓶出来，车还是管蝈蝈·帕特借的，就是他那辆布满污渍的皮尔斯·箭牌汽车。牧场的西区停满了各种轿车和卡车，还有几辆丹克尔教徒的马车。女人们抱着胳膊倚在挡泥板上，看着站在她们身前的男人。男人们双手插兜，站在原地微微摇晃着身体。其他一些男人则蹲在车盖上或者马车的后栏板上，互相递着酒瓶，大笑着用灰扑扑的帽子互相打闹着。这是个温暖的春夜，没有月亮，但繁星满天。

说不清是从哪几个晚上开始，杰克有种愈来愈强烈的感受，觉得自己终有一天会像山里的空气般自由而清透。他听到音乐声渐强，随后戛然而止，一阵刺耳的曼陀林琴的和弦声穿破空气，黑暗中传来一个女人的笑声。

杰克打开酒瓶，把它送到嘴边。他又想起了那个声音，那被拨动的琴弦，还有那双翻飞着的双手。杰克站在那片刚刚修整过的草地上，品尝着嘴里发烫的酒精，他感觉天空张开了怀抱，整个世界倾泻而下。

杰克清晰地记得弗雷斯特是从什么时候开始同其他家庭成员疏远的，那是他熬过西班牙流感，带着一脸蓝色病容同他们一起吃早餐的那个早晨。弗雷斯特同其他邦杜兰特家的孩子一样沉默寡言，大部分时间都没话，可这绝不是因为羞涩，他似乎更愿意在自己认为有必要时才会开口。有什么好说的？自从母亲和姐妹们过世之后，弗雷斯特愈发躲进了自己的小天地里。

那个晚上，杰克被床的一阵晃动惊醒了，是弗雷斯特在大半夜爬了上来。杰克蜷缩着身体，手里紧紧攥着毯子，努力避开床那边那具灼热的身躯。弗雷斯特面朝上躺着，一动不动地盯着黑暗。

弗雷斯特慢慢成了一个在深夜悄无声息地摸进家门的身影，例行公事般地消耗着食物。随着年龄的增长，弗雷斯特的脸上依旧带着那次流感后留下的苍白和青筋，即使在烈日暴晒下，他的皮肤看上去仍像蒙着一层淡蓝色。他的眼窝深陷，鼻子如刀削般棱角分明，一头薄薄的淡金色头发，发际线已经开始后退。他长出了一身遒劲的肌肉，双拳有如榔头，五指好似由骨头和肌腱构成的尖塔，带着钢铁般的力量与不懈的耐力。工作时，弗雷斯特可以将工具锤打得服服帖帖，没有什么活儿能难倒他；年纪轻轻的他已经开始让这个世界臣服在他的意志之下。

少年时代的弗雷斯特清早便起来干活，修剪烟叶，扯掉农作物上的旁枝，一直忙到正餐时间。然后再出发走上四里路，穿过雪湾的山谷，来到木材厂的营地，操作着横割锯干活，直到晚餐时间才停手。第二天起床后再重复前一天的工作，一周七天，天天如此。此外，他还常常兼顾其他零工，打理牲口、修剪苹果树和栗子树、杀猪、割草、碎土、耙土，犁地，干各种木工活儿。这种零工取决于季节、人手和主顾。在霍华德的帮助下，他把成箱的栗子和苹果装上牛车，运往罗阿诺克；把成箱的烟叶送往哈里森伯格*，马丁斯维尔和里士满。他就睡在漆黑仓库里的草甸上，仓库里高高地堆放着烟叶，里面漆黑一片。从那时起，他开始偶尔的饮酒，接受别人递过来的满是污垢的酒瓶。弗雷斯特从未喜欢上饮酒，酒精只不过能帮助他放平脑袋，在别人都酣然入眠之后自己也能整宿地牢牢闭上眼睛。人们像围着街上的一条野狗似的围在他身边做事。

格兰维尔不止一次地说过他很高兴几个儿子中至少有一个拥有稳定不懈的工作精神。弗雷斯特绝不是废物，他对着商店里那些围在火炉前的人们咕哝道。

哥哥无穷的精力似乎有一种令人催眠的力量，杰克一生都在寻找着自己身上那股动力之源。他18岁了，可这股动力丝毫没有在他身上显现出来。杰克站在那里，对着谷仓大开的门思索着。在漆黑的山丘中，这扇四方形的光芒好似一支流动的音乐。知了趴在牧场边的树上叫着，酒精在他脑子里嗡嗡作响，他想迈步站到那片田野里，整晚都看着这春夜的景色，听着四下的万籁。杰克似乎染上无所事事和胡思乱想的毛病，也许这就是他的天赋。他知道自己要什么，可他做的那点儿生意攒下的东西少得可怜，一把零钱，几个好故事，以及那双多少次都想换掉的旧靴子。

弗雷斯特的生意做得愈发精明，甚至有些一毛不拔。这一点似乎不像邦杜兰特家男人们的性格，一美元放在霍华德和杰克口袋里连一天都撑不到。而他们的父亲格兰维尔，尽管在钱的事情上十分保守，但对财富的积累从不上心，因此，尽管做着不错的生意，他这一生的经济状况也只尽力维持在中等水平。

* Harrisonburg，弗吉尼亚州罗丁汉姆县的首府。

费雷斯特惹眼地赚着钱，沉迷于自己挣到的每一分钱。他吃得很少，总是穿一套衣裳，一直穿到衣服开线。18 岁时，弗雷斯特就证明了自己绝不是个好糊弄的人。年少轻狂的时光显然已经过了，今后将迎来漫长的含辛茹苦。他眯着细长的双眼，攥着双拳，一言不发，做好了迎接成年和死亡的准备。

杰克走回谷仓，把酒瓶递给大哥，手插在口袋里靠墙站着，双眼盯着那名曼陀林琴手，“桉树林里的大火”的音乐从她雪白的手指间流淌出来。

我说，杰克开口道，弗雷斯特为什么不去追查县界餐馆里那几个狗娘养的？

霍华德旋开新酒的瓶盖，把它扔进了沾着稻草的泥巴地里。他啜了一口，吞咽着，双眼依旧停留在乐手们的身上，双颊微微抽搐了一下。

女人们通常对邦杜兰特兄弟敬而远之，而男人们在经过时常常垂下目光，点头招呼一下，目光迅速回到沾满泥巴的皮靴的脚面上。只要有霍华德·邦杜兰特在场，尤其当他还在喝酒时，感觉就像后背上燃着一把篝火。

乐队的演出结束了，杰克从哥哥身边走开，站在围观的人圈边上，乐手们正在收拾乐器。他看着那位曼陀林琴手同众人们亲切地交谈着，放松地大笑着。伯莎·明尼克斯大笑时，细长的脖颈从肩膀上探了出来，红晕从双颊一直染到肩膀。她的鼻子像一颗栗子般小巧而圆润。得再见她一面，杰克想到，一定要再见到她。

杰克转过身朝谷仓那边的霍华德走去，兄弟俩谁都没有开口，但心照不宣地同意这个晚上过得不错。

Chapter 8

1929 年

五月里的一个清早，弗雷斯特正在棚仓里，埃弗里特·狄龙从加油站的拐弯处一路小跑过来，油腻的双手扯了扯衬衣领子，一脸的汗珠在太阳下闪着光。他对着前院和油泵处比划着手势。

有人想见你，埃弗雷特说道，霍吉斯警官，还有其他几个人。

天刚放亮，微凉的薄雾萦绕在蛆虫湾蜿蜒的路面上不肯散去。弗雷斯特穿着汗衫，没戴帽子；他走进棚仓的门内，从架子上拿下一柄点 38 长管枪别在腰后，跟着埃弗雷特来到了加油站的前院。

两辆崭新的福特都铎系列轿车停在油泵边，车身修长，引擎都放在空档上。车边站着四个男人，车后座上还坐着一个，轮廓看不清楚，只能看见那人笔直地朝前看着。那四人中其中一个是治安长官皮特·霍吉斯，弗雷斯特认识此人多年，他有时会来弗雷斯特这里购买聚会需要的白兰地。那个年长一点的小个子男人是亨利·埃布夏尔，当地的一位副警长，旁边是他的搭档，查利·雷克斯，一个大个头的红脸男人，上身勒着背带，脖子上戴着一条肥硕的领带。第四个人穿着一身不太合身的紧身羊毛西服，带了个蝴蝶结领结，弗雷斯特并不认识他。那人梳了个中分，头发上抹着发蜡，脚蹬一双看上去还很新的鞋子，但脚趾一圈已经有些磨损了，溅了不少泥点。陌生人的一只手插在口袋里，另一只手扶在车盖上，脸上带着一丝笑容，弗雷斯特并不喜欢那笑容。弗雷斯特在前门停了一下，用抹布擦了擦手，那一行人向他走来，埃弗里特缩回了加油站里。

治安官霍吉斯是个身材圆滚滚的家伙，长着双下巴，总体来说不算太讨厌。几个星期前，霍吉斯前来告诉弗雷斯特他们尚未发现在县界餐馆割开他脖子的人的线索，所以县里打算正式放弃这次调查。其实弗雷斯特躺在医院醒来后便已心中有数，所以对这个消息没表现出任何反应。他知道这些人会再找上门来，他有能力对付。他并不是要报仇雪恨，而更像是在清帐，两不相欠。这东西不需要去追讨，它自己会来的。

你好，弗雷斯特，霍吉斯说道，这位是杰夫·理查兹。*

皮特·霍吉斯勉强露出一个笑容，指着那个陌生人介绍道。霍吉斯和他的议员们通常跟黑水加油站保持着相当的距离，甚至不承认它的存在，弗雷斯特知道一是因为他们不想打扰私酒生意的流畅运转；富兰克林县的财政正是依靠私酒生意才得以

---

* Jeff Richards，指杰弗逊·理查兹（Jefferson Richards）。

为继，也正是因为私酒才有人愿意居住在此。二是因为他们害怕。

你好，皮特，弗雷斯特招呼道，杰夫，你好。

男人们握了握手。

这是我们的特别代理治安官，霍吉斯介绍道。

埃布夏尔始终低着头，踢着石子路。一辆道奇轿车从罗阿诺克方向的山路上驶来，飞快地驶过蛆虫湾，从加油站前疾驰而过，向南开去。在场的人齐齐转头看着它经过。

弗雷斯特心不在焉地抓着下巴上的伤疤，这条坑坑洼洼的疤痕现在已经泛起了白点，密密麻麻地长出了许多疤痕组织。

我好像没怎么见过你，他说到。

我父亲在帕特里克县下面的乌瓦** 工作，理查兹说到。

皮特，车里的人是谁？弗雷斯特问道。

霍吉斯畏缩地看着理查兹。雾气开始从路上散开，一股微弱的熏木味道飘过停车场。弗雷斯特的手指捏着口袋里的小木块。查利·雷克斯恼怒地哼了一声，用那条肥硕的领带擦着脸上的汗。

我要喝点东西，雷克斯一边说一边迈步走进了加油站。

里面有人吗？霍吉斯问道，除了埃弗里特和柜台那女人？

没人。

理查兹把手插进背心口袋里，踮着后脚跟晃动着身体。

车里那位是州检察官，理查兹说道，你认识卡特·李吗？

听说过。

** Woolwine，帕特里克县北部的一个地名。

霍吉斯清了清嗓子。

是这样，弗雷斯特，卡特·李希望能把事情解决好，让每个人都能做点小生意。我们过来就是希望你能打个包票跟我们合作。

他的话音刚落，车那边传来一阵金属敲打玻璃的声音。卡特·李用手上的戒指拍打着车窗。四个人齐齐向车那边看去。

亨利，霍吉斯说道，去看看李先生有什么吩咐。

亨利·埃布夏尔朝轿车走去，在车窗前弯下腰。

我说，弗雷斯特，霍吉斯继续开口道，事情是这样的，我们希望能够帮你把生意做起来，从县里一直到罗阿诺克不会有人来骚扰你。我们在落基山镇有个地方，有你需要的任何东西。稻谷、糖、酵母，还有冷凝器和密封盖。我们在车站有备货。

现在没人骚扰我，弗雷斯特说道，我需要那些狗屎干什么？

杰夫·理查兹轻笑了一声，拍了拍腿。弗雷斯特闻到他身上那股头油味儿，混合着炸猪排的味道。他回头扫了一眼加油站的窗户，看到查利·雷克斯硕大的身躯站在柜台前，双手比划着。麦琪摇着头。

理查兹面带笑容地骂了一句，朝地上吐了口唾沫。

去他的，我们不傻。我们知道你在贩酒！我们知道你的酒都放在上面那间棚仓里，然后从这间加油站运出去。

冷静，杰夫，霍吉斯说道，没必要——

我们全都知道，理查兹愤愤地继续说着，如果你还想继续贩酒，就得听我们的安排。

理查兹的头歪着，脸上带着笑，弗雷斯特望着他的眼睛，感觉双手一阵发热。他开始在脑海里搭起盒子，圈住那簇摇曳的火苗。

皮特，弗雷斯特平静地说，这狗娘养的他妈的是谁？

杰夫·理查兹脸上的笑颤抖了几下。

我说，他说道，卡特·李——

你不是这儿的人，弗雷斯特上前一步。

理查兹缓缓退后了几步，霍吉斯把手从口袋伸了出来。弗雷斯特见过这种场面，加油站偶尔就会冒出一些前来敲诈的不速之客，他们通常来自罗阿诺克或者里士满，身穿西服大衣，有时会给他制造一些麻烦，但几次交手之后，他们就不再来了。可当地的治安警官从未来骚扰过他，更别说州检察官卡特·李了，他是县里最高级别的执法官员。那柄点38抵在弗雷斯特的脊柱上，弗雷斯特思索着拔枪的动作和手握枪柄的角度，把肩膀一翻，木头和铁片的半圈便干净利落地直指理查兹的鼻子。他知道如果动手的话霍吉斯会把他铐起来，关在监狱里，但眼前这个男人明显是来找打的。说他找打是因为他口出狂言。在这里，没有人当着陌生人或家庭成员的面谈论这件法律禁止的事。弗雷斯特思索着加油站内的查利·雷克斯，如果他用枪打了理查兹，雷克斯有可能从身后袭击他。

霍吉斯挡在他俩中间，举起一只手。

事情已经解决了，霍吉斯说道，县里所有的人都在一条船上，我需要你同霍华德谈谈。

你自己怎么不去跟他谈？弗雷斯特说道。

霍吉斯露出了一副苦相。

这事儿最好你去做，明白吗？还有你那个小兄弟，他也在贩东西，他和蝈蝈·帕特，还有其他几个人。

亨利·埃布夏尔走回原来那几个人站的地方，冲霍吉斯点点头，霍吉斯转过身背对着弗雷斯特。霍吉斯的瞳孔在一片蔚蓝中缩成了针孔大小，弗雷斯特看得出来他害怕了。

我说，霍吉斯说道，我们得查封霍华德的蒸馏器和你所有的存货。我们知道米切尔兄弟在哪儿，还有杰米森和坎迪夫以及其他造私酒的人，他们都必须按我们说的做，否则就关掉你们的蒸馏器。整个县都得照办。我们每隔几个月会派人过来收钱，从每月二十美元每批三十美元的价码开始，保证你们在整座县城里安全无阻，没人敢碰你。

亨利·埃布夏尔上前两步递出一张五美元的钞票。

弗雷斯特，李先生想来一罐你这里最好的苹果白兰地，亨利·埃布夏尔说道。

行不行?

听着，霍吉斯说道，这对每个人都有好处。每个人掏一点，所有人都相安无事，我们都能挣到钱。

石子路上传来一阵吱嘎声，查利·雷克斯拎着一瓶橙汁汽水从加油站里大踏步走了出来。

弗雷斯特看着车里卡特·李的侧影和帽檐，那只鹰钩鼻子，以及卡在硬挺的衣领上那只凸出的下巴。他居然连看都不看我一下。

我们现在就畅行无阻，弗雷斯特说道，我也不会代我的兄弟说话。

理查兹又吐了一口唾沫，霍吉斯一把抓过埃布夏尔手里的五美元，递给弗雷斯特。

拿着，弗雷斯特，霍吉斯说道，一起做点小生意，行不行?

查利·雷克斯靠在车上喝着他的汽水。卡特·李坐在车后座上，径直盯着前方。一阵微风吹来，带来了加油站后树林里的忍冬草和夹竹桃的味道，空气也变得清新起来。

这儿没他妈的白兰地，弗雷斯特说道，除非你们是来买汽油，否则赶紧从我的加油站里给我滚出去。

说完他转身走回了加油站，那柄修长的点 38 在他的后背上一耸一耸。在昏暗的屋子里，麦琪正坐在柜台上翻看着一本目录，她点着一根烟，烟雾盘旋在她的指间。冰冷的烤架上一尘不染，架子上挂着洁净的炊具。

Chapter 9

同一天清早，霍华德·邦杜兰特从火鸡山一条狭小的山涧走了下来，肩上扛着一段铜管，铜管两端都塞上了塞子，里面填满了沙子。眼前是一小片空旷地，一坨齐肩高的栗子树桩杵在空地中央，光秃秃的被削去了树皮，树根底部一英尺高的地方处钉着一根粗铁钉。霍华德从树林走进这片白茫茫的空地，停下了脚步；他眨了眨眼，一连打了三个响亮的喷嚏。昨晚喝下去的最后一口酒正随着粗重的排汗过程离开他的体内。他把铜管的末端楔进铁钉下，然后双膝跪地，开始把铜管绕在树桩上。

霍华德很小的时候就经常跟比他大的人打架，还总能把对方暴揍一顿。年少时曾单挑西弗雷* 兄弟俩，那兄弟俩三十多岁，都是大块头的暴力男，霍华德一人撂倒了对方俩人。农场的重活儿常让人不由自主地发脾气，而他很享受这种愤怒。他站在高处，草垛像空包装箱一般被他甩来甩去。有时在谷仓里

---

* Shively，富兰克林县的一处地名。

搬稻草或者在父亲的烟叶地里干活时，他会对整个世界充耳不闻，全部注意力都放在这最基本的重复动作上，全身的肌肉都紧张起来，迸发出爆裂声。能找到动作和力量的完美循环点比完全不费力气更加美妙，那种甜美的时刻如涟漪般在他的身上荡漾开来。有人在喊霍华德的名字，他停了下来，后背上的肌肉颤抖着，双手血迹斑斑。恍惚中他感觉自己似乎穿越了一个世纪。

近来，霍华德看着这个世界以令人恐惧的势头从眼前掠过。睡在锯木厂露营地的晚上，他的身体因疲倦而疼痛着。只要闭上眼睛，他就能看到飞驰而过的灯光和群山，还有大片模糊的树林。他在兵船上时有过同样的感受，船行驶在几大洲之间，恐惧一个接一个到来。在浩瀚的石灰色水域中，激流里的兵船像一座岛屿。霍华德觉得自己需要抓住一个大块的东西，树根或者山石之类的，否则自己就要飞旋进头顶上的天空里。

他和露西的第一个孩子还没满月就夭折了。从霍华德第一天看到孩子，用粗粝的手指抚摸着孩子的脸蛋时，事情就不太对劲。他们以霍华德父亲的名字给孩子起名叫格兰维尔·托马斯。

当第二个孩子到来时，他们默默决定在这个小女孩能活下来之前不给她取名字。她跟前一个孩子一样虚弱得几乎无法呼吸，弱小的胸腔努力着，半透明的手指像蝾螈一样，透着蓝丝的血管清晰可见，眼睛上包着碎屑和眼泪。这孩子整整哭了一个星期，医生也无计可施，只能保持补充维他命的治疗法，希望孩子自己能长点力气，增加体重。等下一批货出来之后，他就能给露西买点好布、一盒配方奶粉、能下出新鲜鸡蛋的母鸡、玉米粉和蔬菜，还能还清医生的账单和欠弗雷斯特的钱以及木屋的账单。

霍华德想着坐落在长满蜀葵和欧石楠的山谷里的小木屋，它的周围耸立着成排的橡树和洋槐树，一直排到史密斯山的山脚下。露西不分白天黑夜地把宝宝抱在胸前，梦游一般在屋里走来走去。有时，霍华德在晚上走进厨房，发现她疲惫地坐在桌边，怀里抱着宝宝，也不开灯。羸弱的小家伙让她身心俱疲，以泪洗面。跟上一个还没满月就夭折的小格兰维尔·托马斯相比，小家伙现在已经活了三个多月，但他们依旧没有给她起名，生孩子时他在床底下放了一柄斧头，这是山区生孩子的旧俗。之后这把斧子就被遗忘在那里，蒙上了一层薄薄的红色铁锈。

*** *** ***

那个早晨，杰克骑着父亲的役马走在史密斯山西面的深涧里，那是一匹身强力壮的萨福克矮马*，浑身呈血红色。杰克身前的马鞍上颠簸着几袋糖和玉米。树梢上的天空一片阴沉，湿气在群山之间凝成一道微蓝的薄雾。杰克驼来的玉米和糖是他从锯木厂的工资里预支的，霍华德打算把他的工资留着攒起来，等到这批货卖掉再给他。如果一切顺利，几个晚上后，杰克就能拿到一笔钱，这要比他在锯木厂锯几个月的木头赚得多。

霍华德在山坳深处有好几个点，位置都很好，方便就近引入新鲜的泉水，浓密的灌木丛是一道天然屏障，厚实的树叶遮住了蒸馏器的烟雾。霍华德酿出的酒品质相当好，醇厚悠长，

* Suffolk Punch，一种英国役马，萨福克代表东英吉利的萨福克郡，punch是指它敦实的外表和力量。

当地人很喜欢，常去黑水加油站点名要他的酒。县里到处是按时计酬的工人，他们围在小型蒸馏器的四周，打两天短工挣点小钱。杰克和霍华德再带上几个人能在火鸡山上竖起一大片蒸馏器，让整个县都淹没在酒精之中。如果霍华德能让他来负责蒸馏器，让一直同私酒头子打交道的弗雷斯特专管销路，他们一定能做好这破生意。本来大部分的销售都是弗雷斯特经手的，为什么不把生产的部分单独出来呢？以弗雷斯特的关系网，兄弟三人一定能把这生意做下去。到那时，车队从落基山镇开上格拉希山，驶进罗阿诺克，一直开到仙纳杜*、哈里森伯格**、纽马基特***，甚至华盛顿。可惜哥哥们似乎铁了心地把他排除在合作伙伴之外，只是偶尔让他搭把手，所以杰克不得不利用手边任何可以利用的东西拼凑起他那尚处萌芽状态中的生意。

杰克从马鞍上弯下腰来，隔着泥泞的皮靴抓着自己灼热的双脚。只要三兄弟联手，他们就能赚到足够的钱买下任何一片土地，说不定还能还清在父亲店里欠下的钱。如果他们愿意，还可以离开这里，去罗阿诺克或者里士满，像上等绅士那样住进红砖大宅，门前的大街上点着煤气路灯。到时候，他坐在配得上自己的豪车里在城里兜风，道森伯格或者派克那样的真正招摇的座驾，最起码他妈的得是辆四缸福特 A 型敞篷轿车。胡思乱想中杰克仿佛看见自己大踏步地走在落基山镇的大街上，脚上蹬着新皮靴，身上穿着熨过的衬衣和驼绒大衣，手上戴着黑皮手套，那辆全新的敞篷车就停在路缘上，在阳光下闪闪

---

* Shenandoah，弗吉尼亚州北部的一个县。

** Harrisonburg，位于弗吉尼亚州谢南多厄河谷地区，为罗丁汉姆县的首府。

*** New Market，弗吉尼亚州谢南多厄县的一座小镇。

发光。

役马蹒跚地走在上山的路上，知了在树梢上嘶叫着。还没看到米切尔双胞胎哥俩的人，杰克就听到了他们的争吵声。空地上，正在熬煮的麦芽糖浆发出浓烈的臭味，缕缕轻烟从小木屋的门上、窗户上和木头缝隙里飘了出来。收音机里传来的音乐声飘荡在这片空地上。

那俩蠢货要把这鬼地方给烧了，杰克一边朝小木屋那边望去，一边暗骂道。

双胞胎哥俩正在歪斜的门廊上你来我往地递着一瓶酒。俩人光着膀子，圆鼓鼓的肚子勒在裤腰上，身上的皮肤晒成了深红的铁锈色。史迪威和戴维这对双胞胎让人根本分不清谁是谁，所以县里的大多数人干脆放弃了这种努力，兄弟俩只要有一个在，人们就当成哥俩都在场。跟他们的大哥丹尼一样，兄弟俩都有着一头金发和明朗无暇的笑容。杰克吹了声口哨，俩人齐齐转头，跳下门廊，从空地上跑过来，亲热地拍着他的后背，把那瓶酒递给他。杰克摆了摆手，挥开递过来的酒罐，用衬衣下摆擦着满脸的汗。

好啊，杰哥，双胞胎中的一个打着招呼，过得咋样？

见到你真好，另一个说道。

蝈蝈人呢？杰克问道。

在屋里。

史迪威和戴维晃着酒瓶指着冒烟的小屋，瓶里的酒洒了一点出来。

把那个给我，你这个大笨蛋，另个一说道，啥破事都不能交到你手上。

我说，杰哥，双胞胎里的一个说道，你知道弗侬·达尔哈特*那个歌手吗？

他不是个黑鬼吗？另一个问道。

不对，他是个白人，只是唱起歌来像黑人，不是吗？

杰克盯着木屋每一个通气口上冒出的白烟，收音机里正播着一支激情洋溢的小提琴曲。这间房子的位置并不算偏僻，至少还有十几户山里人家住在这片山坡上。

这房子怎么了？杰克问道，是着火了吗？

不是，那是蒸馏器。你闻不到吗？

闻到了，杰克说道，离县城八丈远我就闻到了。他把蒸馏器放屋里了？

是啊，你过来看看。那玩意儿不止是在屋里。

他们把马拴在阴凉处，把马背上的袋子留在空地上，杰克跟着兄弟俩走上台阶，来到浓烟滚滚的门口。

这烟真他妈的厚，杰克说道。

不算什么，习惯了就好。达尔哈特到底是不是黑鬼？

木屋里简单地摆着几件粗木家具，地板打磨过了。杰克俯身避开烟雾，用一只胳膊挡住嘴。地板上传来阵阵规律的敲打声，滚热的麦芽浆散发出的恶臭浓烈而刺鼻。淀粉吸附在糖浆上散发出令人恶心的甜味，阵阵腐坏的味道从发芽的玉米上传来，酵母菌渐渐占据了蒸馏器。最让杰克感到惊讶的地方是这间屋子看上去是有人住过的，而且还有人住着。碗柜里摆着几只碗碟，架子上的食品柜敞着，里面堆放着罐头食品。一条被

* Vernon Dalhart（1883年—1948年），20世纪初美国乡村音乐歌手。

子搭在摇椅上。

这是谁的房子？杰克咳嗽着问道。

维妮阿姨的。

一个远房亲戚。

她去卡罗莱纳探亲了，要到下个月才回来。

反正老太婆半瞎了，脑筋也不正常。

双胞胎把一扇活门板打开，一股浓厚的白色烟雾喷涌而出。他们摸索着走下楼梯，朝一簇橘黄色火光走去。一排麦芽浆的空桶堆在楼梯脚处，里面是钙化的麦芽浆。蝈蝈·帕特蹲在一座二十加仑的壶型蒸馏器边，正往砖炉里填着煤块。蝈蝈工作的时候总是蹲着，骨骼突出的屁股几乎蹭到了地上，瘦削的膝盖抵在肩膀上。蝈蝈吃饭的时候蹲着，工作的时候蹲着，最可笑的是他睡觉的时候居然也是蹲着的。只有在小便的时候他才站着。地板上到处散落着谷袋、糖袋、洒出来的玉米以及从麦芽浆的木箱上劈下来的碎木片。蝈蝈转身冲杰克露出了一个万圣节南瓜灯*式的笑脸，煤灰把他的脸熏成了一片漆黑。冷凝器冒着烟，大木桶发出阵阵有节奏的敲打声，滚烫的酒精缓缓从冷凝管里流了出来。蝈蝈立起豆秆似的身体，热情地握着杰克的手。

你一定会喜欢这个的，杰克，蝈蝈兴奋地说道，这个东西就是我们正在弄的。

什么？这个在地窖里的破蒸馏器？

* Jack-o-lantern，万圣节的一种装饰品，通常把南瓜雕成一个有盖子和洞的灯笼，图案常常是怪物的脸，里面放进点燃的蜡烛。

这才是它的一半。在这儿等着，我先把这批酒做完。

我还是在外面等着，不管它是什么玩意儿。

行，蝈蝈答应了一声，转头对着双胞胎兄弟。

你俩不应该在外面望风吗？

是是是。

我们看到杰克来了。

行了，蝈蝈说道，回去盯着，记得暗号。

记得。

史迪威或戴维从他裤子口袋里掏出一柄生锈的左轮枪，在他头顶上晃着，模仿着子弹射出的声音。

是两发连射。

我们知道。

我的天，杰克说道，我上外面待着。

你把糖带来了吗，杰克？蝈蝈追着他大喊道。

带来了，就在外面。

赶快扔进来！

杰克爬上楼梯出了门，双胞胎兄弟俩跌跌撞撞地跟在他的后面。

尝一口，杰克。

好吧，是得尝尝样品。

这东西能让我们大赚一笔。

杰克站在院子里，接过酒瓶龇牙咧嘴地啜饮了一小口。

喝上去一股树枝味，像苍蝇沾过的，他把酒瓶递了回去。

杰克坐在松针树上，跟木屋保持着一个安全距离。双胞胎兄弟俩双腿盘地坐了下来，掏出烟丝和卷纸。杰克摇晃着酒瓶，查看着气泡。五彩斑斓的气泡颤抖着浮了上来，然后慢慢变得稀薄，聚成一颗颗微小的光粒。这酒至少有一百二十度，品质相当不错，杰克心想，尽管味道难喝得要死。

可以掺点水进去，再添点颜色，加点木炭、碘酒或者树皮，作为调和威士忌卖出去。蝈蝈有种本事，即使材料不全、步骤不齐也能照样凑和着做出来，他们曾不止一次用牲畜饮用的泥塘水制造出一批批玉米威士忌，酒的颜色呈褐色，那并不是因为他们往里面放了烟草或者树皮把酒的颜色调成了烟棕色，而是因为用来造酒的池塘水里有一层厚泥。所谓的过滤也只是漫不经心地在一个打着补丁的铁皮桶里澄了一遍。往马口铁的铁桶里放一个老旧的散热管就当冷凝蛇管使了，最后酒是用蝈蝈那顶脏兮兮的呢帽过滤的。即便这样，对酒精的需求量仍然很大，男人依旧前来购买。有时一小卷纸币，大概十美元左右就能买上一整批酒。

你们俩小子，杰克说道，不是应该去望风吗？

去他的，杰克，你在这儿还用吗？

再说，皮特·霍吉斯那个老家伙能干什么？

你觉得他会把你抓起来吗，杰克？我倒想看看。

双胞胎之中的另一个点了点头以示同意，俩人若有所思地弹着手上的香烟。

杰克望着那间烟熏火燎的木屋，从酒瓶里摸出一只大蜗牛，把它放在了松针树上。然后双手枕在脑后，望着弯成弓形的树梢和天空中懒散飘过的闲云。

***　***　***

霍华德决定离开彭胡克的家上山赚钱去。他可以在木厂再干一季，把工资和自己在烟叶上的那份钱攒起来，克制着自己远离牌桌和酒精，那么到了冬天他就可以带着钱回家了，也许到那时候宝宝也长壮了，不再哭个不停。他们可以用现金还清房子的欠款，不再背着债。他这么琢磨着，觉得这是最好的办法。

那天下午，塔马基·杰米森从落基山下来，带着装有蒸馏器的密封盖、玉米、大麦和酵母的包裹来到营地里。煮麦芽浆的炉子已经造好了，等在那里。他们可以明天就开始，如果气温能保持在这个温度，而且他们能弄到糖和赤糖糊的话，两天之后他们就能造出酒来。塔马基可以开着他那辆迪索托*，带上几个戌亭湾和本宁伯**的熟人组成车队，开着大马力的车翻山越岭；把车上的窗帘放下来，遮住酒瓶和酒罐。那些人个个带着枪，玩命似的把车开得又快又猛。

霍华德从未闯过封锁线，也不打算去。如果被当地的治安官或者 ATU 的人抓到在蒸馏器边造酒，他们会立刻查封这个点；如果当时没能跑掉，他们会把人关进来，关上几个星期或者更久，然后就没事了。可跑长途是另外一码事，那意味着会有超速追车、交通事故和枪战。需要担心的不是富兰克林县，当地的警力是不会在县城里追赶疾驰而过的车队的，多数情况下他们就跟没看见一样，特别是往他们手里塞了点钱之后。可 ATU 的人是出了名的固执，拒不受贿，如果被抓到带着一大批私酒出县城到罗阿诺克去，那你是在跟一帮并不了解的人打交

---

* Desoto，美国一种古董车品牌，以西班牙探险家赫尔南多·迪索托的名字命名。

** Burning Bag，富兰克林县境内的一个地名。

道，而他们可不像当地的治安官，那时候麻烦就大了。到那时，流窜各地的打劫团伙，深山老林里没吃没喝饿急了眼的人，甚至北面的帮派人员会趁乱从乡巴佬手里抢一批酒。那是在雪湾和富兰克林县之外的世界，它代表着未知的变数。如果死在车里就算是命吧，霍华德心想，可这双脚还是要碰碰运气。

霍华德终于完工了，盘好后的螺旋铜线管有三英尺高，周长比一只木桶略小一点，接近十圈，这是一只完美的冷凝器。对于线管要盘多少圈才能造出最好的酒，人们有许多不同的理论，一般来说，圈数越多意味着冷却时的接触面越大，蒸馏出的酒精也更清澈。霍华德把铜管上的塞子拔下来，旋着管子，把装在里面的沙子倒出来。当铜管难求时，山里的人会用电管、汽车里的散热器、铅管、铁管或者任何不漏水的东西取而代之。他曾见过有人用福特 T 型车里一台老旧的散热器冷却酒精，用河滩一处用来冲洗厩肥的小溪作为水源，用粗麻布来过滤冷却后的酒精，所用的原料只有糖和一点点玉米。车上的散热器是极好的冷凝设备，多达上百道的弯弯绕绕能将冒着热气的酒精冷却下来，一根弯好的铜管也只不过十几道圈而已，但散热器内部的铅会被酒精吸收进去。如果需求很高且资金足够时，造私酒的人会用糖水来造酒，还会加入烟草汁或者树皮来上色。质量好的酒造起来过程缓慢。谁在乎几个扬基佬喝了这玩意儿以后双目失明？霍华德也喝过几次这样的酒，但也只是在手边实在没有可以入嘴的东西的情况下。

霍华德把弯好的铜管套在肩膀上，穿过树林往回走。他舔了舔嘴唇，想来一杯酒。霍华德发现每一个善饮之人都知道好酒能让时间停止。在几个小时之中，世界飞速地倒退着，田野在脚下翻滚，手被牢牢地锁在把手上，后背像活塞一样来回扯动着。群山耸起，在他的四周形成一圈闪烁的王冠。谁都知道酗酒是条死路，酗酒的人每天被无数幻相和错觉包围着，昏天暗地的呕吐把腹部搅得翻来覆去，然后筋疲力尽地在早晨醒来，心底永远暗无天日。可这仍好过一片虚无。

靠着这些钱，他能还清欠弟弟的钱，不用再借钱了。杰克能体谅他，给他时间。他这个最小的弟弟总是很信任他，对他忠心无比。他那时在想要不要把他在战争中看到的东西告诉杰克。他应该跟杰克聊一聊大海，它把你的世界缩成一滴水，让你感觉自己多么地渺小。霍华德站在一棵细高的榆树边休息了一会儿，一只手扶在斑驳的树干上。他闭上眼睛，正视着最近那次让自己深感羞耻的事情：他最小的弟弟知道在弗雷斯特被割喉时，他正醉倒在火鸡山下的山沟里。霍华德知道这件事像一柄生锈的刀子留在了弟弟的胸膛里。

***　***　***

当晚这批酒就造好了，第二天早晨，当杰克从铺盖里爬起来时，他看见蝈蝈正蹲在门廊上抽烟。房子仿佛被煮熟了似的冒着几缕烟雾，就像大冬天里一个浑身是汗的人脑袋上冒着缕缕热气。蝈蝈的脸依旧被熏得黑不溜秋，杰克走近他时，他咧嘴一笑，露出一嘴蛀牙，一只手紧握住杰克的手。

跟我过来看看，他说道，拉着杰克进了屋。

蝈蝈和双胞胎哥俩把酒直接引入一台老旧的热水器的水箱里，水箱已经被他们密封起来了，然后用多余的铜管将水箱与屋子的井水水管连起来。维妮阿姨有一只重力泵，用来抽取地下室蓄水池里的水，蓄水池里的水是从屋后的一口深井里导入的。楼上的盥洗室里有一座抽水马桶，还有一个带冷热水龙头的洗手盆。热水器水箱的容量为六十加仑，短短几天时间里，他们已经快将它盛满了。

看，蝈蝈说道，这东西是这样用的。

俩人站在楼上的水箱前。双胞胎哥俩还在外面睡觉，四脚拉叉地躺在太阳下，像谷仓里的猫。昨夜的威士忌让杰克的脑袋嗡嗡作响，喝完那口他就昏睡过去了，对于昨晚的最后一点记忆是那对双胞胎在篝火边扭作一团，嘴里大呼小叫着，有人裤腿沾上了火苗，杰克听到了啜泣声，之后是震天的鼾声。浴室里的抽水马桶上有根沾满铁锈的拉绳，还有一只很浅的铁皮水箱，缝隙处锈迹斑斑。墙上挂着一幅粗糙的风景画，上面画着几坐山丘和一道栅栏，围着几只不知道是牛还是马的动物。

这是维妮阿姨画的，蝈蝈对着风景画点了点头。

不用说，看得出来。

这玩意儿弄好以后，蝈蝈继续说道，人们会带着自己的瓶瓶罐罐过来买酒。

蝈蝈挥舞着一只一品脱的玻璃瓶。

这里看上去一切正常，蝈蝈说道，就是一座山间小屋，我们这几个家伙帮忙看家，随便编个什么理由。可是，进来坐上一会儿之后，有人问能不能借用一下洗手间，我们点头说可以，因为他已经付过钱了，我们还会补上一句，试一试热水龙头，挺不错的，或者类似的话。然后那人便进去了。

蝈蝈把空酒瓶放在热水龙头下，打开了阀门。墙上一阵轰鸣，水龙头吱吱嘎嘎响了几声，喷出一些浑浊的水滴，之后一道涓细的威士忌冒着热气流了出来。蝈蝈把那一品脱的酒瓶灌满，关上了龙头，以一副胜利者的姿态将塞子塞在了瓶口上。

然后，他们把瓶子在身上藏好，蛔蛔继续说道，之后便出了门。

妈的，杰克说道，这是我见过的最他妈操蛋的东西。

蛔蛔看着污渍斑斑的池盆，晃了晃手中的酒瓶，然后把它插进了裤子后面的口袋里。杰克走到外面的门廊上，空地边上，双胞胎哥俩中的一个正脱了裤子蹲在地上，像条狗一样全身紧绷着，一只手扶在树干上。另一个则站在几米远的地方，看到自己的兄弟正在埋头拉屎，似乎不知道该做点什么好，杰克知道蛔蛔和双胞胎哥俩尤其希望得到他的帮助，因为有他在场，县里的治安官就不会出现，而主顾们也会老老实实的不出乱子。

别这样，杰哥，蛔蛔从门口喊道，这玩意儿能行，等着瞧。

双胞胎哥俩一脸期待地望着他，那个拉屎的家伙裤子还没提起来。

看来我们得去拉点顾客，杰克开口说道。妈的！米切尔，把你的裤子提起来！你那屌蛋露在外面，还有谁会来买酒啊。

很快就有人出现在木屋门口。米切尔哥俩一早上都在外放消息，他们开着蛔蛔的皮尔斯·箭牌卡车跑遍了桑塔格、彭胡克和黑烟囱的加油站。到下午四点，已经有十几个人陆续来到灰扑扑的门廊跟前，有几个在院子里低声说着话，裤子口袋里插着空酒瓶，排队等着“上厕所”。五十美分一杯，一美元一品脱。有几个人带了细颈大坛过来，杰克便根据容量计算价格，他坐在门廊上的摇椅里收钱。蛔蛔蹲在卫生间的门口，呷着一瓶酒，咧嘴笑着。阵阵轻烟从地板之间的缝隙里冒出来，麦芽浆的味道灌满了整间屋子。那对双胞胎被派到大路上望风。杰克不知道他们到底在望什么，因为这些上山的人，不管是徒步、骑马还是开着破旧的汽车过来的，除了来买酒还能干什么呢？

在他们收了快四十美元的酒钱时，突然，木屋前出现了几个老妇人。天色已暗，男人们在空地上闲逛着喝酒，几桌牌局正打着，音乐声从敞开的屋门里飘了出来。杰克正坐在门廊上数着零钱，一个脚蹬皮靴、满脸皱纹的老太太从台阶上走了上来，身后跟着好几位女士，看上去都是八十多岁的老太太。

米切尔哥俩赶忙从院子里跑上门廊，俩人都光着膀子，浑身是汗，脸上的表情透着惊恐，声音都变了。

维妮阿姨！

维妮阿姨，你怎么会在这儿？

维妮阿姨停下脚步仔细打量着哥俩，皱纹在她那张苍老的脸上慢慢堆成一道扇形。她是一位雕塑般的女人，高高的肩膀耸起在耳朵下。她身上的衣服像是从方格花布上直接裁下来的，针线像订书钉一般碾过粗粝的布料。稀疏的头发扎成细细的一拧，垂在衣领上。

你是谁？她问道。

是我们啊，双胞胎同时答道。

喔，维妮阿姨说道。

您的侄子，其中一个双胞胎说道。

史迪威和戴维，另一个补充道。

门廊上的男人纷纷侧身离开，看上去要么是闲逛到别的地方，要么装作院子有什么感兴趣的东西走了过去。维妮阿姨身后的两个老太太眯着眼盯着双胞胎哥俩，很显然她们是她的亲戚。维妮阿姨瞪眼瞅了会儿哥俩，耸了耸肩，拖着脚步走上门廊进了屋，那两位老太太跟在后面。

他们是娜蒂的孩子，维妮阿姨说道。那女人是个骗子，不过没关系。

哥俩看着杰克。

这真他妈的是一团糟，杰克骂道。

男人们开始陆续走出屋子，杰克有些微醉，但酒后那阵高兴劲儿很快就变成了愠怒。维妮阿姨迈步走进卧室，甚至没有注意到屋里有什么不同。跟在她身后的两位老太太在沙发上坐了下来，理了理腿边的长裙，然后从随身的大包里掏出针线活做了起来。维妮阿姨双手掐腰，站在卧室的门口。

维妮阿姨！双胞胎齐声喊道。

得有人做点东西吃，维妮阿姨说道，有客人来。

杰克冲到通往卫生间的走廊上，蝈蝈蜷缩成一团倒在门口，手里还握着酒瓶。

怎么了？杰克问道。

这酒有点不对劲，蝈蝈悲伤地摇着头说道。

你最好出来看看谁在这儿，杰克说道。

卫生间里还有一个人，蝈蝈抬了抬肩膀向卫生间里示意着。

把他弄出去。

我不行，蝈蝈虚弱地微笑着。

杰克推开卫生间的门，门刚闪开几公分便撞到了什么东西。杰克用肩膀使劲抵着门，一个男人大叫了起来。水池边站着两个打零工的，手里拿着威士忌酒瓶。其中一个须发蓬乱，胡子上沾满了烟叶渣子，裤子褪到了脚踝上。幸好水龙头还是关着的，杰克想到，把门关上了。

你们这些老东西都给我滚出去，他在门外吼道，关门了！

他回到厨房，维妮阿姨正在开一瓶硕大的豆子罐头。双胞胎哥俩张口结舌地站在那里，光着膀子，浑身冒着汗。那两位老太太还在做针线活儿，蝈蝈蜷缩在沙发那里，醉得不省人事。烟雾从蝈蝈脚边的地板缝里冒了出来，他仿佛蜷缩在一处冒着青烟的篝火边。维妮阿姨嫌恶地看了蝈蝈一眼。

我认识你，维妮阿姨说道。

是的，蝈蝈咕哝道。

他的眼睛里充满了泪水，半蹲着的身体微微打着晃。

堕落的人，维妮阿姨说道，为什么不去教堂？你该去那里。

我努力过，蝈蝈说道。

你努力得还不够，维尼阿姨说道。

蝈蝈看上去快哭了。他的双臂搂在瘦削的双膝上。整间屋子安静下来，只有维妮阿姨跟豆子罐头较劲的动静以及蝈蝈脚下地板的吱嘎声。那对双胞胎站在门口，哥俩看上去随时准备好夺门而出。

你必须找到我主，维妮阿姨说道，只有那样你的生活才会顺直起来。

我试过，蝈蝈轻声说道。

蝈蝈的头垂在两膝之间。他才十八岁，头顶油腻的发旋上已经秃了一块。

我曾经常去，一切都很正常，蝈蝈说道，直到那狗日的牧师拐走了我老婆。

蝈蝈开始痛哭，其中一个老太太站起身来，朝卫生间走去。

喔，事情不妙，双胞胎哥俩中的一个说道。

怎么有股臭味？维妮阿姨说道，闻上去像是死人身上钉了只臭鼬。

***　***　***

那个晚上是锯木厂营地发薪的日子，工人们排起队等着领工资。弗雷斯特站在硕大的锯木架后，身边是放现金的铁盒和账本，每领走一个就用铅笔勾掉一个名字。霍华德同其他人一起站在队伍里，等着弗雷斯特算完账，他的胃痉挛成了一团。他捏着口袋里的一张纸片。牛奶三十夸脱，三十五美分；面包三条，二十美分；腹腿牛排两磅，九十美分；面粉，一美元；起酥油，八十五美分；配方奶粉，两美元五十美分；医生的账单和药品，九美元。除了自己的工钱，霍华德还代领了杰克的工钱，那是替杰克存起来的，一共十二美元带一些零钱。

工钱发完后，霍华德把重锯拆了下来，把锯条包在浸过油的帆布包里，然后锁进柜子里。其他的人打闹着，互相开着玩笑，安排着晚上的活动。霍华德开始出汗，皮肤感到针刺般的疼痛。从昨天开始他一口酒都没沾过，小腿上的肌肉像打结的电线一般紧绷着。

在山上营地的树林里，霍华德站在篝火的余烬边。他的后背微微疼痛着，劳动后的淋漓大汗顺着脖子流到了下腹。他望着白杨树上飞舞的树叶，手掌般的树叶掌心向上，浅色的背面在树冠的最高处无声地摆动着。那上面应该还有一层风，霍华德想着，是那一小股风吹过了树顶。杨树开始剧烈震动起来，伴随着知了愈来愈响的嘶叫声，这刺耳的声音也许是电锯声回响在他脑海里？他小腿上的肌肉劈啪作响，整个身体也紧张起来。他把头低了下来，看着地面，手指摸着口袋里那卷钞票，咬紧了牙齿。

太阳落山了，拉长了影子，气温也降低下来。霍华德转身大踏步地走回锯木厂营地，跟其他几个人一起搭车前往落基山镇。那些人含糊不清地喊着话，像一群爬过沥青路的蚂蚁一般在他的面前活动着。卡车颠簸着在土路上，霍华德坐在卡车的车门口，像风暴中的一座雕塑。

卡车驶进一间加油站，霍华德安静地待在一群晒得黝黑的工人中间。其中一个家伙的兄弟刚配制出一批杏仁白兰地，送给他们一瓶，男人们围着仓库站着，你一口我一口地递着酒，直到酒瓶见底。男人们拍打着他的后背，戳着他健硕的肱二头肌，东拉西扯地说着故事，沉闷的声音像是来自水底，霍华德听不清楚。他扫视着那些神采奕奕的脸，绝大多数正盯着那瓶古铜色的液体从一只手上传到另一只手上。之后，这帮人回到了车上，在落基山镇附近一处破败的屋子前停了下来，那是另一个人的家。一帮人又喝上了劣质杜松子酒，霍华德也跟着喝了两口。像吞咽下滚烫的泥巴，男人们开始咳嗽起来，吐着唾沫，香烟的烟雾缭绕在落满灰尘的窗台上、蜘蛛网上和团在一起的虫子上。有人把收音机调到了 WSM* 和 Olaf the Swede 的频率，收音机的匣子里哔哔剥剥地响起了音乐声，那人用浓重的鼻音唱起了谷仓舞的歌曲，尽管没人捧场。屋外的院子里，一个男人痛苦地倒在地上，抱着一根木栅栏蜷成一团，脸上沾满了呕吐物。一条猎狗趴在木栏上狂吠着。霍华德又开了一瓶酒，

---

* WSM（We Shield Millions），美国的一个老牌乡村音乐电台，位于田纳西州的纳什维尔。

把瓶盖旋进黑暗之中。后背上那灼热的肿块慢慢消了下去，他又恢复了说话的能力，感觉自己跟这个世界合上了拍子。

几个小时之后，霍华德在另一辆车上醒了过来。司机塔马基·杰米森一边开着车一边嚼着烟叶，不时往脚踏板上吐两口唾沫。其他人挤作一团，驾驶室里烟雾缭绕。塔马基提档爬上格拉希山，向镇子的北面开去。车停在了弗雷斯特的加油站里，霍华德的脸上没有任何表情。他出神地想着牌局，他有种比任何人都能看透牌的能力。他的双手轻盈而迅速，他已经超越了世界，导火索已经被点燃，他能赢。他的拳头深深地插在口袋里，里面握着一卷钞票。去你妈的这群乡巴佬，霍华德想到，都是些脑袋欠抽的玩意儿。他大踏步地走进加油站，冲站在烤架边抽烟的麦琪点了点头，一只手指在柜台上敲了敲。弗雷斯特端着一盘萨拉米香肠和苹果从后边走了出来，看到柜台前的霍华德，他顿了一下，意味深长地看着他。霍华德迎着他的注视，咧嘴一笑，僵硬的手指又敲了敲柜台。弗雷斯特点了点头，朝着那张已经有人围坐在一起的桌边走去。那些人歪坐在椅子上，用手撕扯着油腻的肉食送到嘴里，大笑着围坐在桌边安排着牌局，眼睛闪闪放光。第一瓶酒递给了霍华德，他旋开瓶盖，把它从肩部绕了一圈，然后才猛灌一口，男人们大笑起来。

霍华德知道自己能赢。他伸了伸宽厚的后背，双手交叉搁在脑后。他感觉自己头脑敏捷，灵活而轻快。纸牌在众人的两手之间翻飞着，霍华德觉得自己摸到了一副好牌，他在骨子里感到了这份好手气。

***　***　***

维妮阿姨在炉灶边煮着绿色蔬菜，突然，三个陌生人闯进屋里，他们进门后并没有脱下帽子，杰克立刻看出来这三人不像是来买酒的，因为其中两人肩上扛着斧头，第三个人手持一柄猎枪，三个人的屁股上都挂着手枪。杰克愣在沙发上，旁边坐着那两位做针线活的老太太，放现金的雪茄烟盒就摆在他的两脚之间。蝈蝈在洗手间里，双胞胎哥俩已不见了踪影。他刚刚数完钱，正计算着他们有没有赚到钱，数钱时还不忘抄起酒瓶灌上几口。这三人中有一个体态肥胖的家伙，戴着一条肥硕的领带，上身勒着背带。

这里谁是管事儿的？查尔斯·雷克斯开口问道，脚后跟在地板上来回碾着。

他那张圆蛋形的脸上滴着汗，显得很吃力的样子。他耸了耸肩膀，肩上的斧头跌落下来，咚的一声插在了地板上。维妮阿姨从炉灶边转头看了一眼，然后便回过头继续煮菜去了。另一个拿着斧子的人身形矮小，表情疲惫，正是亨利·埃布夏尔。第三个怀抱猎枪的人穿着全套西装，打着蝴蝶结领结，腋下和脖颈处印着大片汗渍。杰弗逊·理查兹拽了拽衣领，示意雷克斯去检查屋里的其他地方。

我怀疑这里不会有饼干冒出来的，维妮阿姨嘀咕道。

屋里安静下来，只有维妮阿姨手中的木勺刮着锅底的声音，以及毛衣棒针戳在一起的叩碰声。查尔斯·雷克斯走向屋后。另外两人似乎没有注意到跟那两位织毛衣的老太太一起坐在沙发上的杰克，杰克觉得自己最好坐在沙发上一动不动。后面传来门被用力拍开的声音和几声喊叫，查尔斯·雷克斯拽着蝈蝈的脚踝把他拖进房里，蝈蝈像太阳下的一只虫子扑动着。他坐直了身体，揉了揉眼睛，盯着面前的来人和斧头。

孩子，你得告诉我们三件事，查尔斯·雷克斯说道，蒸馏器在哪儿？酒在那儿？钱在哪儿？

蛔蛔不解地看着他。杰克知道事情不妙，用脚把装现金的雪茄烟盒往沙发底下挪，动作幅度尽可能的小。

废话，查利，亨利·埃布夏尔骂了一句，蒸馏器显然在地下室里。

埃布夏尔拿着一块布擦了擦后颈，把肩上的斧头调转过来，指着地板的节孔上冒出的一道轻烟。

瞧瞧这道烟，请问女士，这是怎么回事？

维妮阿姨没有理会他，搅动的汤勺将菜汁溅出了锅。

几位女士介意出去回避一下吗？

算了，理查兹说道，让她们留下。

理查兹揪着蛔蛔的衣领把他举了起来。蛔蛔还没站直身体便又软趴趴地倒了下去，双腿瘫倒在地上，低垂着脑袋。

雷斯特开始来回抽打蛔蛔的脸。

小子，钱呐，钱在哪儿？

杰弗逊·理查兹轻声骂了一句，缓缓转身把猎枪的枪管指向杰克的脸。黑洞洞的枪管显得出奇地大，杰克知道这是因为他从未被枪口指着。

你，理查兹喝问道，说钱在哪儿？

杰克慢慢举起手，耸了耸肩。理查兹盯着他，枪管指着他的鼻子划着小圈。

你叫什么名字？

杰克。

姓什么？

邦杜兰特，杰克·邦杜兰特。

理查兹露出一个微笑，潮湿的嘴唇轻轻地嘘了一声。

我真是倒了八辈子血霉，查尔斯·雷克斯说道，喂，亨利，这头呆货是他们邦杜兰特家的！

是的，埃布夏尔说道，最小的那个。

有人告诉我们能在这儿找到你，雷克斯说道，你果然在这儿，你可有点蠢。

你带路，理查兹说道，把治安官领到蒸馏器那里。

杰克缓缓站起身来，双手放在身体两侧。脚下的雪茄盒已经有一半塞进了沙发底下。埃布夏尔伸出手一把抓住了杰克的衬衣前襟。

走，小子，他说道，领我过去。

地下室里，埃布夏尔检查着蒸馏器的情况，他踱着步子，伸手试了试连接管上的气泡温度，敲了敲管道，查看着通往热水器水槽的水箱。这位治安长官看上去筋疲力尽，仿佛刚从漫长的一觉中醒来。埃布夏尔敲了敲盛满液体的水箱，沉闷的回声回响在地下室里。

这玩意儿倒是头一次见，埃布夏尔说道，把其他货都比下去了，我几乎都舍不得把斧子劈进去。

两人从地下室里出来，回到楼上。理查兹和雷克斯正把维妮阿姨和那两位做针线活的老太太送往卧室。女士们，请等在这儿，他们说道，我们在执行公务，不会耽误太久的。维妮阿姨端着那锅蔬菜，前额上的皱纹拧出一副愠怒的表情。蝈蝈仍歪在地板上，瘫成一堆。雪茄烟盒摊开在厨房里的餐桌上。

你得过来看看这个，杰夫，埃布夏尔招呼道，这是个新玩意儿。

杰夫·理查兹把猎枪交给雷克斯，一只手拿起雪茄烟盒，像捧着圣经似的递到杰克面前。

你说你不知道钱在哪儿。

你没问我，杰克回到，你问的是他。

他指着蝈蝈。

刚说完这句话，杰克就感到一阵强烈的恐惧游走在全身，像是绑绳突然被松开来。杰夫·理查兹露出一个得意的笑容，轻轻点了一下头，然后转身走下楼梯，同埃布夏尔一起查看蒸馏器去了。查利·雷克斯冲着杰克咧嘴一笑，他的下牙齿上沾着烟叶渣子，像一排橡子。他用猎枪戳着杰克的胸膛。

你们这几个小子就是不明白，是不是？这里有了新规矩，你们得按着新规矩来。

雷克斯放下了枪，横在腿上。他看着杰克摇了摇头。

你手上有武器吗？他问道。

没有。

枪、刀之类的？

没有。

你说的是实话？

没有。

你他妈的真是个蠢货。

地下室里传来一阵尖利的金属敲打金属的声音，紧接着雷克斯晃了一下手中的猎枪，枪管挑了一道小小的弧线，杰克缩头一躲，枪管打在他的脸颊上。他趺趺撞撞地向后退了几步，勉强站住脚，伸手摸了摸下巴看有没有出血。这打偏的一下让雷克斯有些恼火，他又举枪对准了杰克的脸。

过来，他命令道，上前两步。

地下室里不断传来叮叮当当的金属击打声，那几个人正在用斧子劈着蒸馏器。杰克慢慢上前几步，在距离指着他的枪管一英尺处，雷克斯猛地向前，把枪口戳向杰克的牙齿。杰克勉强把头稍稍偏出，枪口戳进了他的上嘴唇，捣在了牙龈上。他转身跪倒在地，用手捂住了嘴，鲜血从指缝里流了出来。

起来，雷克斯喝到。

杰克不敢看他，也不敢再对着枪口，他不想再被雷克斯打脸。地下室的敲击声越来越急，回声穿过了地板。杰克站起身来，侧身九十度对着雷克斯，双手捂着嘴。前门半开着，院子里影影绰绰地晃动着几道黑影。杰克考虑向他们大声呼救，他知道雷克斯是故意要把他狠揍一顿的。

你他妈的真怂，雷克斯骂道，我以为他们说的邦杜兰特兄弟是一帮狗娘养的硬汉。

雷克斯身体后仰，一拳钩在杰克的肋骨上，这一拳让杰克撞在了门框上。杰克艰难地喘着气，跌跌撞撞地爬到门廊上。雷克斯紧随其后，一脚踹在杰克的膝盖上。杰克踉跄着倒在地上，又从门廊上滚到了院子里。一片漆黑中黑影逃窜开来，杰克听到踢球声和窃窃私语声。维妮阿姨和其他老太太呢？还有米切尔双胞胎人呢？上帝，有人来帮帮我吧，他想到，上帝，请帮帮我。他的胃里一阵翻滚，嘴里冒出一股酸水。门口的灯光照在他的脸上，他看见雷克斯肥硕的身影站在门廊上，那杆猎枪晃动在他手上。杰克感到一阵恶心，大口呕吐起来。远处响起了两声枪声，回荡在山间。雷克斯身体一僵，望向黑暗之中。

真吓人，雷克斯说道，这可不行。

他退回屋里，把枪支在墙上。

我会好好给你来一枪的，雷克斯说道，起来！

杰克像婴儿一般蜷缩在地上。我站不起来，他想着。我也不会站起来的，因为只要一站起来他就会再来打我。那两枪是米切尔双胞胎开的吗？还有人过来吗？上帝啊，拜托是弗雷斯特或者霍华德吧。

给我站起来！

雷克斯抓着他的双肩把他拽了起来。杰克的下巴抵在胸口，双臂挡着脸。杰克的一边嘴巴已经肿了起来，没有了知觉，鲜血顺着他的脖子流到了衬衣上。漆黑的树林里知了的叫声进入了合唱。

等抓住你，杰克含糊不清地说道，他们会杀了你。

你在威胁我？雷克斯说道，可惜它现在帮不了你，不是吗？

雷克斯一巴掌扇在杰克的脸上，鲜血像雾一般喷了出来。

许多人都在谈论你们，雷克斯说道，该死的邦杜兰特兄弟。去死吧，你们就是一泡屎。回去告诉你那两个哥哥，下一个就是他们，你去告诉他们。

杰克的脑子已经无法思考别的事情，雷克斯揪着杰克的衬衣，来回晃着他，像晃着一个孩子。电光火石之间，杰克抬头看了一眼，他看到自己的胳膊被架了起来，困在雷克斯的臂弯里，他只要伸出一只拳头或者胳膊肘就能重重打在雷克斯那张肥脸上。就是现在，出手吧，他暗暗对自己说道，可他的胳膊僵直在那里，下巴抵在胸口。雷克斯用一只手架着他，另一只手劈头盖脸地打了下来，巴掌落在杰克脑袋的侧面和脖子上，耳朵上也挨了好几下，杰克挣扎着躲开，雷克斯紧追不放，他的胳膊有节奏的挥舞着，一掌敲在杰克的太阳穴上，杰克的颈椎一麻，瘫倒在了地上。在昏过去之前他听到自己在啜泣，哭喊着别打了，别打了。这个世界留给他最后的感受是鲜血一般炙热的羞辱。

Chapter 10

弗雷斯特望着跟锯木厂的工人们一起走进加油站的霍华德。人群吵吵嚷嚷，男人们身穿溅满泥点的工装裤和汗渍斑斑的汗衫，头上的帽子皱巴巴的，眼里布满血丝，他们咬着猪肉派，嚼着雪茄烟头。霍华德笑得跟个傻子似的，高大的身形耸立在人群之中，看上去像是街头马戏团里孤独的怪人。男人们从粗蓝布的工装裤的口袋里掏出皱成一团的钞票，带出来的木屑悉悉索索地掉在地上。

弗雷斯特有意不让自己加入这些牌局，尤其是大哥在玩儿的时候，他知道霍华德身上带着杰克的工资。麦琪倒烟灰缸时，看到霍华德粗壮的胳膊边放着一小堆纸币和硬币。在经过柜台边的弗雷斯特时，她在纸片上潦草地写下一些数字，那是霍华德输掉的钱。随着牌局在继续，霍华德看上去呼吸越来越困难。弗雷斯特站在吧台后，手指在收银机上操作着。牌桌上的其他男人毫无顾忌地盯着麦琪猛看，她身上穿着的印着金色花朵的白棉布长裙，雪白的胳膊裸露在外。她从不给他们一个正眼或者一丝微笑，当她离开房间时，他们轻声地咒骂着，要不是这娘们长了一张可以印到钱币上的脸……

收音机里播放着从芝加哥传来的谷仓舞节目*，唱《盲报童》的安德鲁·詹金斯**正用水一样的声音唱着《弗洛伊德·科林斯之死》。*** 麦琪面无表情地从弗雷斯特身边经过，意在告诉他霍华德在输个精光之前是不会下牌桌的。

那些人一直到天快亮时才离开黑水加油站，在收拾完牌局后，弗雷斯特三下两下给自己做了个煎蛋，站在水槽边就着锅三两口地吃完。洗好锅以后，他关灯上了楼。来到麦琪的房间门口时他停了下来，望着散落在枕头上那一头黑发随着呼吸而微微起伏着，被子下那双长腿的轮廓若隐若现。弗雷斯特若是比平时多喝了几杯，不一会儿他的手就会从门框上滑下来，双膝跪倒，然后踉跄着走回自己的房间，倒在自己的小床上昏睡到中午。他曾经站在那扇门的门口睡着过，他倚在门框上，慢慢合上双眼，双手低垂，或者摸着口袋里的小木块。有时他在那儿站得太久，甚至忘记了睡觉，直到光线穿过窗帘，屋外的狗冲着大路一阵狂吠，惊醒了熟睡中的麦琪。然后弗雷斯特回到他的房里，从井里打来冰冷的清水，脱掉衣裳，用清水和一小块浮石擦洗着身体，再换上干净衬衣。当麦琪梳好头走下楼时，弗雷斯特已经在炉灶上煎着培根和土豆了，他双眼清亮，脸上毫无表情。几乎无法从他的脸上看出他到底睡觉了没有。

---

* National Barn Dance，美国最早的一档乡村音乐节目，自1924年从芝加哥的WLS-AM频道开始广播。

** Andrew Jenkins（1885—1957），20世纪20年代美国的一位乡村音乐作曲人。

*** *The Death of Floyd Collins*，安德鲁·詹金斯的代表作。

那天晚上麦琪被什么东西惊醒了，她看见弗雷斯特站在房间门口。她把自己叠在床罩的阴影里，这样弗雷斯特就看不到她脸上的表情。她拉下了遮挡身体的床单，但弗雷斯特转身走回了客厅。过了一会儿麦琪起身走出房门跟在他身后，他转过身来，看到她裸露的身体在黑暗中闪着光。

沙发上，弗雷斯特用粗粝的双手捧着她的脸，双唇扫过她的额头，脸颊和脖颈。他的身体闻上去混合着玉米、泥土和汗水的味道，她的下巴和嘴唇窝在他脖颈弯里，轻轻地吻着上面那道疤，从一端吻到另一端。

透过窗户微弱的星光，他望着她的眼睛，用力把她抱紧。弗雷斯特轻柔地抱着她，像在掌心里捧着一只鸟。她伏在他的胸膛上，他能感觉到她温暖的心房颤抖着跳动着。她仰起脸望着他，额头上温柔的线条像是在询问着什么。

两人都没有说话，然后，他终于睡了过去，她拉过一条毯子盖在他的身上。他睡着的样子像个小男孩，身体不时地抽搐两下踢着双脚，她一直等到他的呼吸平稳、身体放松下来才回到自己的房间。

PART 2

我收到海明威的一封信。这封信是他在那本《春潮》* 完成并出版后写给我的，这是我迄今为止收到的最为傲慢的一封信，里面充满了屈尊俯就的神气。

他在信中谈起一些我的致命问题。他说这本只用六周时间写就的书源于一时冲动，意在一劳永逸地终结掉那些认为我的作品有一定价值的观念。他说出于对我个人的尊重，他痛恨做这件事；可出于对文学的考虑，他不得不勉力完成，相信我能够理解，因为文学的利益远远大于我和他两人。

[——《舍伍德·安德森回忆录》]

埃布夏尔坚称他没有从枪套里掏出自己的枪，他说他朝着那三兄弟走过去，告诉杰克他和雷克斯并不惧怕他们。尽管有辆车已经逃脱了，但他们最好还是

---

* *The Torrents of Spring*，欧内斯特·海明威出版于1926年的小说，戏仿舍伍德·安德森的作品《暗笑》（*Dark Laughter*）。

投降。然后雷克斯掏出了他的枪，埃布夏尔继续说到，告诉那三兄弟他们已经被逮捕了。杰克侧过身去像是要掏枪的样子，埃布夏尔没能抓住杰克的胳膊，就在那时雷克斯开了枪。

听到枪声的弗雷斯特朝他们跑了过来，雷克斯又开了一次枪，被枪击中的弗雷斯特倒在了大雪覆盖的路上。

[——代理治安长官埃布夏尔关于枪击邦杜兰特兄弟的陈述，罗阿诺克时报，1935 年 6 月 11 日]

很快，个体性这种东西就会完全消失。天空中传来数千架飞机的轰鸣声，那是飞鸣的蜂群正在修建新的蜂巢，快点干活，人们。

[——《舍伍德·安德森回忆录》]

Chapter 11

1934 年

刚过中午，舍伍德·安德森停在黑水加油站的门口。他穿着那件农舍的旧外套和胶鞋，脸上的胡须好几天没刮了。之前的三天里，他躺在寄宿旅馆的房间里读信，给伊莲诺写信，抠脚丫子，做白日梦，迟迟不肯动笔写稿。直到把车开进停车场他才真正承认自己是害怕了。害怕是正常反应，他心想，你这个老笨蛋。天气开始热了，外套下的他汗流浃背。加油站的侧面还停着两辆车，一辆盖着防水油布，看形状明显是一辆时髦的敞篷轿车。一个长着一头浓密黑发的年轻男子站在阴影中的门廊上，看着安德森驱车进来。车停在了油泵前，男人晃晃悠悠地走上前。

加油吗，先生？

安德森从车座上滑了下来，在太阳下正了正帽子。加油站内看上去空空荡荡一片漆黑。那个年轻男子有力地摇着油泵的手柄，油泵机的玻璃球里盛满了汽油。

屋里有冷饮吗？安德森问道。

有。

加油站内光线昏暗，比屋外凉爽许多。安德森摘下帽子站在门口，眼睛适应着屋里的光线，过了一会儿才看清柜台的位置。他闻到了培根和土豆的味道，一台收音机放在窗口的架子上，播放着低沉的音乐。安德森在柜台边坐了下来，手指在柜台上轻拍了两下，这才发现有个女人站在柜台的远端，边看杂志边抽着烟。

您好，安德森打了个招呼。

您好。

有冷饮吗？

汽水？

有橘子汁吗？

有。

女人放下手中的杂志，朝着冷柜走去，一头顺直的黑发扎在颈后。除他俩以外，加油站里空无一人。她把一瓶汽水放在安德森的面前，安德森在柜台上放了两角五分硬币。那女人身上一袭枫叶红的裙子十分整洁，领口裁剪成扇贝型，布料贴合地裹着她的双腿，勾勒出修长的曲线。几个月以来安德森头一次见到这样一条裙子。这里完全见不到美国那种清教徒式的拘谨，他暗想。

她拿起安德森那枚两角五分硬币，摁下收银机，把零钱找给他，安德森摇了摇头，把零钱推回给她。她把硬币扔进一个收银机边上的铁罐内，然后埋头继续看她的杂志。

这地方叫什么名字？

什么？

这地方怎么称呼？我是说这间加油站。

大多数人管这儿叫黑水加油站。

黑水是那条河吗？就是大路上那座桥下的河？

那是蛆虫湾，它是黑水河的一部分。

安德森吸了一口汽水。这瓶汽水喝上去不太新鲜，没有气泡，甜得腻人，大概已经在冷柜里放了几年了，他暗想道，应该没人在这里买汽水。麦琪拿起她的杂志，那是一本蒙哥马利·沃德公司* 的邮购商品目录。安德森觉得应该趁此时切入话题。

我的名字叫安德森。

她抬起眉毛，看了他几秒，这也是安德森进店以来她第一次正视他。

我叫麦琪，她说道。

麦琪，安德森说道，我不是来找麻烦的，我只是想问问有没有味道更重一点儿的东西喝？

她用一种空白而美丽的表情盯着他。这副千里之外的长久凝视让他想起吉普赛人，或是印度人。真是一张美丽的扑克脸，他暗想着。

我是说，他继续解释道，如果想来一点口味更重的东西，你这里还有什么？

我们有可乐、咖啡和冰水，就这些。

---

* Montgomery Wards，美国第一家邮购零售企业，1872 年成立于伊利诺伊州。

安德森喝着汽水。

你是这里人吗？安德森问道。

她放下商品目录，朝着天花板喷了几口烟。

不是。

哦，是吗，那你从哪儿来？

离这儿不远。

安德森又喝了一大口汽水，环视着房间四周。烤架上闪烁着油脂的亮光，也许早上有生意，他想到。我敢打赌男人们来这儿就是为了看麦琪，看她工作的。她的脸上带着一丝硬朗，仿佛比这个年纪的人有更多地经历。安德森猜测她大概在三十上下，这种成熟给她的五官带上了一丝冰冷的美感。

你在这里工作多久了？他问道。

有一阵子了。

你结婚了吗？

没有。

我说，我并不是什么浪荡子，我已经结了婚。我只是想聊聊天。最近一直在旅行，没有什么机会跟人聊天，你明白吗？

当然。

你之前是做什么的？

干过很多事情。

比如说？

在农场和工厂里都干过。

你在纺织厂工作过？

是。

哪儿？

马丁斯维尔*，之前也在加利福尼亚干过活。

当时工作怎么样？

还行。

艰苦吗？

不算太坏，待遇还好。

工会工厂**？

是的。

跟你一起工作的女孩怎么样？

还行，大多数都挺和善的。

你为什么离开那里？

我父亲死了。

很抱歉。

没事。

麦琪黑色的眼睛看着他，安德森不知道她是在看他还是看着他的身后。他感觉自己被什么东西击败了，身下的凳子吱吱嘎嘎地响着。他听到两个男人的说话声，原来是从收音机里传来的。这种聊天像是从一头死骡子的嘴里拔牙，安德森心想。

你怎么到这儿的？

搭车。

从加利福尼亚？

是。

那你一路上肯定搭过很多车。

---

* Martinsville，位于弗吉尼亚州，被亨利县包围的一个独立小城。

** Union shop，以加入工会作为雇用条件的工商企业。

是，不过现在我有自己的车了。

安德森瞄了一眼窗外，那个年轻男子已经把他的车加好了油。动作真快，他暗想。这里就是富兰克林县的的私酒交易中心？他吸着甜腻腻的汽水。到现在为止，他在富兰克林县遇到的每个女人都是这样。那威莉·卡特·莎普呢？莎普依然在逃，整个弗吉尼亚州都在追捕她，ATU 的人漫山遍野地做着地毯式搜查。如果他不赶快行动，自由杂志的这篇稿子就会被毙了；安德森已经看到其他报纸的记者出现在落基山镇四处探听，挖掘有关那场审判的消息。

那么，安德森试着重新把话头热起来，这地方的主人是谁？

弗雷斯特·邦杜兰特。

跟那个在 1930 年遭到枪击的是同一个人？当时还有他的兄弟？

是。

那事儿就发生在这儿，是吗？

就在那条路的桥上。

安德森发现自己专注地聆听着加油站里的其他响动。窗外的那个年轻男子站在油泵旁，盯着大路。麦琪把香烟送到嘴边。没有任何动静。

他在吗？

安德森问道。

不在。

知道他什么时候回来吗？

没个准点。

大概猜一下呢。

我猜他随时都可能回来，她说道。

那我在附近等一等。

麦琪不置可否地耸了耸肩。

安德森走到屋外，眯起眼睛打量着尘土飞扬的大路。他把油钱给了埃弗雷特，那个年轻人往屋子拐角处一转，不见了踪影。一辆锈迹斑斑的迪索托停在门口，下来几个男孩买了五十美分的汽油，然后一窝蜂涌进了屋内。安德森靠在车盖上，思考着要不要等着那个危险人物，已经有两人警告他不要与之交谈。等了一会儿，安德森走到加油站的一个角落里，发现埃弗雷特·狄龙正蹲在一只轮胎上看报纸。

有什么新闻吗？安德森问道。

埃弗雷特没有抬头，只是哗哗地翻着报纸。

上面说罗斯福这个月每天都收到袖扣。

我也听说了，安德森说道，你认为这是什么意思？

什么意思都没有，埃弗雷特说道，除了我坐在这根旧轮胎上想着那些袖扣，也许就这点意思。

那几个男孩从屋里涌了出来，拿着汽水和饼干爬上他们开来的车，随着引擎声消失在转弯处，四下又安静了下来。

安德森坐在房间里思考着威莉·卡特·莎普，此时，那个女人也许正指挥着一辆卯足马力的轿车疾驰在茫茫黑夜里，车子像冰上的雪橇滑过群山，在一个急转弯处，巨大的离心力让两只轮子抬离了地面，车身上的酒瓶推搡着碰撞在一起。车内那个女人的怒火从车窗倾泻而出，后面拖着一道漏斗形的硫磺石火焰。黑色的路面上出现了一道泥泞的水坑，几个头戴黑帽，拿着手枪和装满现金的手提箱的人等在那里。这一切看上去是如此荒谬，即使这都是真的，可它的意义何在？因为人的那一丝好奇心？当然可以这么说，可在此事上的好奇心并不是那么有说服力。这里的其他人，安德森想道，那些面对惨淡光景仍勉力度日的乡民，他们的故事才是他感兴趣的。还有麦琪，这个女人很值得一写，安德森想到，可以将她的沉默之处和空白片段的细节一一描绘出来，毕竟这才是他所擅长的。

威廉·福克纳曾在他位于新奥尔良的寓所同他谈过此事，俩人一路聊到夏朵。* 正是从那场谈话中，安德森得知福克纳的跛足系“战争创伤”是一个谎言。两人谈论着写作、美国、黑人以及女人。那时安德森觉得两人的谈话无比重要，那个矮小的男人一瘸一拐地走在他身边，抬头望着自己的目光充满了毫不掩饰的尊敬与热爱，黑色的双眼闪闪发亮。他为什么要对他说谎，安德森不明白，也许是因为酒精。1926 年，福克纳写了《舍伍德·安德森及其他克里奥尔人》**，讽刺安德森是一个垂垂老矣的街头艺人。福克纳从他位于新奥尔良那处只有一个房间的公寓搬出来时，留下了一张旧牌桌以及几瓶半加仑的玉米威士忌空瓶。他告诉安德森自己需要酒精的帮助才能在夜里入眠，否则就会失眠。

安德森坐在床边脱掉了鞋子。工作没有灵感让他十分苦恼，他的脑子里布满了各种可笑的东西。那个假扮成销售员的警官让他感到愤怒，还有那些该死的本地人，他们的缄默让他无法开展工作。他感觉自己像是拎着一只脏兮兮的空桶，在已经下

---

* Chartres，法国北部的一座城市，位于巴黎以西 96 公里处。

** *Sherwood Anderson and Other Creoles*，出版于 1926 年。

降的地下水位线上徒劳地打捞着。《暗笑》* 的成绩不错，卖得比以往他写过的东西都好。他想起了《尤利西斯》，在阅读的过程中，他在心中体会到了那些句子的韵律和节拍，是的，这才是虚构作品的新天地，它同时出现在我们的头脑和心里。他觉得自己能够将那种咒语似的文字借鉴过来，变成美国文学里一种特有的风格，他的风格。现在，海明威那混蛋正在巴黎抛头露面，胳膊上挎着一个浓妆艳抹的高大女人（有人说那压根不是个女人），向美国人高声朗读着那本他称之为《春潮》的玩意儿。安德森知道那本小说是对《暗笑》的戏仿，那也许是他经历过的最残酷的打击之一。

还是我第一个建议那个狗娘养的大块头去巴黎发展！

葛楚德·史坦写信来说，她建议海明威不要出版那本书，这会割裂他们之间的友谊，可她的安慰收效甚微。安德森想起肩宽背阔的海明威叫嚷着冲上他新奥尔良住所的楼梯，胳膊下夹着一大袋羊酪、香肠、腌菜、酒以及卷饼等吃的东西。他似乎总是冲进别人的房间，胳膊下夹着他凭个人运气和魅力俘获的战利品。只要他进来，屋里的景象就变了。安德森曾带着海明威去纽约见里弗莱特的人，让海明威开始了写作生涯。几年前，他的话还印在封套上："海明威先生是一个年轻有为、勇敢坚强、充满欢笑的作家，他能够写出这个时代的佳作。"

第二天早晨，也就是 1934 年 10 月 13 日，虽然已过饭点，舍伍德·安德森还是从寄宿旅馆来到小哈伯餐厅吃早餐。那是一个阳光明媚、空气清新的秋日早晨，街上似乎也比平日热闹

---

* *Dark Laughter*，舍伍德·安德森出版于 1925 年的一本小说。

一些。餐馆里一片嗡嗡声，男人们簇拥在卡座里或者站在过道上神色激动却压低嗓门谈论着什么。角落里的一个男人一拳头敲在胶板桌上：到底是谁干的，这他妈的太清楚了！

安德森向柜台上的店员点了咖啡、鸡蛋和培根。他进门时餐馆安静了下来，那些正说着话的人把头埋回自己的盘子里。

我说，伙计，安德森对着柜台上的店员问道，有什么消息吗？

那个围着围裙，头戴厨师帽的店员看了安德森一会儿，然后伸手抓过一张报纸，拍在柜台上。那是一份《罗阿诺克时报》，标题上大写着：

代理治安长官和犯人在富兰克林县被枪杀。

[代理长官杰弗森·理查兹于昨晚9：30分左右在落基山镇和卡拉维之间的路上，靠近安提克兄弟会教堂的地方遭到谋杀。同时遇害的还有犯人吉姆·史密斯。被发现时，俩人身上均布满了枪伤。]

这个理查兹跟昨晚在这里目睹那个出车祸的女人死在街上的警官是同一个人吗？安德森问道。

店员在烤架前忙碌着，尖尖的脑袋点了点。

两人所乘坐的汽车，一辆1931年的福特A型敞篷车被子弹打成了筛子，根据我们所能了解到的情况，这些大号的铅弹弹孔来自于一把猎枪。车身的后部有十三处由枪击造成的凹陷，顶部有十二只弹孔，挡风玻璃上有二十四只弹孔。理查兹身上至少有十五处枪伤，均来自猎枪和手枪子弹。

安德森环视着餐馆四周，男人们使着刀叉把鸡蛋和肉末杂菜送到嘴里。理查兹是在深夜押送一名犯人时遭到枪击的，安德森思索着，一定是有人想要置他于死地。柜台上的店员把他的饭菜端了上来，把他的咖啡杯加满。

那天晚上回到房间后，安德森站在镜子前。先是医院里的那两个人在出院之后便下落不明。两人能活下来实属奇迹，其中一人的余生可能就要在轮椅上度过了，另一个没了下身的人……安德森仿佛已经看到他将在这个世界上经历什么。每到晚上安德森就觉得自己的脸看上去像一张劳苦工作的人的脸，双眼的眼袋、嘴巴上的法令纹和暗哑的肤色表明这张脸曾见过也经历过太多，也许是因为喝了酒的缘故，他暗想，这样一张脸肯定骗不了这里的任何一个人。

安德森看着床头柜上那瓶只剩下几英寸的威士忌，清凉的液体在玻璃瓶里闪烁着微光。也许他需要来一点酒。这玩意儿真正的力量和天赋在于它能剥去一切健康的假象，让人去思考那些坚硬而必要的现实，那个像铜铁圈一般箍在人脖子上的东西，那个真实、清晰而自由的逻辑——酒的逻辑。

安德森坐在桌边，用手抚平一张白纸，开始写道：

[我最亲爱的伊莲诺，

祝你一切都好，也祝你在加利福尼亚的朋友和亲属都好，希望你从这趟旅行中得到充分的休息。瑞普兴的工程仍在继续。老波尔一贯自信，当地人的工作进展总是让我感到惊讶。

上个月，一位山里的老石匠来到这里，请求做一些石雕的工作。那时我正想让人做一道石拱壁炉，但这种石匠活儿十分困难。那个老人看上去不像七十岁，更像是一百岁的老人。他似乎患上了胃癌，身体弯到原来的一半。波尔和我嘲笑了他，但还是让他量了尺寸。他用几根卷成不同长度的脏兮兮的绳子丈量着，一直在喃喃自语，之后便回家开始了石雕工作。当时我们以为他不会再来的。一个星期后，有人告诉我们那位老人已经去世了。

出于一时的心血来潮，波尔说我们应该去看看那个傻瓜到底做了什么，所以我们去了他山上的家里。他家的后屋里摆放着他所有的石雕作品。尺寸准确，雕刻清晰而光滑，正是我想要的。现在它们就放在壁炉的位置上。

我渴望回到瑞普兴，最主要的是回到你身边，即便远在这里，我感觉自己依然能触摸到你。给你写这封信的时候我正待在地球上最黑暗的深坑里，这里是一片缄默之地。]

Chapter 12

杰克在第二天早晨回到了父亲位于雪湾的家，他的脸上布满了黄黑色的瘀痕，左耳被扯裂了，肿了起来，侧脸上密密地缝着一道线。他的上嘴唇肿起一道半圆形的伤痕，那是一根十二口径的枪管留下的。格兰维尔从谷仓回到屋里，杰克看得出他整晚大部分时间都没有合过眼。父亲坐在餐桌对面，表情严肃地盯着他，浓密的胡子上沾满了谷壳和泥土。艾米端上了热饼干，杰克抓起刀叉把食物送进嘴里慢慢嚼着，尽量避开牵扯到伤口露出龇牙咧嘴的表情。

今天早上我需要你帮我干活，格兰维尔开口道。

杰克点了点头，用勺子将一口黄油炒蛋送进肿痛的嘴里。

杰克走在布满车辙印的土路上，谷仓外的火坑里冒着阵阵青烟，父亲站在门口。杰克惊讶地发现父亲已如此佝偻和笨拙，仅仅几年前，他还见过父亲爬上烟叶棚的斜坡，徒手搬着铁板铺设屋顶。现在父亲看上去苍老而虚弱，双肩前塌，灰白的头发只剩下耳边一圈，脖子上布满了长期曝晒于烈日下形成的斑点和疤痕。杰克发觉父亲越来越像自己记忆中的祖父，虽然那段记忆简短而模糊。

杰克的祖父是经历过南北战争的一位退伍老兵，早年结过婚，但在很年轻的时候便丧妻，此后对女人再无兴趣，一直鳏居至死。他活到了九十四岁的高龄，直到生命的最后几个月，他仍同儿子们一起行走在盛夏的田野里，主持冬天的杀猪活动，还有力气把长满鬃毛的大块猪肉拖进滚烫的水槽里。他在杰克六岁那年去世，杰克对他的大部分记忆是老头坐在雪湾家里后屋的床边，手里翻来覆去地掂着一块栗树木块，用刀削出各种形状。杰克记得祖父把弗雷斯特抱在膝上坐着，小家伙目眩神迷地看着翻飞的刀子雕刻出各种形状。

最后，杰克的祖父带着一身苍老和对内战的恐惧回忆离开了人世。内战伊始他应征入伍，加入了弗吉尼亚第五十七步兵团*一支名为“富兰克林吞火者”的连队，弗吉尼亚第五十七兵团是唯一一支在皮克特冲锋**中冲破位于葛底斯堡联军防线的部队，那场注定失败的冲锋冲过了山坡上一片半英里的空地，直逼格兰特将军***位于一道石墙后的中心指挥所。散弹和手榴弹从山坡上倾泻而下，冲上前来的弗吉尼亚人在枪林弹雨中成片地倒下，战场上血流成河，尸骨累累。在那片战场上发生的纯粹是一场屠杀，可第五十七兵团依旧像北欧海盗一般吼叫着冲锋上前。“富兰克林吞火者”这支连队冲破了联军指挥中心的

---

* The 57th Virginia，全称为 The 57th Virginia Volunteer Infantry Regiment，南北战争时期南方军旗下的一支军队。

** Picket's Charge，葛底斯堡战役中一场至关重要的战役，南方军在此役中遭到惨败，从此被迫转入战略防御。

*** Grant，格兰特将军，指的是南北战争时期北方军的主帅 Ulysses S. Grant。

石墙，但增援部队迟迟未到，贻误了战机，先头部队在近距离遭到屠杀，幸存者寥寥无几，南军元气大伤，从此一蹶不振。

祖父去世后的一个夏日，弗雷斯特在后屋里翻箱倒柜，找到了一只箱子，里面存放着老人已经完成的木雕。他把盒子拿到院子里的草地上玩了起来，杰克跑过去想跟他一起玩，结果被弗雷斯特揍得鼻青脸肿，大哭着跑回了屋里。

盒子里面是一套木偶士兵，其中有些戴着头盔，脚蹬战靴，背着来福枪，胸前打着背包。盒子里大约有五十多个这样的木偶士兵，每个人的脸上都带着死亡与疯狂的痛苦表情。他们狂奔着，手上没有任何武器，有些扭头看着身后有无追兵，其中一位双手抱腹蜷成婴儿状，许多缺胳膊少腿的伤兵撑着假肢一瘸一拐地走着。一位士兵双手抱着一只无头的残缺尸体，还有两具紧紧抱成一团的尸体，不知道他们到底是在互相搀扶还是你死我活地扭打在了一起。其他人倚枪站着，看着脚下的土地。一名军官蜷着双腿，用手中的剑支撑着身体。一名旗手跌跌撞撞地将手中的旗帜举向前方。还有一人叉着双腿，双臂张开，头向后仰着，仿佛就要被连根拔起，升入天空。另一人双膝跪地，双手捂脸，头盔和来复枪已经不见了。这些木偶士兵看上去似乎都是同一战壕里的战友。

母亲在那个下午发现弗雷斯特在院子里玩那些木偶，她赶紧把它们收了起来。后来，格兰维尔一言不发，表情严峻地把弗雷斯特打了一顿，不准他再碰这些玩偶。但弗雷斯特着了迷似的不肯罢休，偷偷把木偶从房间里偷了出来埋在树林里，想什么时候玩就什么时候玩。在几顿暴揍之后，他还是不肯透露他把它们藏到了哪里，到后来父母只能听之任之。没人的时候，他便在树林边上把那些士兵排列成队，进行一场无声的战斗，木偶们被他的小手推进了混战与厮杀之中。

畜栏里，一头海弗德花斑母牛*叉开双腿支撑起肥硕的身体，膝盖歪在沾着泥巴的稻草上。它闭着眼睛，每喘一口气便喷出一阵沉重的呼哧声，后背弓得像一座桥，两条后腿哆嗦着。眼见着母牛分娩的痛楚，杰克忍不住骂了几句。

多长时间了？杰克问道。

从昨晚开始生的，大概十个小时了。

格兰维尔朝母牛走去，轻抚着它的头。他的手指抚着它的耳朵，母牛在他的手里紧张起来。一道鲜血顺着它的后蹄流了下来，在稻草上聚成一滩血泊。血泊边上躺着一圈绳子，连着固定在谷仓中梁柱上的滑车装置。格兰维尔的袖子挽了起来，双臂沾满油脂，母牛身上的血一直溅到了他的肱二头肌处。杰克知道父亲的手已经掏进了母牛的身体里，这意味着它肚里小牛的胎位是屁股朝下头朝上的臀位，他们现在所要做的就是尽力保住母牛。杰克的腹中一阵翻腾，他用手背捂着嘴咳嗽起来。从小他就对农场里的阉割、杀猪、割角和分娩这些血腥的东西感到害怕，可父亲还是硬把他拽进来，因为这是农场必不可少的工作。他哭喊着畏畏缩缩地把沾满鲜血的双手伸进死猪的尸体里，掏出那些黏糊糊的内脏。鲜血倒并不吓人，主要是把手伸进动物的身体里撕扯内脏让他感到无比恐惧，还有那令他心惊肉跳的惨叫声。屠宰时，垂死的母牛发出低吼声，母猪凄厉的嘶叫声淹没在嘴角的血泡里，受伤的兔子拖着后腿吃力地奔

* Hereford，一种褐身白脸的家畜。

跑在田野里，呜咽声拖了一路。杰克躲在石栏后看着这一切。

你要我做什么？杰克问道。

格兰维尔双手掐腰，看着母牛努力地弓起后背，嘴里呼哧呼哧地喷出阵阵泡沫，它转过头来，望着两人。杰克小心地摸着那只已经结痂的裂耳。早上醒来时，枕头有一半都染上了铁锈红的血迹。我希望他有话直说，杰克心想，直接问我到底是怎么了。

格兰维尔从墙上取下一团线，一柄薄薄的绳锯。他把锯柄递给了杰克，然后向母牛的身后走去，在绳锯的末端打了个环。

等我摸到位置后，他吩咐道，你就开始锯，孩子。动作快点。

格兰维尔撸紧袖子，把拳头上的绳锯收紧，然后把拳头塞进了母牛肿胀的开口处，他的肘部很快没入了母牛的身体，另一只手也攥成一团塞了进去，母牛踉跄了一步，后背战栗着，格兰维尔的两条胳膊都伸进了母牛的身体里。杰克拽紧了绳锯，挽着手柄蹲下身来看着父亲的侧脸，他的脸颊贴在母牛厚实的臀部上。格兰维尔在母牛身体里用着力，母牛踉跄着喷着粗气，鲜血如小溪般顺着它的后蹄流了下来，格兰维尔的衬衣前襟和裤子上染的到处都是。他冲杰克点了点头，杰克绞着手柄，拉扯着绳锯，直到父亲再次示意。每次用力之后，格兰维尔便慢慢把胳膊收回一些，掏出来的前臂上覆满了鲜红的血液和厚厚的灰色粘液，他掏出一条瘦骨嶙峋的腿，顶上连着一只瘦小的黑蹄。他将那条腿扔进稻草堆里，转身又把手伸了进去。

半个小时后，格兰维尔摸到小牛的头，把绳锯绕了上去。杰克用一只脚抵着谷仓的中梁，双手拉着套在滑轮上的绳索，背对着母牛和父亲。一开始没有任何动静，然后传来一阵杂乱的脚步声，母牛发出了一声撕心裂肺的吼叫，绳子动了起来，他换着手拉紧绳子，不想回头去看。空气中一阵潮湿，杰克听到小牛跌落在地上的响动。他撒手放开绳子，气喘吁吁地扶着膝盖，手掌和胳膊因为脱力而疼痛着。手指细的阳光从木板的裂缝处照了进来，投射在地板上。他头一次注意到其他声音，那是世界在谷仓外醒来的动静。他用胳膊抹了一把额头，擦去脸上冰冷而粘湿的汗珠。那些汗珠蜇疼了他肿胀的上嘴唇。

杰克最终还是回头看了一眼母牛，父亲已经用一只旧的饲料袋盖住了小牛的尸体。格兰维尔站在母牛的脑袋边上，轻抚着它的脸。母牛硕大而黝黑的眼睛缓缓眨巴着，眼里满是恐惧，它不再紧张地弓着身躯，杰克的心放了下来，至少母牛的命算是保住了。饲料袋旁堆放着小牛的残肢，那些潮湿的块状物看上去不像是活物身上的部件，更像是人造的空心骨头或者旧木头。杰克难以置信地盯着它们，内心深处扭成了一团，他不由自主的低叹了一声。那堆残肢里共有六条腿，整齐地摆成一排。谷仓外的牲畜栏里响起了狗叫声。

真是头怪胎，格兰维尔喃喃道，双手轻抚着母牛的鼻子，真该死，竟是头怪胎。

远处，有人开动了拖拉机，一定是巴伯在他的大豆田里干活。突然，他们头顶上的空气活动起来，成群的苍蝇嗡嗡飞了过来。从没见过这样的怪胎，格兰维尔说道。

母牛颤抖着，身体剧烈地抽搐着，像是在甩干身上的水。猩红色的鲜血从它体内大股地喷涌出来，杰克从未见过如此红得耀眼的鲜血。格兰维尔捧着母牛的脸，一番挣扎后母牛的膝盖还是瘫软下去，整个身躯倒在了地上，毫无生气的眼睛一张一合，粉红色的舌尖从微微张开的嘴巴里伸了出来。它跪在地上，死在了格兰维尔的怀里。

那一周杰克回到了锯木厂的营地，同霍华德待在一起，两人围着篝火喝着一瓶酒。12 岁的时候，杰克常常激动地跟哥哥讲述一天里发生的事：在一个春日的午后，他在学校后面的厕所里遭到了雷击，他听到了闪电的声音，感受到了它的热量，鼻子里灌满了浓重的硫磺味。他努力地解释着那时自己在地下见到的种种景象，那些景象又是如何悄无声息地进入了他的生活。那时杰克年纪尚小，生活的调色板上并无多少颜色，有限的人生经验使得他谈起这些事来并不容易。像许多年轻人一样，杰克深信自己的命运将不同于那些在自己身边挣扎过活的人；也同大多数年轻人一样，这种念头源于童年时期发生的几起特殊事件：八岁那年猪圈里那头身中几枪还迟迟不肯死去的母猪，隔离时期乔治·布罗迪半夜敲门的夜晚，以及自己被闪电击中那次。有几次，几杯酒下肚后杰克努力地向哥哥谈起这些经历。这些不同寻常的事件构成了他所了解的世界，他将带着这些经历孤身在那片绿色的钞票世界里闯出一片天地。

空气纹丝不动，山脚下的厕所摇摇欲坠，黑暗的树影连成一道长线，一小簇硫磺烟雾从杰克的鼻孔里冒了出来，灼烧着他的鼻子。他像螃蟹一样僵直地走着，身体被一阵强烈的尿意支配着。黑云在树梢上翻滚着，如肌腱般弯曲并收缩着。柏树上的鸟巢摇摇欲坠，一道耀眼的闪电划破黑云密布的天空，杰克眼前一黑，被甩到了身前的草地上。空气像柴火一样劈啪作响，闪电释放出强大的热量。之后便是一片漆黑。

疾风将校舍的百叶窗吹地啪啪作响，瓢泼大雨打在铁皮屋顶上，急促的雨点听上去像是机关枪在喷吐着子弹。大雨如舞蹈般行进着，向着一动不动的杰克身上浇去。

此时，鲁夫提小姐正用一条皮带抽打着在课上睡觉的蝈蝈·帕特，那根哀怨的皮带抽在那孩子皮包骨头的脖子上，那可怜的孩子眼睛耷拉着。

有好几分钟杰克躺在草地上无法动弹，可隐隐知道自己还活着。那根细若游丝的生命之线像是系在一朵云团上，慢慢向后退去，逐渐变得模糊。这是一种甜蜜而奢侈的感觉，杰克希望自己永远荡在那根绳子上。此时，一片异象在他的脚下张开，他开始做梦，梦中的他来到了大海里的一座岛屿上，呈现出一幅他从未见过的景象。怪物般的蜥蜴和海鸟踩着巨大的脚爪走在密林中，在腐坏的树木和蕨类植物之间翻找着蛆虫。岛屿被一圈岩石包围着，巨石有小山那么大，长得像鱼一样的狗站在那些岩石上狂吠，潜入蔚蓝的海水中。天空中盘旋着飞鸟，白色的身体上带着橙色和灰色的条纹，它们冲着水下的庞然大物尖叫着，那巨大的阴影把海水逼到了岩石岸边。杰克看到了森林、海水和那些黑色巨石表面之下的景象，那些藏在表面下的内部结构。他看到生锈的巨型齿轮相互咬合转动着，飞轮飞旋着，一根泥泞的U型接头钻入联轴器内，传送带蜿蜒逶迤，活塞在泵房内猛烈地伸缩着，巨大的钢柱重重地落下，再从拧着螺栓的铰链上升起，然后又猛然跌落下去，释放出大片的火花。杰克看见巨大的磨石奋力在地底凿出条条隧道，岩浆从地下河流中流淌着注入一片火海。

杰克躺在离厕所几步远的一小片水洼中，醒来时全身已经湿透。有人在学校的后门上喊着他的名字，一束灯光照出一个男孩的身影，他的一只手伸了出来，仿佛想接住雨，另一只手把着门框。

杰克！

尽管睁着眼睛，杰克的脑子依旧陷在那些黑色的岩石和齿轮里，他听到有人在喊他的名字，那声音像是从掘土机的泵房里传来的。杰克睁眼看着厕所的台阶，尽力辨认着它们是什么东西。他翻身坐了起来，雨水从他的脸上浇了下来，他朝着山上一片漆黑的学校望去。那是他的哥哥弗雷斯特在喊他，鲁夫提小姐派弗雷斯特过来找他的弟弟——［那傻小子躺在大雨里做什么？］

杰克的鞋子飞了，他的双脚布满了红点，像被烤过似的火辣辣地疼痛着。雨点打在他的身上，他感觉自己的后颈像被人用力拽着，内脏仿佛被抽离了体内，随雨点飘向天空。他摸了摸后颈，然后又抓了抓红肿的双脚。他的两只鞋躺在几步远的草地上，已经烧成了焦黑色，在雨中冒着青烟。弗雷斯特又在喊他。

杰克把鞋子套在脚上，朝山上跑去。大雨浇透了他的全身，他甚至没注意到自己的膀胱已经不再憋涨，卷上去的裤脚已经烧成了黑色。

几天后的一个晚上，杰克向蝈蝈借车开往波恩磨坊的丹克尔教堂。杰克坐在车里，颤簌的两腿之间夹着一瓶酒，帽子压得很低，眼睛瞄着那些丹克尔教徒。那些丹克尔教徒开着破烂的福特 T 型车在教堂门前排成一条车流，孩子们绷着小脸挤坐在敞开的后座上。教堂门口站着一位身穿黑色长袍，满面胡须的男子，他正热情地紧握着前来的各位男女教徒的手，他挽着一众男教徒的臂膀，亲吻他们的嘴唇。这座位于黑烟囱的丹克尔教堂建于上世纪早期，木板微微倾斜，上面没有任何绘图或者装饰，屋前的梁柱在重力之下变得弯曲，整座建筑看起来有些塌陷。史密斯山那边紫气东来，天空一片阴沉。

在昏暗的灯光下，杰克看不清每个具体的人；在学校上学时他就认识几位信奉丹克尔教的同学。富兰克林县的大部分家庭都跟丹克尔教徒有着或多或少的联系，人人都知道在夏天的最后一个望日，丹克尔教徒会在夜晚聚在一起，庆祝一年一度的爱的盛宴，与会的信徒将在集会上与众人分享各自爱的表达以及对来年的期许。杰克灌下一大口酒，用袖子抹了抹嘴和满脸的汗水，结痂的嘴唇上一阵火辣辣地疼，留茬地里飞来的夜蝇在挡风玻璃上乱舞。杰克想起谷仓里的那一幕，母牛倒下去时，父亲捧着它的脸；点火棒一般的小牛蹄摊在地上。在那个星期的后几天里，杰克整个人失魂落魄，漫无目的地走在锯木厂的营地里，一不留神就被树桩绊一跤，还差点被一摞木板砸掉一只手。那天下午他从霍华德那里拿了一瓶酒，然后一言不发地离开了正在生火做晚饭的大哥。

丹克尔教徒的人流逐渐稀少下来，空地上变得安静起来，那个满面胡须的男子站在前门扫视着停车场，目光在杰克身上停了下来，杰克猫腰坐在车座上等待着。那人又拍了拍手，巴掌声回荡在黑黢黢的院子里，然后便走进了教堂。一束光从屋里漏了出来，紧接着屋门便合上了，黑暗重新笼罩下来，伸手不见五指。不一会儿教堂里飘来沉闷的哼唱声。杰克伸头向外张望着，看到路上没人过来，便从车上下来了。

门里面是一间小厅，墙上装饰着尚未完工的松木板，挂钩上挂着一排大衣，一张小桌上点着一盏油灯，旁边有两扇门通往主厅。那位身穿长袍留着胡子的男子站在两扇门之间，看着杰克走了进来，嘴角扯出一丝不悦的笑容。同大多数丹克尔的男性教徒一样，他的上唇没有蓄须，刮得很干净。他大步走向杰克，伸出双手。

欢迎你，我的兄弟。

说完，那个留着胡子的男子握住他的双手，把脸凑到近前。杰克愣在那里，头迅速向后别去，把一只手的手背抬到了嘴边。

请给予彼此友爱的一吻，那个留着胡子的男人说道。

抱歉，杰克说道。

愿和平与你同在，那个留着胡子的男子说道，而所有一切都在我主这里。

他指了指挂钩，示意杰克把大衣挂在那里，杰克摇了摇头。那人用手拍了拍杰克的后背，把他送进了左门里。

大厅里，一百多位教徒站成两排长长的队伍，男女分开，各站一排，座位彼此面对，每个人都在唱歌。墙上的铁丝网格架上挂着男士的宽边檐帽和女士兜帽。房间中央站着七个男子，身边放着座椅、水桶和毯子。那七人面前摆着一张诵经台，上面摊着一本圣经。天花板上悬着一道用铁轨枕木做成的十字架。屋里的暖气很热，杰克一进来就后悔没把外套挂在门外。歌声停顿了一下，房间中央一个须发皆白的长胡子老者开始缓缓吟唱起一段歌词。之后又是一阵停顿，老者旁边的男子开始用一种平缓而深情的调子重复起老者刚才那段祷词。等他唱完后，屋里所有人合着曲调重复着刚才俩人的祷词。他们缓缓唱着，以极大的耐心仔细地排练着每一句歌词，直到歌词的含义几不可辨，他们的歌声凝重而洪亮，每一个音符都被沉郁地蚀刻进了空气中。墙上的油灯照出摇摆的光圈，空气中混合着厚厚的汗味、油烟味和松木的味道。

[我为何惧怕
瘟疫和战争
暴风雨越是狂暴
去得就越快]

杰克进来时，有几个人转头看了看他，随即便转回头，将目光收回到房间中央。男人们身穿熨得干干净净的有领白衬衣，站得笔直。对面的女人们身穿手工纺织的印花长裙和黑色斗篷，头上戴着蕾丝小帽，领口很高，袖子很长。杰克本打算悄悄摸到后排坐下，可他别无选择，因为他看到的唯一一处空位在前排尾端，门口的位置上。屋里没有人手拿赞美诗集，他朝四下里看看，也没有任何地方摆着歌集，所以他只好跟其他人一样面朝着房间中央那七个站着的男子和那些座椅及水桶。汗水从他的脸上流过，头顶上那根简陋的十字架在汗水中闪烁着光亮。他闻到了一股玉米威士忌的腐臭味，不由得向后缩了缩身体；那股酒臭来自他的身上。

[这条路是如此快乐
我希望一直走下去
直到来到天堂
头顶着星光]

那阵起初听上去杂乱无章的声音开始分隔开来，杰克渐渐分辨出各个人的声音：他身边的男人，对面的女人，以及牧师们沙哑的语调。他循着一个声音听下去，随着那流动的音符落回众人浑厚的和声中，然后再循着另一个声音听下去，他迅速锁定了一个颤抖着的细弱声音。

[头顶着星光
直到来到天堂
头顶着星光]

歌声停歇下来，房间中央那七人中的一位走上诵经台开始祷告。屋里所有的人低下头来。杰克看着站在他面前的那排女人和女孩，她们中的大多数都带着日耳曼人种的特征，身材高大结实，双眼之间的距离很开，把头垂在握紧的双手上做祷告时脖子上皱起一道雪白的颈纹。教堂安静下来，只听见诵经台上那位牧师低沉的祷告声。杰克是教堂里唯一没有加入祷告的人，他抬头睁着眼睛，专注地扫视着对面那排女教徒，他的目光落在那位曼陀林琴手黑色的小脑袋上。牧师举起了他手中的圣经：

[谁相信我们的祷告？我主的臂膀会向谁伸出？

他会像一株幼苗般在他的面前生长，仿佛来自旱地：他身无定型，也无甚姿色；当我们见到他时，他身上没有任何令人垂涎的美色；他为众人所鄙视所抛弃；他是一个与悲伤为伴的人：在他面前，我们遮住自己的脸；他为人所鄙视，我们并不尊敬他。*]

祷告结束时，杰克试图抓住伯莎·明尼克斯的目光。可她却望着桌边那七位正在交谈的牧师，其中一个正是她的祖父，

---

* 《以赛亚书》第五十三章。

R. L. 明尼克斯。那七人递着手中的圣经，用低沉的声音互相谦让着让彼此主持祷告。

请便，我的兄弟。

不，我不行……还是你来，我的兄弟，你能领诵这段吗？

不，我的兄弟，还是请你来吧。

我不行，我的兄弟，我还在等待感召。

请自便，我的兄弟，我把这个权利交给你，你能来领诵这段吗？

杰克从未见过这样一群互相谦让的牧师。在他长大的雪湾浸礼教堂里，那些布道的人一开口就停不下来，有时候人们都没法让他们住嘴。如果有人谦让，就会有十几个乡下佬抢着抓住这个机会上台慷慨陈词一番。一番谦让后，那七人中年纪最长的牧师接受了召唤，那人正是伯莎的祖父，全体信徒齐齐坐下聆听他的布道。杰克庆幸终于能坐下来了，因为站着时他的身体总是忍不住原地来回晃悠。伴随着牧师的布道，教堂里回荡着一丝微弱的嗡嗡声，像是一道巨大的篝火燃烧在屋外，发出细碎的爆裂声。伯莎被前排一个下颌宽厚的女人挡住了，杰克向边上凑近了一些，以便从一个更好的角度看着她。伯莎把脸转向正在布道的牧师，杰克看到了她的鼻尖和下巴一角。牧师站在诵经台前，身体微微摇晃着，伸出的一只手拿着圣经。布道声嗡嗡地继续着，杰克一个字也没有听进去。整座教堂纹丝不动，汗水从杰克的后背和双腿内侧流了下来，靴子里的双脚像是被火烤着，方才在车里灌下的酒在他的胃里翻滚着。

布道结束后，牧师们在房间中央摆好七把座椅。信徒中有男女七人走上前来，其中就有伯莎·明尼克斯，七人在椅子上坐了下来，开始解靴子上的鞋带。牧师把铁桶放到每张座位前，卷起袖子，腰间系上长棉布围裙。坐下来的那七位教民鞋袜俱已褪尽，牧师单膝跪地，将一块布浸入水中，开始清洗他们的双脚。女人们端坐着将长裙掖好，只露出脚踝，温和地望向跪倒在面前的牧师的头顶，牧师手拿白布清洗着她们的双脚。房间里响起一阵低沉的呢喃声，如同暗号一般，人群从容不迫地哼唱起另一首舒缓的赞美诗。音乐仿佛漂浮在杰克的头顶，杰克的耳朵里灌满了这种低沉而强烈的哼唱。和声渐强，凝聚在教堂上方。

同其他女信徒一样，伯莎的脚上穿着系带靴，上面有十几个穿鞋带的洞眼，鞋带是黑色的，短袜也是黑色的。她抬起一只雪白的尖尖小脚，让牧师用布轻拍几下揩干。跪倒在她面前的牧师移开了身体，杰克瞥见了她的脚，那象牙一般的脚后跟白得耀眼。他紧紧盯着那片裸露在外的皮肤，它是如此的洁白如玉，杰克的脊背上一阵颤抖。那阵噪声渐强，杰克四下里望了望，居然没有人注意到那声音。

那几位女教徒洗完脚后跟面前的人交换了位置，那几个女人拎上水桶，系上围裙，开始给他们洗脚。伯莎轻柔地抬起一位男子骨节突出的脚，浸在水桶里。杰克所在的前排男子开始解掉脚上的靴带，脱下袜子。第一排女教徒低垂着头，跪在杰克左边那一排的末尾，开始清洗他们的脚。其他还在座位上的女人开始哼唱起另一首舒缓的曲调。R. L. 明尼克斯开始在低沉的和音之上唱起一首赞美诗，尖尖的胡须摇摆着。

[勿热爱这个世界，也勿热爱这世界上的任何东西。

如果有人热爱这个世界，天父的爱将不会与他同在。*］

杰克擤了擤鼻子，笨拙地脱下脚上的靴子。在扯开搭扣时，金属的碰撞声突兀地在屋里响起，像是铁匠铺里叮叮当当的敲打声，他感觉到地板震动了起来。一阵浓烈的酸臭味在房间里弥漫开来。杰克的靴子上溅满了泥点，他费劲地解着沾满泥巴的鞋带，终于把靴子脱了下来。他的脚上没有穿袜子，他盯着自己那双被皮革染色的泥脚，土黄的脚趾头，结疤的溃烂处和皮开肉绽的伤口。哼唱声渐强，像是黄昏时分伏在树上的知了的叫声，盖过了屋里的金属嘈杂声。杰克的视线奇怪地摇晃起来，他干咳了起来。这里有些不对劲，他意识到。他只能看清事物的轮廓，各种形状在他视野的边缘起起伏伏。他盯着自己的光脚，众人的哼唱声在他的耳朵里嗡嗡作响。

［因为这一切都是这尘世上的东西，对肉欲的渴望，眼耳鼻舌的感官享受，

和对生活的骄纵，都与天父无关，它们都是属于尘世的东西。**.］

伯莎跪在杰克的双脚前，铁桶放在一边，冰凉的水面上映照出他的脸。他一脸惊恐，睁着双眼，杰克不相信地用一只手在面前挥了挥，想知道这一切是不是真的，他不敢看伯莎的脸。伯莎仰起脸，小巧精致的下巴翘了起来，嘴巴抿成了一条直线。几缕黑发掠过她的前额，捋在线条优美的耳后，那双灰色的眼睛温柔而无暇。杰克抓着椅背，身体像猫一样弓了起来。飞旋

---

* 《新约·约翰壹书》2:15。

** 《新约·约翰壹书》2:16。

的电锯切开了头顶上的阁楼，锋利的锯片如雷鸣般隆隆作响，刀片在天空翻滚着。

[这尘世稍纵即逝，欲望也是如此；

但遵从上帝意志的人们将得到永生。*]

牧师们一脸困惑地盯着杰克。杰克感到脚下的地板在摇晃，他抓着座椅的边缘，尽力保持住身体的平衡。突然，眼前白光一闪，杰克看到一众人走上前来，为首的正是那位白胡子长者R. L. 明尼克斯，那道银色的三角形胡须像是一柄双刃剑从他的嘴上伸了出来，剑梢还拖曳着一道光束。杰克惊恐地看着那队走上前来的七名黑衣男子，一柄利剑从牧师嘴中冒了出来，像一根铁舌。

突然，他感到一阵温暖，低头一看，伯莎的双手正摩挲着他的双脚，她的手指缠绕在他的脚后跟和脚趾之间。伯莎抿成一线的嘴微微颤抖着，嘴角弯出了一丝笑意。

杰克抽回双脚，从座位上冲了出去，慌乱中他一脚踩进了水桶里，又撞到了旁边的人身上。水漫到了地板上，哼唱声断断续续地止住了，教堂里安静下来。杰克感觉到所有人的眼睛都盯在他身上，他紧走几步，蹲下身来，双手捂住耳朵，想堵上耳朵里听到的天花板上的噪音，这似乎没有任何不同，R. L. 明尼克斯的嘴里说着什么，向杰克示意着。杰克仓皇地夺门而出，脚下的土地剧烈地摇晃着，杰克飞快地跑出前厅冲进黑暗之中，他光着脚跑过停车场，像是跑在一条在风浪中剧烈颠簸的轮船的甲板上。

---

* 《新约·约翰壹书》2:17。

Chapter 13

第二天早晨，杰克坐在黑水加油站的柜台边一边喝着咖啡，一边蘸着苹果酱吃着碟子里的饼干。门外，塔兹维尔·明尼克斯把车停在了加油站的门口。塔兹维尔的父亲，R. L. 明尼克斯坐在车里副驾驶的位置上安详地打着盹。草地上还残留着露水的痕迹，在八月酷暑来袭之前空气还很清爽。停车场上，一个男人正被汤姆·C. 坎迪夫打得不省人事。

对杰克来说，加油站的这一幕像是某种精神仪式：一名男子跪在停车场上，外套上灰尘仆仆，头上的帽子不知去向，他蜷着双手向面前的一名彪形大汉恳求着。那名行为古怪的大汉头戴一顶脏兮兮的圆顶礼帽，身上的衬衣污渍斑斑，上面勒着裤子的背带。一堆人站在低矮的门廊上冷眼旁观着这一幕，几个人朝着停在油泵边那辆新来的车望去。R. L. 明尼克斯微微打着鼾，头猛地垂到了胸膛。塔兹维尔在油泵边上熄灭了引擎，从车上跳了下来，看着停车场上那古怪的一幕。跪着的那个男人正在哭泣。

求你了，汤姆，那人恳求道，别再打了，我发誓绝不敢再惹你。

跪着的那人半边脸被鲜血染成了猩红色，前额被扯破了几块头皮，上面还连着头发，看样子是刚被打伤的，他颤抖着双手恳求道。

求你了，汤姆，求你别再打了。

汤姆·C. 坎迪夫的胳膊垂在身体两侧，一只手上拿着一柄抢，鲜血溅满了那只手，一直从袖口染到胳膊肘。塔兹维尔被吓呆了。坎迪夫阴郁地回头看了看他，两只眼睛像是漆黑的针孔，脸上因为愤怒而扭曲着。

求你了，汤姆。

围观的人群中一阵骚动，人们向后退去。塔兹维尔看到加油站的门口站着一位瘦高个男子，他的下巴上有一道锯齿状的疤痕。那个瘦高个男子一脸严峻地看着停车场上正在发生的这一幕。一名头发乌黑的年轻男子快步穿过停车场来到塔兹维尔的车子跟前。

汤姆，弗雷斯特从门口喊道，可以了。

要加油吗，先生？埃弗雷特·狄龙问道。

约翰·霍斯利啜泣着，双手紧紧抱在身前。坎迪夫微微叹了口气，脚后跟一扭，迅速转个身，手枪的枪托重重地闷在了霍斯利的脑袋一侧，枪托都被打松了。霍斯利整个人像一颗被砍倒的树一般侧身倒了下去，双脚抽搐着。坎迪夫把一张揉皱的纸扔在那具倒下的躯体上，朝他的后背狠狠吐了一口黑色的烟渣。

这就是你他妈的得到的回答，坎迪夫说道，就把这张破纸头塞进卡特·李的屁股里吧！

站在门廊周围的人三三两两地散开了。坎迪夫啪地拉了一下背带，把嘴里的烟草块换了一边继续嚼着，然后走回了加油站里。弗雷斯特站在那里，面无表情地看着霍斯利一动不动的身体。塔兹维尔跑了过去，跪倒在他身边，一只手伸向浸满鲜血的衣领下摸着他的脉搏。霍斯利的头皮被撕裂了，上面一团血肉模糊，但人还有呼吸。

这儿出了什么事？塔兹维尔问道。

得让人把他送到落基山镇，弗雷斯特说道。

杰克从位子上起身，手环成杯状罩在窗户上，以便看得更清楚一些。

这个人不是代理治安长官约翰·霍斯利吗？塔兹维尔问道。

是，弗雷斯特说道，就是他。

塔兹维尔慌乱地朝四下里看看，窗户上映出几张脸，在早晨的阳光下闪烁不定，其中就有杰克那张困惑不解的脸。

我是来找你的弟弟杰克的，塔兹维尔说道。

马路对面的树上，知了开始声嘶力竭地演绎着大合唱，青蝇嗡嗡飞在霍斯利的头顶，落在头顶黏糊糊的血块上，在他的衣领和脸上到处爬着。

你知不知道你的弟弟昨天晚上跑到我们那儿去了？昨晚在黑烟囱的兄弟会教堂是我们的爱的盛宴仪式。

弗雷斯特的脸上露出一丝不易察觉的微笑。

我知道那个地方。

他昨晚在那儿，塔兹维尔说道，那样子要么是喝醉了，要么是发疯了。

弗雷斯特盯着他，没有说话。

塔兹维尔捡起汤姆·C. 坎迪夫扔掉的那张揉皱的纸，把它展开来。那是一张法庭的传票。

那人殴打的可是一名执法官员，塔兹维尔说道。

没错儿，弗雷斯特说道，他不该一点准备都没有，独自空手前来，汤姆这两天可喝了不少威士忌。你会把他送回去吗？

什么？

我是说霍斯利。

塔兹维尔回头看了看自己的卡车，坐在车里的父亲正在挡风玻璃后一脸惊恐地盯着这里。杰克从窗户上退了下来，坐回到柜台边。

塔兹维尔父子把霍斯利抬上了卡车的后车厢，然后离开了。弗雷斯特走了进来，靠在柜台上。杰克抓了抓结痂的耳朵，手指推着盘子周围的饼干碎屑。

你的脸怎么了？弗雷斯特开口问道。

没事。

没事吗？

麦琪用一把刮铲刮着烤架上的煤灰，她的牙齿上咬着一根香烟。象牙白的裙子上点缀着浅色的玫瑰。杰克知道她在听。坎迪夫拖着脚步从屋里走了出来，嘴里咕哝着，发动了自己的车，从停车场上冲了出去，其他人三三两两从门廊上散了去。弗雷斯特一拳锤开钱箱，拎出一大摞钞票开始清点起来。

我听说了维妮·米切尔家发生的事，弗雷斯特开口道，你和蝈蝈·帕特俩人。

谁跟你说的？

现在这不重要，不是吗？

杰克吸着咖啡，没有作声。麦琪快步走来，把他的杯子加满，冲他微微一笑，叼着香烟的嘴角弯出一道曲线。我的天，杰克心想，到底有多少人知道？整个县都他妈的已经知道了？

问题是，弗雷斯特说道，你打算怎么办？

杰克被问住了。

我打算怎么办？

话刚一出口，他就后悔了。

你等着别人来帮你收拾这烂摊子？弗雷斯特问道。

杰克庆幸加油站里除了麦琪以外没有旁人在场。他在板凳上挪了挪屁股，后脚跟搓着脚面。

我不是那个意思，杰克说道。

弗雷斯特放下那摞钞票，从柜台后转出来走到杰克身边；一只手攥成拳头，摁在柜台上的空盘子旁边。麦琪走过来将盘子和刀叉收走，然后向厨房走去。有那么一会儿，杰克觉得麦琪同情地看了他一眼，可他并不确定自己有没有看错。麦琪大步走进后屋，经过转门时，摩挲的裙子仿佛在窃窃私语。

这样，弗雷斯特说道，只要你还是我的弟弟，这种事最好别再发生第二次，明白我的意思吗？

我明白。

我觉得你不明白。

如果我做不到呢？杰克说道。你知道我……我不像你和霍华德。我从来做不到像你们那样。

弗雷斯特伸出另一只手，抓住杰克的一条胳膊，弯下身来凑近他的脸。

这件事的结果只有一个，弗雷斯特说道，事情会传出去，你在很长时间内都会抬不起头来，也许后半辈子都别想抬起头。所以做点什么吧，如果外面那些畜生看到你害怕了，他们就会等在门口，而你就完了。

他们要我告诉你，杰克说道，他们下一个就找你。

我知道，弗雷斯特说道。

啪的一声，弗雷斯特将那一摞钞票放进收银机的现金匣内。过了一会儿，杰克看到哥哥脸上闪过一丝似乎是疲倦的表情。

如果你想入伙，弗雷斯特说道，那就准备好必要的付出。

我知道，杰克说道，我只是说说而已。

你想挣钱，可又不去挣。

弗雷斯特的喉咙上下耸动着，疤痕上的那道白线随之上下起伏。

恐惧控制在我们手中，弗雷斯特说道，你明白吗？没有了恐惧，我们就跟死了一样无所畏惧。

Chapter 14

1929 年

入秋的几个星期后，三兄弟驱车前往杰米森在桑顿山的住处开会。杰米森家后院有一片灌木丛，一幢外屋矗立在树林边一座布满残株的小丘上，屋子被十几辆轿车和六七架马车包围了。杰克注意到几辆在富兰克林县不太常见的新车，其中有几辆派克，一辆奥本* 轿车，一辆崭新的道奇敞篷轿车，和一辆双色别克 121 系列轿车。

这里的人真有钱，杰克暗想道，我们仨却开着弗雷斯特那辆破破烂烂的福特爬到这里。

三人经过那辆别克车时，杰克透过车窗闻到了那柔顺的皮革味道，看到了那波浪般的缝线和闪亮的换挡手柄。直列八缸发动机，钢板车盖，185 马力，开到 70 马力对这辆甜心来说不

* Auburn Automobile，美国一种古董车，流行于 19 世纪末 20 世纪初。

在话下。他幻想着这辆车在自己的脚下，他的脚趾踩着平滑的油门，车轴摇摆着。杰克感觉只要能弄到一辆新车，今后就不会再有任何事让他心烦了。

兄弟三人从门口走了进去，杰克惊讶地发现竟然来了那么多人，许多都是他以前从未见过的。弗雷斯特之前说过县里各地的人都会到场，他们来自史密斯山，林维尔*，桑塔格，波恩磨坊，彭胡克，费鲁姆**，卡罗威，有些人甚至是从帕特里克县、亨利县、弗洛伊德县、皮茨尔瓦尼亚县*** 和本德福德**** 等地远道而来的。在互相握手寒暄一番之后，兄弟三人靠墙一字排开站定。其他人在草堆周围来回走着，嘴里咒骂着这地方的寒气，等着会议开始。几瓶苹果白兰地在众人之间传递着，但大多数人都没有接过去。杰克认出了其中几位：罗斯福·史密斯、J.O. 史弗利、阿瑟·兰德、艾温·古德、甘米·柯尔曼、波西·韦伯、乔治·巴伯、荷马·约翰逊、汤姆·C. 坎迪夫、C.T. 库珀、吉米·特纳、沃尔特·佩格·哈切尔、奥布里·肯德里克、塔尔马基·杰米森和 G.T. 沃什本。至少有二十多人是他不认识或者只听说过名字的，比如西弗吉尼亚的杜林兄弟，他们的地盘深入弗洛伊德县。这些人是这个行业的主要玩家，他们绝不是像蛔蛔和米切尔双胞胎哥俩那样，拿个茶壶上山酿一小壶玩玩儿的。杰克头一次知道县里有那么多大型蒸

---

* Linville，位于北卡罗来纳州的埃弗雷县境内（Avery County）。

** Ferrum，位于富兰克林县境内。

*** Pittsylvania，位于弗吉尼亚州南部，紧邻北卡罗来纳州，是弗吉尼亚州最大的一个县。

**** Bedford，弗吉尼亚州本德福德县的首府。

馏器制造出那么多酒。佩格·哈切尔是县里最大的酒商之一，还有罗斯福·史密斯、J. O. 史弗利和其他几个私酒头子，这些人的生意已经延伸到了其他几个县。吉米·特纳四十多岁，他的生意已经做到了彭胡克之外的地方，此时他正站在一只翻过来的木桶上。乔治·巴伯和荷马·约翰逊站在他的身边。

诸位，特纳开口说道，很感谢你们的到来。大家都知道，事情起了一些变化，我觉得我们应该聚在一起把事情说清楚。我们有来自各个组织的朋友，其中就包括罗阿诺克的汤姆·卡特和他的手下。

吉米·特纳的上唇留着一撮硬髭，脸上始终带着一副不怀好意的笑容。他为人所知的地方是精于算计，从未被人耍过。

一直以来，特纳继续说道，我们在富兰克林县做着自己的生意，没人多管闲事。最近出了一些麻烦，我们都知道酒精税务科的人偶尔会来县里突击搜查，关掉一两座蒸馏器，还把照片登在报纸上。

他的话引起了一阵轻笑，有人低声骂了几句。

而治安长官所在的部门，特纳说道，对我们一直是睁一只眼闭一只眼。即便看到我们，也把头扭向别处。可事实上，ATU 近来的行动越来越频繁，霍吉斯和他的手下压力也越来越大。同以前一样，大家的嘴巴都闭得紧紧的，所以我们没有太大麻烦。可现在，ATU 的封锁让我们的货越来越难运出县城之外，即便连史弗利在彭胡克的点、哈切尔在县城东面的加油站，以及黑水加油站这几条路都用上了。

特纳提到这些人名时，还不忘冲他们点头致意。弗雷斯特似乎并没有注意到特纳的这番殷勤，他的眼里一片平静，波澜不起。

你们中的一些人，特纳继续说道，已经知道治安长官的办公室已经开出了一个价，让每个人都能把生意做得容易一些——

你的意思是要交保护费！汤姆·C. 坎迪夫吼道。

坎迪夫举着一瓶开了口的酒，挥舞着双手。他疲惫虚浮的脸色看上去像是睡在了谷仓里。人群中有人哄笑起来，一阵窃窃私语。

随便你怎么说，特纳冲着那几人大声喊道，可是你不会花冤枉钱。要想跑得顺畅，就得给车轮加点润滑油。

你为什么不有话直说，坎迪夫说道。这个计划到底是从哪儿来的，为什么不告诉大家。别跟我说是治安长官提出的，霍吉斯那张鸟嘴可说不出这种话。这是卡特·李的计划。他一声令下，那些收税官的鼻子就跟着嗅到哪儿。

汤姆，乔治·巴伯发话了，现在没必要纠缠此事。

在场的人嚷嚷起来：今晚这里唱的哪出戏啊？到底谁说话算数？喂，现在到底怎么说！

没人在唱戏，特纳喊道，我们还是做自己的生意。对方给我们开的价就是一条干净的道儿，保证我们从山上到县界一路畅通无阻，为了这条干净的道儿是值得花一点小钱的。加油站仍能拿到他们那一份，霍吉斯和他的手下负责挡开那些收税的人，送他们去追鬼吧。这样每个人的风险就小多了，还能多赚一点钱。

吉米你能分多少？有人喊道。

人群窃窃私语着。长着双下巴的胖子乔治·巴伯冲稻草上吐了一口烟草汁。

跟你一样，巴伯说道，跟在场的每个人一样。

放屁，坎迪夫说道，那为什么是你们三人召集大家来开会?

坎迪夫转身面向人群。他的脸上一层怒容，礼帽翘在后脑勺上。

这里根本就是卡特·李在说话，坎迪夫说道，那个该死的州检察官。这会根本就是在讨论如何养肥那些贪婪的肥猫。我是不会交什么保护费的，就从现在起，绝不交他妈的什么保护费!

坎迪夫一把推开人群走了出去，嘴里骂骂咧咧，谷仓大门啪地一声在他的身后关上了。几个人笑出了声。老汤姆就是这样，他们说道，可杰克看得出来这群人里的许多人都是那样。

让他走，特纳说道。他那样只会让自己的生意更难做。落基山镇那间旧的烟草仓库里有各种各样的补给，诸位需要的的任何东西在那儿都能找到，说不定还可以在那里找到之前被没收的冷凝管和密封盖。糖、酵母，甚至铜板都能从仓库以外和镇子上辛普森的地方弄到。每个区将会指派一名代表，诸位的责任就是收齐各自所在区域应该上缴的那部分钱，所以有劳诸位把这话传到各自地盘上做这种买卖的人那里。代表每周都会过来收钱并登记，所有事情都汇报到杰夫·理查兹那里，由他负责记账，就这么简单。

收多少?有人问道。

我们还没得出具体数字，特纳说道，一车的货大约在 10 美元左右，加上每月 20 美元的费用。

人群骂开来，有人吹起了口哨。杰克看到众人脸上嫌恶与不悦的表情。以前他们偶尔会往霍吉斯和其他代理长官的手里塞上一点钱或者几瓶酒，让他们把头别过去，大家都心照不宣地达成了某种默认。可这次是另一回事，这次安排涉及全县范围，无人例外，这意味着个人甚至无法给自己的酒定价。

我说，巴伯说道，交了这笔钱，就不会麻烦。东西丢不了，不会蹲监狱，也不会遭遇封锁。这样我们都可以集中精力做好自己擅长的事情，把剩下的事情交给治安长官办公室。请大家别忘了我们的购货途径要比以前容易多了。诸位都知道禁酒令即将解封，现在在弗吉尼亚的几个禁酒县，免税的酒水贸易依旧继续，在形势逐渐变好的情况下我们有机会在这里赚上一大笔钱。

如果我们不交钱呢？弗雷斯特开口道。

屋里安静下来，所有人把头转向靠墙站着的三兄弟。杰克伸直了下巴，努力保持着身体一动不动。

什么意思？特纳说道。

如果我们不交这笔钱，卡特·李会怎么样？弗雷斯特说道。

弗雷斯特，巴伯开口道，考虑到你的加油站是往北进入罗阿诺克的枢纽站，我们希望你能入伙。

你会向卡特·李打小报告吗？后排上的一个人喊道，你会出卖他吗？

打住，诸位，巴伯说道，事情不是那样的。我们只是在解释事情是如何运作的。不想入伙的人就得同以前一样自己独当一面。在没有保护的情况下，ATU 的人前来搜查时，就会砍倒蒸馏器，查封所有的酒。如果那些联邦探员想搜出一两台蒸馏器，霍吉斯是不会不合作的。可我们的东西不会有事，没有人会打小报告，这一点不会有什么变化。

所有人又一次把头转向弗雷斯特，谷仓安静下来。他的下巴晃动着，脖子上那道锯齿形的疤痕皱如涟漪。杰克知道许多人宁愿跟弗雷斯特走，不管他做什么决定，他们都会听他的。如果交了保护费，那些短期酒贩的利润就会被压到最低，几乎无法保本。再说，那些原本属于私人的存货该怎么算？如果有人想给自己和朋友酿一批酒，难不成他还得吐出这笔冤枉钱？那么这跟政府收税又有什么区别？弗雷斯特紧盯着特纳和巴伯，仿佛想弄明白这两人到底是什么物种。

也就是说，如果我不交保护费，霍吉斯和他的人就会来抓我？

我不是这个意思，特纳结结巴巴地说道。我只是说不交钱就不会受到保护。我知道前阵子几个代理治安长官对杰克动了粗，这种事在新规矩下是不会发生的。

谷仓里的人开始查看杰克脸上的伤势，大庭广众之下的羞辱让杰克在心里又对查利·雷克斯骂了一连串脏话。

当然，特纳说道，我们并不想让代理长官或者 ATU 的人到你的加油站来骚扰你，那样会影响到每个人。

现在没人骚扰我，弗雷斯特说道，联邦探员从未来过我的加油站。

那是因为他们心里有数，有人大声插嘴道，屋里稀稀拉拉响起了一阵紧张的笑声。

弗雷斯特转过身去，面向众人开口道：

你们之中有谁想从我这里而不是通过政府来运货，欢迎。我们会提供住处，继续做着免费而明白的生意，始终如一。

众人之中响起几声口哨声和欢呼声，然而大多数人仍犹疑不定地窃窃私语，随后屋里安静了下来。

时代变了，弗雷斯特，巴伯说道，我们没办法再用旧的方式做生意。

那就走着瞧，弗雷斯特说道。

说完后，弗雷斯特迈开脚步，霍华德领头穿过众人走到门口，在他那副魁梧身材的威慑下，人群整齐地分开了一条道。杰克跟在哥哥们的身后，感觉到众人的目光注视在他的脸上。在这个时刻，这些人对他们的反抗精神肃然起敬，他们希望自己有勇气迈出这一步。杰克希望他们能留下来担负起这件事，把特纳和巴伯推到一边，向众人慷慨陈词一番；如果弗雷斯特愿意，他可以把这里所有的人都招至麾下，众人齐心协力推翻整个计划。杰克觉得自己能做到，如果弗雷斯特让他开口说话，他会给这些人好好上一课，告诉他们只需要联合起来就能把卡特·李和他的党羽赶出去。有谁能阻止他们？特纳说的对，在这个组织里有大笔的钱可挣，可为什么要让卡特·李做老大？为什么不是他的哥哥们？可他清楚弗雷斯特并不想这样，他的宏大组织就此止步。杰克挺直肩膀，低头穿过门口，跟在哥哥们的身后走进炫目的阳光之中。

Chapter 15

1934 年

法院大楼内，治安长官霍吉斯的办公室就在州检察官的办公室旁边，可他的人从不在办公室。安德森每次来都会见到一批又一批看上去像是代理长官的人坐在办公室里看报纸或者抽烟，他们总是重复着同一句话：让安德森同霍吉斯本人谈话，他们对那场即将开庭的审判一无所知。其中一位代理长官长了一张肉粉色的脸，看上去最多十几岁的样子，自我介绍时他说自己是霍吉斯的副手，可从年纪上看明显是霍吉斯的儿子。这些人中没有一位身着制服。

霍吉斯坐在小哈伯餐馆里，虽然身着便服，但屁股上挂着的那柄点 38 让人很容易辨认出他的身份。餐馆里溢满了前来吃午餐的常客，安德森在治安长官旁边的一只凳子上坐了下来，点了杯咖啡。霍吉斯坐在柜台上狼吞虎咽地吃着炸鸡块和土豆，头都没抬一下。安德森开始打听落基山镇医院那两名重伤男子的情况。

那两人是从弗洛伊德镇的戍亭湾过来的，霍吉斯说道，我们就知道这么多。

没有怀疑对象吗？

很难确定，霍吉斯说道，没有任何现场证人，那两位受害者又不肯说话，应该说不能说话，那个被阉掉的人随时可能死掉。也没有人前来认领这两人。

实际上，那两人已经走了。

不会吧。

他们是上个星期出院的。

必须说我很惊讶。没想到他们能活下来。

这跟即将开庭的审判有没有什么关系？安德森问道。

霍吉斯把一块炸土豆片送进嘴里，下巴上油光可鉴。

威莉·卡特·沙普被拘捕了吗？安德森问道。

不知道。

也就是说您没有抓到她？

没有，这案子归联邦警局管，据我们所知，她并不在富兰克林县。

那谋杀杰夫·理查兹的人呢？

这案子？我们不能谈论还在调查中的案子，你知道的。

霍吉斯耸了耸肩。烤架上的洋葱嗞嗞冒着热气，门铃一直响个不停，主顾们时进时出。安德森把一只手放在霍吉斯的盘子旁边，那混蛋就是不肯把开庭时间告诉我，他暗想道。

前几天的一个晚上，我目睹了一起走私行动，安德森开口道，就经过此地，造成了一场车祸，我看见你在现场。

是吗？霍吉斯说道。

一个女人受了重伤。

她不是受伤，霍吉斯说道，而是死了。

当时现场似乎有一些混乱，ATU 的人是不是也在？理查兹当时也在。我只是想了解这里发生的事情。

没什么好了解的，霍吉斯说道。

那生意照旧？

霍吉斯猛地把头转了过来。终于有句话戳中了他，安德森想到。

似乎没人在意那次车祸，安德森说道，它像是一件稀松平常的事，跟没发生过似的。

没错儿。

可它并不寻常。

霍吉斯拿餐巾抹了抹油嘴，然后一把扔在盘子上，向柜员示意给他加点咖啡。

你从哪儿来的？

马里昂县，安德森回答道。

我是说你老家哪里，你在哪里出生长大？

安德森感到自己脸上一阵发烧。他会不会听说过自己？如果胡编一个地方，会不会被这个可笑的谎言拆穿？

你怎么知道我不是在马里昂长大的？

既然你问了这句话，霍吉斯说道，那么很显然你就不是那里人。

好吧，安德森说道，我来的那个地方不会有满载酒水的车在每天晚上从镇子中心疾驰而过，而开车的居然是个女人；我来的那个地方不会把人的生殖器割下来，送到医院伤者面前，而且没人对此表示在意或者说点什么。

欢迎来到富兰克林县，霍吉斯从凳子上站起身来，掏出皮夹。

让我来，安德森说道，啪地把一张一美元的钞票拍在了柜台上。

噢，这不行，霍吉斯说道，这样有违职业道德。

安德森跟着他一直来到了外面的车上。

我能不能跟卡特·李谈谈？

这你得问他，我不是他的秘书。

每次我去办公室找他，都被他的手下打发了。确切地说，是你的手下，有一次甚至被你的儿子挡住了。我已经去过三次了。

霍吉斯坐在车里，摇下车窗。

听着，那两个医院的人，霍吉斯说道，如果不是有人把两人送进医院，他们早就死了。这里没有什么阴谋。你最好从来哪儿来回哪儿去，俄亥俄或者堪萨斯什么地方，让我们处理这件事。

杰夫·理查兹死后，镇子上安静下来，人人皆噤声不语。数月以来，安德森经过了十几家乡间小店，几乎整个下午都坐在这些店里跟当地人聊天。他在炉边暖手，在风扇下乘凉，同当地人一起喝着咖啡，吃着新鲜的山核桃。那些本地人懒洋洋地坐在靠椅上，靴子踢在围炉上，还是什么都不肯说。有时，店里涌进一家人来买东西，孩子们无精打采地在店里乱晃着，嘴里唧唧咕咕地说着只有自己才懂的语言。也许那个关于山民的谣言是真实的，想到这里，安德森的脸上露出了笑容，也许他们真的戒奶戒酒了。这里的成人之间几乎没有任何交易，除了手边的生意往来。

县里每个人都在谈论的东西是烟叶。它像救星一般挂在男人们的嘴边，他们相信只要反复提到“烟草”这个词，它的声音和魔力就会带来一片丰硕的作物，让富兰克林县一夜暴富。那个夏天，安德森观察着县里的大人和孩子们冒着酷暑在烟叶地里走上几个小时，漫山遍野的烟叶一眼望不到尽头，他们俯下身，摘掉烟叶茎干和叶子上的害虫。像蛆一样的白色肉虫在手心里扭曲着身体，小小的黑色虫头来回扭动着，鸟喙一般的嘴巴寻找着下嘴处。他们把肉虫扔进随身携带的铁桶里，然后倒在一堆焚烧掉——这场景让安德森不忍目睹。男孩们干脆免掉最后那个步骤，直接拽着虫子的身体把它们的头咬下来。他们一边走着，趴在烟叶上找虫子，一边咬掉它们的头，吐在地上。这些肉虫会吃掉整片烟叶，所以他们必须确保这些肉虫死得干干净净。这一点至关重要。

之后的工作是抻拉烟叶，一季之中必须重复多次。顶端的烟叶在烈日的照射下变长变宽，叶尖开始蜷曲，因此每片烟叶都必须拉直，然后放进袋子里，这意味着要多次冒着高温走在漫无边际的烟叶地里。安德森坐在车盖上，看着那些孩子和大人们走在烟叶地里，弯腰撕下烟叶，然后叠放在一起，摞成手状。风起时，宽大的烟叶像游行队伍一般挥舞着旗帜，激起阵阵涟漪。安德森想起自己在美西战争*时期的日子，那漫长的蓝

* Spanish-American War，爆发于1898年美国和西班牙之间的一场战争。

色海岸线、沉重的脚步，被风吹得皴裂的皮肤和干渴。

摘下来的烟叶将根据长短挂在圆木搭成的烟草仓的横梁上，烟仓里外糊着烟灰，上面留有通风孔。烟叶在热气下渐渐干燥成金黄的小牛皮色，然后再变成深褐色。把烟叶挂起和摘下是一项艰苦的工作，烟叶仓里的空气闷热无比，呛人的烟灰令人窒息，男孩们动作很快。

安德森的一位作家朋友曾在北卡罗来纳州种了一片烟叶地，他告诉安德森自己先在土地上烧荒，然后用织网罩住土地，细心培育着幼苗。他说自己在地里跪着走了好几个星期，整季都在用心打理这片烟叶地，修剪幼苗，剪去杂叶，小心翼翼地除掉叶子上的肉虫。那时他没有交通工具，所以租了一辆卡车把烟叶运到卖场。几百名烟农把捆好的烟叶摆放在位于温斯顿·萨勒姆*的仓库里，清早，烟草公司的买家便带着纸笔走在各家的摊位之间，讨论着质量和价格。第一批来到他的烟叶跟前的买家说："瞧这一团乱七八糟的东西！"到最后，他挣的钱只够付清租车的费用。一季的辛苦劳作都付诸流水。安德森得出的结论是：在那散发着清香随风摇摆的柔软叶片下，整个烟草种植和收获的过程是他目睹过的最劳心费神也是最吃力不讨好的农活。

1934 年的十月底，安德森回到马里昂过冬，并察看瑞普兴的工程进展。瑞普兴仍在修建中，安德森站在刚刚清理出来的院子里，一边抽烟一边看着那些忙碌着的工人。他们忙着打桩刨梁，从当地采石。这是一座用石块筑起的宅院，是马里昂方

---

* Winston-Salem，温斯顿·萨勒姆，北卡罗来纳州的一座城市。

圆数里第一座石质建筑。他的工头，那位名叫波尔的健壮山民，向安德森保证他的手下一定能修好这座宅子。工程已接近竣工，看情形他没有食言。安德森在瑞普兴跟伊莲诺和她的家人度过了一个平静的假期。

开春以后安德森又回到了富兰克林县，在寄宿旅馆里住了下来。起诉的告示很快就到了公布之日，有传闻说威莉·卡特·沙普已被拘押，并将出庭作证。

《自由》杂志社的编辑发来电报，向安德森询问工作进展。安德森把电报折好，塞进口袋里，没有回复。让他们自己应付吧，安德森心想，我不想被这事绑架。等开庭之后，我去见见这个该死的女人，然后把东西写出来交差。

威莉·卡特·沙普，这个不知是男是女的家伙，是唯一能把着福特车的车门把车开下格拉西山的人。格拉西山这条著名的山道始于落基山镇北面，经过富兰克林县的黑烟囱地区，然后拐入罗阿诺克。有人把这条山路称为私酒高速公路。尽管只到过北边地区，安德森在富兰克林县逗留期间从未听到当地人从如此称呼那条路。安德森开始怀疑这个词是城里来的人造出来的，他们幻想着在这片南部山区也存在着一片西部旷野似的天地和文化。

回到寄宿旅馆后，安德森得知另一名代理治安长官死于去年秋天。查利·雷克斯于 1934 年 10 月 14 日因感染肺炎死在自己的床上，也就是杰弗森·理查兹遇害的两天后。安德森在小哈伯餐馆同霍吉斯谈话的那天正是雷克斯死去的那一天。这两位代理长官原本都将出席两周后的庭审，并在大陪审团面前出庭作证。两人一前一后相继死去，很有效率，安德森心想。查利·雷克斯是在家中悄无声息地死去的，没有证据表明他是被人杀害的，因此对他的死没有立案调查。

生意照旧。安德森在那间寄宿旅馆给自己预定了后两个月的房间。

Chapter 16

1929 年

时间接近凌晨两点，杰克坐在父亲那辆福特 A 型卡车里，看着霍华德高大的身形推着独轮车没入黑暗之中。他们在火鸡山山麓深处一条隐秘的支路上。杰克穿着父亲黑色的哔叽西装，那是他在夜里悄悄带出来的，一起带上的还有父亲那辆福特卡车。他旁边的座位上叠放着富兰克林、本德福德和罗阿诺克的地图，还有一只装有换洗衣服的手提箱。卡车的车身上装满了四十加仑的酒，那是霍华德酿造的苹果白兰地，度数很高，装在五加仑的酒瓶里，车后座上还有四瓶，上面蒙着毯子。他缓缓关上那辆福特 A 型卡车的引擎阀门，战栗的引擎平稳下来，发出低沉的震颤声。蝈蝈发动起他那辆破烂不堪的皮尔斯·阿罗卡车跟在后面，蝈蝈的车上装着三十加仑的劣酒，这批酒是他用那台被砍掉的蒸馏器的残余部分拼凑在一起，在一条臭水沟里酿出来的。一柄发黑的点 38 插在杰克的外套口袋里，那是他从大哥那里借的。

霍华德消失在漆黑的树林里。他一言不发，杰克知道那是因为他对今晚的安排感到不满；造酒和卖酒都没有问题，但他不希望由杰克来开车。杰克毫不在意，因为霍华德把他的工资在黑水加油站的牌局上输了个精光，霍华德欠了他的钱。他只是拿回一点酒，让他出一点人工。蝈蝈·帕特认识一个在本宁伯的家伙，那人是约翰·卡特的手下，约翰·卡特负责罗阿诺克的酒水交易，上好的苹果白兰地在他那儿能卖到五美元一加仑，一般的劣酒能卖到三美元一加仑。杰克那身西服、手提箱和装了几瓶样酒的口袋是临时抱佛脚的装扮，他带着一丝微弱的希望尽力把自己装成一个赶在截止日期之前完成任务的销售员。蝈蝈说自己也想穿成这样，可那身被蛀虫咬得满身是洞的西装和他那辆车是绝对糊弄不了别人的，杰克也清楚这一点。他们开上了 33 号公路，然后一路向北，杰克觉得自己像个傻瓜，还不如不弄这身伪装，就像其他去冲封锁线的人一样跑这趟车。他们可以开快一点，反正看着也不像酒贩子，最好能在天亮之前跑完这趟来回。幸运的话，没人会注意到他们。

这辆福特 A 型车闻上去像他的老爹，有一股他身上的胡子和烟草味道，以及棉线袜子和甘草糖的味道。格兰维尔入睡以后，杰克把车推下车道，匆匆忙忙地发动了车子。如果时间掐得准，他能在六点之前赶回雪湾，汽油正好用光，老爹没那么聪明，不会发觉的。这笔生意做成的话，霍华德抽掉其中的四分之一，蝈蝈拿走五十美元，剩下的钱都是杰克的。他能赚到二百五十美元，长那么大他从没挣到过这么多钱。在一道拐弯处他费力地扳着方向盘，卡车颠簸上硬路面，车轮发出费劲的呻吟声。他的眼前浮现出一套量身定做的崭新西装，柔软的小牛皮靴，上面的铜扣一直钉到膝盖处，一顶象牙白的呢帽，一辆新车；他的钱足够支付一辆新车的定金，只要再跑六七趟货，就能把车买下来。起码得是辆时髦又带劲儿的敞篷车。

他们在库克山绕了个圈，拐上了219国道*，这是一条由硬土和碎石铺成的路。薄雾从休耕的烟叶地里飘了过来，大片的烟叶地像鲸鱼的干尸，在黑暗中隆起它那青色的脊背。成片的松树林和橡胶木树林没入幽深的山谷之中。他们走在崎岖的山路上，向西进入弗洛伊德县。凌晨三点刚过他们就越过了县界，时间绰绰有余，一路上连个鬼影儿都没有，除了沟里几只伸着舌头的浣熊，以及空气中飘过的臭鼬的味道。月色不分明，稀薄的车前灯照进黑暗之中。杰克几乎感到沮丧，这趟车出得风平浪静，他身上那件汗湿的衬衣在微凉的空气中渐渐干了。

越过县界又开了几英里，蝈蝈闪了闪车灯，杰克把车停在了一间加油站里。这地方叫本宁伯，或者叫朗宁伯，没人说得清楚，跟戍亭湾和黑水湾一样是著名的边境前哨，它连接着两个世界，一边是深山密林，一边是香车钞票。本宁伯的酒水生意做得极为兴隆，在各种械斗、射击、拳击和摔跤等暴力娱乐活动中还占有相当的份额，那些从事斗殴活动的人无名无姓，也没有任何登记信息。杰克和蝈蝈停车的这间加油站没有名字，油泵上锈迹斑斑，在黑夜中瞪着他们。这间加油站只有一层简陋的平房，其中一面墙上明显带着火烧的痕迹。停车场上已经

---

* State route 219，国道219，弗吉尼亚州境内的一条公路，从福莱姆镇到波恩磨坊镇。

停了三辆车，加油站的窗户上灯光摇曳，人影憧憧，杰克的心里涌起一阵惧意。这里是约翰·卡特的地盘，主要由他的儿子弗洛伊德负责，他可是威莉·卡特·沙普的前夫。杰克和蝈蝈把车停在了那三辆车的后面，熄灭了引擎。

蝈蝈说他认识这里一个名叫 M. O. 威尔士的人，一位四处打工的筑路工人。这人清醒时，会帮忙联系一些酒水生意。屋子靠墙处站着三个男人，嘴里抽着烟，帽子压得很低，看样子像是司机。其中一人敞着外套，露出插在皮带上的枪，枪管足有一英尺。那几人对杰克和蝈蝈视而不见，另一个人坐在水泥台阶上吐了口痰。

蝈蝈，那个坐在台阶上的人喊了一声，然后站起身来拍了拍大腿。他留着几天没刮的胡子，头戴一顶守卫的帽子，一双眼睛闪烁着灼热的光芒。

两人互相问好之后，蝈蝈把 M. O. 威尔士介绍给了杰克。

我认识你，威尔士的声音里里透着一丝轻快的爱尔兰口音。我听说过你们黑水三兄弟。你的哥哥是不是头差点被割下来的那位？听说他活了下来，喝酒时就从脖子上那个洞里灌下去。

谈正事吧，杰克说道，我们时间不多。

你们手上有什么？

我们手上有六十加仑的上好苹果白兰地，是富兰克林县最好的。另外还有三十加仑的劣酒。

都是好货，蝈蝈说道。

等一下，威尔士说道，让我跟弗洛伊德说一声。

威尔士走进加油站，消失在昏暗之中。油腻的窗户上有半扇糊着报纸。蝈蝈和杰克点着香烟，在车前站定。那三名司机如黑色的图腾般一动不动地靠墙站着，三人咬着香烟，嘴巴紧闭着，面孔在香烟的微光之中忽明忽灭。几分钟后加油站的门砰地一声打开了，一个身穿西服三件套、头戴呢帽的人大步流星地走了出来。弗洛伊德的身高跟杰克差不多，身体弓地像一柄镰刀。他那身西服显然是新做的，细条纹的布料，剪裁十分合体，缝线处有些乍线，袖口上沾着一些污渍。一张肥硕的马脸刮得很干净。他在杰克和蝈蝈面前停下脚步，双手插兜，一副信心满满的架势，威尔士紧随其后。

你们有货要卸？他问道。

是的，杰克点头道。

威尔士说你们有六十加仑苹果白兰地和三十加仑劣酒？

是的。

我听说州检察官在富兰克林把你们好好修理了一顿。

加油站里黑影摇曳，男人们踢踢踏踏地走在他们身后的泥地里。杰克的衬衣又湿透了，外套口袋里的那柄手枪像一具铅轭般束着他的身体。

真他妈的可恶，弗洛伊德·卡特说道，每个礼拜那些治安都跟随车队押货，每个人的价格都被压得很低。苹果白兰地我出四美元，另一种酒二美元。

杰克看了一眼蝈蝈，蝈蝈正心不在焉地拾掇着外套上的线头。

不是说好了苹果白兰地是五美元，另一种三美元吗？杰克说道。

说好了？卡特说道，跟谁说好的？

杰克指了指跟站在卡特胳膊肘边上的威尔士。

卡特先生，威尔士舔了舔嘴唇说道，我们给他们的价可以开高一点。

这他妈的是为什么？卡特说道，为什么要那么做？

嗯……

小伙子们，很抱歉，这是现在的行价。如果不满意，就请你们掉过头去，把车开回富兰克林。我保证治安官给你们开的价跟这一样，还没那么多麻烦。

我的名字叫杰克·邦杜兰特，杰克开口道，我们从黑水加油站来。

卡特目不转睛地盯着杰克，反手在威尔士的胸膛上砰地拍了一巴掌，激起一阵灰尘。卡特肥厚的嘴唇咧出一个微笑，露出了一嘴参差不齐的黄牙。

他妈的，小伙子，为什么不早说？进屋，杰克。

卡特转身领着杰克进了加油站。屋里，一盏汽油灯摇曳在墙上，桌子还点着几支蜡烛。几个人围坐在桌边，身形俱罩在光圈边缘，只有那几双手清晰可见。桌上放着一瓶开了口的酒罐，一瓶盐罐，一盘干牛肉和几只蛋。卡特手持煤气灯，领着杰克进了后屋。灯光映照出生锈的水槽和碗柜，碗柜上镶着打孔装饰的铁皮板。角落里站着一个肥硕的男人，怀里抱着一杆猎枪。

我说，卡特把胳膊绕在杰克的身上，我们之间的事好商量。

他的嘴里一股蛋臭味，帽子下的头发上落着大片头皮屑。杰克不知道他说这话是什么意思，此外，他担心自己进来以后，只留蝈蝈独自一人看着那两车酒会不会不安全。这人可是山酒美人和私酒皇后威莉·沙普的前夫。杰克口袋里的枪碰到了卡特外套里某块同样坚硬的金属物品，可卡特似乎没有注意到。M. O. 威尔士的手上各拿一瓶酒走进屋里。一只手上是苹果白兰地，另一只手上是劣酒。他把两罐酒放在水槽里起开，倒进了果酱瓶里，然后又往茶碟里各倒了一点。

好了，下去吧，卡特吩咐道。

威尔士冲杰克微微鞠了一躬，噔噔噔地走出了门外。门口那个抱着猎枪的男人微微活动了一下身体，伸了伸脖颈。

送来的货都要验一验，卡特说道，你懂吗？

卡特擦了根火柴，扔进一只茶碟里。一簇蓝色的火苗摇曳出道道酒纹，在黑暗中闪闪发光。那是酒里的糖分，杰克心想。卡特又擦了一根火柴扔进第二只茶碟里。这支装有苹果白兰地的茶碟里蹿起一道橘黄色的火苗，火苗比第一支茶碟小，那是因为酒精的含量低，但纯度更高。卡特晃了晃果酱瓶，然后举到油灯前，用那双老练的眼睛评估着气泡。他冲杰克眨了眨眼。

此事就你知我知，卡特低声道，公平吧？

他凑到杰克的耳朵跟前。

其他人的货只按四美元的价收。

卡特打开碗柜，取出一个保险柜。他拿起桌上一根燃着兽脂的蜡烛，抽出一大捆钞票清点起来。门口那个男人像一件旧外套似的挂在阴影里，怀里那柄猎枪像一根冻住的戟横在身前。

这是给你的钱，卡特说道，那六十加仑的苹果白兰地每加仑五美元，一共三百美元；那三十加仑的劣酒每加仑三美元，一共就是九十美元。说完，他递给杰克两沓钞票。

卡特的胳膊又揽上了杰克。

欢迎来到午夜煤炭公司！卡特说道，把货卸下来，怎么样？

卸完货之后，卡特把头伸进杰克的车窗。

听着，跟弗雷斯特说弗洛伊德·卡特向他问好。他们说那些个该死的治安官管辖着富兰克林县，可我觉得老弗雷斯特和大块头霍华德是不会向那些贪婪的肥猫们低头的！你告诉他是我说的！

杰克把福特卡车溜上车道，然后停在了父亲前一天停车的位置上。时间还没到五点，艾米应该还没起床，杰克靠在车盖上望着天幕上的星星眨着眼睛没入山那边。烟叶地的形状渐渐显露出来，星光的影子照在枯萎的残茬上，夜晚是如此宁静，杰克似乎能听到雪湾流经山脚时汩汩的流水声。他点了根烟，又数了一遍钞票。一共二百五十美元，忙活了一个星期。黎明在他面前升起，同时升起的还有他的未来。他微笑着在草地上踢了两脚，然后转身回到屋里，脱掉了父亲的西装。

第二天下午，杰克走进了斯隆绅士服饰用品商店，把那双长满水泡的脚伸进了一双勃艮第小牛皮靴里。乳脂般的内胆就像他想象中一般柔软，两美元的价格微不足道。他还选了一件驼绒大衣，一顶配套的时髦呢帽，一双珍珠按扣的皮手套，两件有领衬衣，一条佩斯利*蝴蝶结领结，一套细条纹的羊毛西服三件套，英国货。他在柜台后试穿着这些行头，然后走了出来，身上那套旧衣服团成一卷递给了斯隆。

我就穿着这套出去，他对斯隆说道，把那卷东西烧了。

他在柜台上又挑了几支雪茄，然后豪气地把钞票拍在桌上。

---

* Paisley，一种由圆点和曲线组成的华丽纹样，状若水滴，充满古典主义气息。

斯隆从头至尾都没有直视过他，一次都没有，可杰克并不在乎，只顾着在镜子里欣赏着自己这身新行头。斯隆找钱去了，后面几个男人围着一张报纸，摇着头窃窃私语。

出什么事了？杰克抬了抬下巴。

斯隆伸手从柜台上拿了一张罗阿诺克时报扔了过来。标题用四英寸的粗体字写着：华尔街新一轮恐慌！

那种布朗尼照相机*也给我拿一架，杰克说道，想拿它跟我和我的新车拍一张照片。

斯隆拿下一架相机，摁下了收银机。

我很快会再来的，杰克说道。

希望您再次光临，先生，斯隆低下那个油乎乎的脑袋。

杰克径直走向待售新车的停车场，在一辆1928年的福特A型轿车上扔下一摞两百美元的定金，这辆深蓝色的车没有敞篷座位，改成了可装货的行李厢。两百立方英尺的引擎可达到四十马力，还有三档变速器和四轮刹车。记速器的小窗上，转轮忽前忽后地翻滚着，最高每小时可达八十英里。行李厢内可轻松放入六十加仑的酒，如果把弹簧勒紧，还能再多压上点重量。蛔蛔声称他还可以加上一只下吸式化油器来提高马力。如果弄到合适的工具，他们也许还可以取出气缸增加它的容积。不管怎样，对杰克来说，这辆新车是他开始新生意的第一步，一个帝国的开始。他期望在几个月后，能去马丁斯威尔买下一辆林肯V8，或者派克8系列敞篷车，或者克拉卜豪华轿车。他把那辆福特A型车开出了停车场，嘴上叼着一根小雪茄，帽子轻快

* Brownie camera，柯达布朗尼照相机，一种老式相机。

地歪到一边，初秋的气温已经有一些微凉。口袋里的那卷二十美元抵在他的大腿上。现在，他已经从本宁伯的弗洛伊德·卡特那里拿到了价格上的保证，所以弗雷斯特必须支持他的计划，这一切来得太容易了。

杰克想象着自己身穿那套条纹西服和驼绒大衣，脚蹬新靴子从脚踏板上下来时伯莎·明尼克斯脸上的表情。那架相机就当作见面礼，杰克这才意识到自己一直在暗自计划着。她似乎是那种爱拍照的女孩。他看见了她脸上的光芒，那双薄薄的嘴唇在嘴角处弯出一丝不好意思的笑容，轻柔的手指拨弄着垂到脖子的头发。杰克踩下油门，四门汽缸的阀门呼呼直响，他提到高速档，在转弯处任由车子漂移过去，崭新的轮胎咬着碎石子，石子和泥块弹进了路边。富兰克林县没有几条路能够开到三十公里以上的速度，除了33号国道和其他几段路，可杰克觉得他显摆的机会很快就会到来。

在丹克尔教堂那晚的一团糟之后，一定要改头换面以一副体面的形象示人，杰克对自己说道，做一个信守承诺的可靠商人，一个运用谋略实现抱负的可靠男人。世界在不停地改变与进化，那些不敢纵身跳下去的人就只能留在泥沟里。现在是一展身手的时候了，杰克暗自想到，现在到了追求女孩的时候了，自己一定能从那些乌合之众中脱颖而出。

Chapter 17

1929 年

福特卡车在彭胡克南面靠近皮茨尔瓦尼亚县界的一条碎石路上颠簸着。车子拐上了一条土路铺成的车道，翻过一道小坡之后驶上了一小片空地，那里就是锯木厂的临时营地，一片位于松柏林和黑杉林之间的空地。一间用原木和废铁皮搭成的工棚矗立在阳光下，工棚两侧还立着几间外屋。工棚后靠近树林的草地上高耸着一只生锈的双层锅炉，烟囱足有二十英尺高，已经被杂酚油熏得漆黑，歪到了一边。工棚的尽头停着一辆老旧的福特T型卡车，边上是一排尚未切割的松树原木。卡车的四根轮子没有卡上楔子，尾气管上突突冒着黑烟。一根皮带钩在车后轴上，车后轴上箍着一圈齿轮，连着一台轮齿森森的桌锯。各种木材的半成品成堆地摞在地上，地上堆着齐膝深的木屑，散发出浓郁的味道。空地上男人们两两一组拉着横锯切割着锯木架上的巨木，他们甩开膀子来回扯动着锯条，动作用力而杂乱。其他人赶着骡队把原木驮进工棚。工棚里的工人操纵着带锯，其他人则忙碌着把原木堆放整齐。

桌子一端的弗雷斯特正奋力将一根松树原木的尾段送进桌锯的导槽里，粗棉布的工装裤上沾满了木屑，汗衫已经湿透，袖子卷得老高。他摘掉帽子，锯木屑粘在被汗水湿透的头发上。杰克正在工棚下的一张桌子上用一柄巨大的木工刨刨着木板的边缘，长长的木屑卷出一朵朵刨花。在空地另一端的森林边上，霍华德正跟一个男人拉扯着横锯，一架骡车停在太阳下，几头骡子正低头嗅着被踩在泥地里的马唐和蓟草。

一辆敞篷轿车爬上了营地的工棚，弗雷斯特用眼角余光瞄了瞄车来的方向，然后继续推着桌上的那节原木。那些拉着横锯的工人停下了手中的活儿，握住锯柄的手松开来，站起身子用袖子擦拭着额头。霍华德瞟了一眼那辆车，然后冲着对面的人点了点头，继续锯着木头，厚重的身躯随着每一下动作来回震动着。杰克把木工刨扔在了桌上，车里钻出两个人。那两人都打着短粗的领带，帽子压得很低，脚上的靴子溅满了泥点，腰带松松垮垮地环在腰上。查利·雷克斯那张乖戾而松软的脸在太阳下皱成一团。那个小个子的埃布夏尔张了一张巧嘴，身形匀称。他们俩从拉横锯的工人身边经过，径直走进了工棚。

这下看我们的了，杰克心想，既然找上门来了，就撅着你们的黄屁股等着挨揍吧。他们那样对待弗雷斯特，他是不会轻饶他们的，霍华德今天也在，这下可有看头了。我也准备好了，让他们看看我的厉害。

那些人走上前来，弗雷斯特踢开了地上的开关，锯片飞旋着，发出刺耳的尖啸声。他把帽子压低，然后沿着凹槽把原木推向锯片，锯片尖叫着锯上了木块，木屑呈漏斗形飞溅出去，逼得雷克斯和埃布夏尔向后退了几步。他们盯着那块原木没入锯片之中，然后整齐地裂成两半。弗雷斯特俯身趴在远端，用一只铁钩拽着原木把它拖到身边。雷克斯从外套下掏出一柄左轮手枪，指着弗雷斯特的脑袋。

杰克上前一步，朝霍华德望去，霍华德还在空地边上锯着木头。圆形的锯片绞入圆木之中，不一会儿便冒起了青烟。一个男孩从一堆木头后跳了出来，手上拎着一只油桶，一双老练的眼睛看了看锯片，然后熟练地上了一些润滑油，转身便跑回那堆木头后头自己的小天地里。男孩蹲在一小堆木块前，一脸认真地用水手刀削着木块，一只眼睛盯着查尔斯·雷克斯的手枪。弗雷斯特靠在原木上，雷克斯朝那辆 T 型卡车一甩手，一匣子弹尽数打在了引擎外罩上，啵啵的子弹声淹没在锯子的尖叫声中。弗雷斯特头也没抬，从原木上直起身，一脚踢掉了开关。他看着卡车的引擎部位，汽油从弹孔上哗哗流了出来，火苗窜了起来，腾起阵阵浓烟，很快便偃旗息鼓了。空地上只有霍华德手里的那根锯子还在来回扯动，发出吱吱嘎嘎的声音，很快那声音也停了下来。几头套着轭具的骡子打着喷嚏，四周安静下来。

弗雷斯特朝木屑吐了一口唾沫。

他妈的，查理，埃布夏尔骂了一声，用袖子擦了擦脑门上的汗。

锯木厂里的其他人见状放下了手里的锯子和刨子，纷纷离开工棚，朝树荫下走去。杰克看得出那些观望的在替埃布夏尔捏把汗。查利·雷克斯朝着那架大锅炉走去，一脚踢开了炉门，手指叩打着管道。弗雷斯特用一只手指抠着引擎上发烫的弹孔。

听着，埃布夏尔说道，如果还想做酒水买卖的话，就得向我们交钱。你还有你那俩兄弟。

雷克斯朝那两人走了回去，大拇指勾在紧绷的皮带上。

我来告诉你，雷克斯说道，只要交钱，你们兄弟几个的蒸馏器还能接着开，甚至还能多开十几个这样的“茶壶”，你们在这儿的生意照做，这绝对比在大晚上偷偷摸摸地从山里运货强。

弗雷斯特看着外头站在树荫里的人。他们全都双手叉腰站着，观望着眼前的情形。霍华德低下头在工装裤上擦着双手。他到底是怎么回事儿？杰克心想。雷克斯在桌锯上戳戳点点，肥胖的手指将一条锯末扫进凹槽里。那块巨大的锯片离他不到几英尺。杰克看到弗雷斯特的眼睛瞟着一根以前用来给锅炉填煤的钢筋，旁边竖着一堆新劈好的栏杆木头。弗雷斯特转过身来指着雷克斯。

你那几枪不能白打，弗雷斯特平静地说。

埃布夏尔把手从口袋里拿出来。霍华德戴上帽子，大踏步地穿过那片空地，脸上的表情十分坚毅。瞧我们的，杰克心想，他沿着相反的方向悄悄地走向工棚，想从后面对付那两人。

小子，你在威胁我？雷克斯从桌边转过身来，把手放在左轮手枪上。

别轻举妄动，查利，埃布夏尔说道。

雷克斯把手枪露出半截，食指横扣在保险栓上。

你以为自己是个狗娘养的硬汉，是不是？

很简单，弗雷斯特，埃布夏尔说道，要么交钱，要么我们把你的蒸馏器砍了，而且是所有的蒸馏器。

去他妈的，雷克斯说道，一把炸掉这些破烂玩意，后面就轮到你那间加油站，明白吗?

查利·雷克斯站在弗雷斯特面前，抬起那柄左轮手枪，横扫过他的胸膛。

我们才不像别人那样害怕你和你的兄弟，雷克斯说道，问问杰克上次我抓到他的时候他那副怂样，像个小女孩那样哭哭啼啼。

知了在树上嘶鸣着，那些站在树荫里的男人肩靠肩地观望着。霍华德已经悄悄穿过空地来到了工棚处，站在那两人身后几步远的地方，他的双手搭在身体两侧，头低着，一张脸隐没在帽子下。杰克来到了那两位治安官的车旁，悄悄站在两人身后三十英尺的地方。埃布夏尔看着那些观望的人。

妈的，埃布夏尔说道，别添乱，查利。把钱送到办公室，弗雷斯特。我们可以饶你几个月，但交钱时至少要六十美元起，因为你欠了钱。

那两人转身朝他们的车子走去。杰克闪身让出了路。埃布夏尔扫了一眼杰克，爬进了车里。雷克斯在那里站了一会儿，紧盯着杰克，仿佛看不清楚似的。

喂小子，他说道，你的脸已经好了?

杰克一言不发，他盯着雷克斯那张淌着汗的肥脸，仿佛要把那对猪眼盯出洞来。

你可真能叫，小子，雷克斯挑衅道，这小嗓门儿应该去唤猪。

雷克斯回头扫视了一眼仍站在工棚下的弗雷斯特。霍华德魁梧的身影站在他的旁边。

上车，查利，埃布夏尔招呼道。

别掺和进你哥哥的事情里，你根本应付不了，雷克斯说道。

我应付得很好，杰克说道，不用你操心。

雷克斯轻笑了几下。

我在这里受到不少威胁，他继续说道，你们说了很多，可什么都没做。

两人把车开上了下山的路，其他人陆陆续续回到了方才停工的地方，朝手心吐着口水，抓起锯子的手柄。杰克跟哥哥们一起走进工棚，里面一人正大声嚷嚷着，那人身材瘦小，唇上留着一缕垂髭，此人名叫韦特·博伊诺特。

别傻了，他说道，那些枪都指着呐，你他妈的让人怎么办？

他哆嗦着手点了一支烟。

如果他一个不小心，我们所有的人都会死，不能再这样工作——

弗雷斯特做了个鬼脸，伸手抓起那根钢筋，倏地一下扔向韦特，韦特吓得一缩身，抬起双臂大声尖叫着，钢筋擦着他的头顶飞了过去，飞过院子，末端插进了土里，棒尖微微颤动着，工人们大笑起来。韦特趺趺撞撞地爬了起来，抱着脖子朝树林里跑去。

爱德华，泰勒，弗雷斯特吩咐道，你们两个把锅炉安置好，然后把锯好的木头钩过去。

几个人开始把旧锅炉重新竖好，其他人四下活动着堆起成捆的木柴作为燃料，把烟灰坑腾出来。兄弟三人飞快地散开来。

坎迪夫，杰米森，还有余下的几个人，杰克问道，他们交钱吗？

坎迪夫没有，霍华德说道，他不会交钱的，大概就剩我们没有交钱了。

听我说，杰克说道，我们得做点什么，我们得干掉那个牛屎一样的雷克斯。

我们什么也不打算做，弗雷斯特说道。

去他妈的，杰克说道，我已经干过一次了。几个星期前我们往本宁伯送了一百加仑的货，那边的弗洛伊德·卡特说随时欢迎我们的货。

弗雷斯特转向霍华德，脸上一副难以置信的表情，他被杰克的话惊到了。霍华德双手掐腰盯着弟弟胸膛上的某一处。

他有地方，杰克说道，到处都是他的地盘，我们打算等霍华德酿好一批新货之后就再跑一趟，我现在算是入了他的伙，午夜煤炭公司。

是吗？弗雷斯特说道。

没错。

你压根不了解卡特和他的午夜煤炭公司。

可我知道他给我们的酒水开了个好价。我知道他们在赚钱，不像我们。

弗雷斯特的手指抠进了杰克的锁骨。

你知道个屁，弗雷斯特说道。弗洛伊德·卡特说给你来一枪就给你来一枪，对他来说，就跟擦皮鞋一样容易。从他们那儿是得不到什么保证的。

我能照顾得了自己，杰克说道。

你现在能吗？弗雷斯特反问道。

听我说，杰克解释着，你让那个叫沙普的女人运送的酒比谁都多，他们不是还没抓住她吗？我的意思是，去他妈的，除了交保护费，每批货还得出钱让人运送。那还不如不跟他们干了，这样可省掉近四百美元的费用。蝈蝈和我来开车，这事儿就更容易了，尤其现在我又有了自己的车。

弗雷斯特拍了拍帽子上的锯木屑，似乎在掂量着一个从树林里传出的声音。

霍华德的蒸馏器没得说，杰克说道，我们有运输工具，还能多添几辆。你知道能从哪儿搞到一些材料。我们可以竖起几座潜艇级的大蒸馏器，一次造出三四百加仑。弗洛伊德·卡特的手下会接受我们所有的货。一旦我们逃过几次，其他人就不会继续交钱了，那些人的如意算盘就落空了。我亲自驾驶先导车，如果雷克斯和埃布夏尔敢拦住我们，我发誓我会亲手把雷克斯毙了。

你把他毙了？弗雷斯特问道。

我发誓，杰克发狠道。

这种事一旦开了个头，弗雷斯特说道，想罢手可就难了。

那就让我们来做最后的了结者，杰克说道，我们自己亲手结束它。

弗雷斯特的眼睛紧紧地盯着他。

这种事儿一旦开了头，你还能罢手吗？弗雷斯特问道。

那天晚上，兄弟三人在营地里商量着后面的计划，杰克在脑中规划着行车路线。弗雷斯特同意购进一些重型规格的铜管，再建几座容量更大的蒸馏器。一旦杰克和霍华德造好这些新的蒸馏器，他们就能在早春解冻之后酿造出大批的新酒。杰克毫不怀疑以后能大笔地挣钱，他的那一份足够在不管什么地方买下一座小房子，也许就在罗阿诺克，这样他就能永远从锯木厂的营地和父亲那个家里搬出来。弗雷斯特就是这么做的，杰克心想，他就是这么攒下了第一桶金，买下了县界餐馆的股份。我也应该像他那样攒上一笔钱开始自己的生意，坐在我该坐的位置上，手把方向盘。在锯木厂或者烟叶地里累趴下，除了木片和磨刀石啥也挣不到。

那天下午，霍华德穿过树林走进一大片田野，太阳低垂在西面的福克山，落日的余晖洒在草丛和稻草上。山脚下、盆地里和远处的山谷对面，十几只海弗德花斑母牛星星点点地站在宽宽的草垫和裸露在外的石头上，它们低头嗅着大簇的紫色苜蓿花和三叶草，转头看着这个从森林里冒出来的人。

霍华德跨过一道拴着三股倒钩的栅栏，大踏步地朝山下一间烟仓走去。烟叶棚如孤岛般立在田野里的一座小丘上。海弗德母牛在他面前纷纷让开，有几头猛地跑跳开，瞪着眼打着响嚏。这间烟仓是按照当时的标准样式建造的，在此后的五十多年时间内一直都维持着这种样式。这种烟仓在乡间十分常见：棚仓高而狭长，尺寸大约为三十乘二十五英尺。结实的栗子树圆木被绑成十字形，缝隙用红色的泥巴糊紧。屋顶上铺着铁皮屋顶，风吹日晒下铁皮生锈变色，呈现出一片深赭色。棚仓建在垒着许多石头的地里，屋后有一处火坑，地下挖有两条独立的烟道，用于排出晾晒烟叶时产生的烟雾和热量。松木大门用电线和棍子紧紧锁住，门口躺着一大块垫脚石作为台阶。空荡荡的棚仓内，烟叶干燥而凛冽的味道直冲人脑。

霍华德在布满灰尘的棚仓里站了一会儿，让眼睛适应着里面的黑暗。风吹过铁皮屋顶，屋外几头牛不满地哞哞叫着。他身上的工装裤沾满了木屑，脚上的长靴在过河时踩得满脚泥泞。他感到十分疲惫，双臂酸到了骨子里头；一整天他都在拉横锯，把木头搬到骡车上捆好。几个星期后，营地将关门过冬，霍华德知道自己那时会回到山上，兄弟们也许跟他一起，也许各去各的地方。他已经一个星期没有回过家了。收工时其他人都跑去吃晚饭，他卸下重锯，在工装裤上擦了擦双手，然后走出营地，径直穿过山谷，沿着河湾走上三英里，再绕过湖边，走到田野上。再翻过一个山头就是他的家，里面有他的妻子和女儿。

在黑暗的烟叶棚里，霍华德伸出手，向对面的墙走去。他摸索到了几只粗麻布袋和一堆一碰就碎的烟叶，他的手移到这两样东西的旁边，这回摸到了一只两夸脱的瓶子，上面塞着金属瓶盖。凭分量他判断出这瓶几乎是满的，他举着瓶子晃了几下，然后凑近眼前，清亮的液体安静地摇晃着，几乎能看见瓶身边缘的气泡，玉米威士忌那辛辣之中透着甘甜的味道扑面而来。霍华德站在黑暗的棚仓里，把酒瓶抵在胸前，胸口随呼吸上下起伏。他听着风吹过屋顶的声音，回想着今早弟弟被枪指着的情形，子弹扫射在营地的空地上，恐惧和慌乱提到了他的嗓子眼，那股熟悉的怒火又在他的两臂之间聚起。他最小的弟弟看着他，等着他做点什么。他跟一排工人站在太阳地下，看着那柄指着他弟弟的枪管。

霍华德打开瓶盖，猛灌了一口，把脸埋进臂弯里饮泣了一会儿。

门外有几头牛打着响嚏，它们一下午的时光都消磨在这片长长的草地上，望着平静的湖水。

露西抱着孩子坐在厨房里，桌上一盏油灯摇曳着微光。炉子上煨着一锅芥蓝，厨房里弥漫着一股蔬菜和猪板油的沉闷味道。霍华德把口袋倒了个底朝天，有些东西是他从锯木厂的营地里偷来的，一大块香肠，一块柔嫩的猪里脊肉，一小包硬饼干。露西端详着他，怀中婴儿的小鼻子在她的胸膛上蹭来蹭去，她拍着孩子希望小家伙能乖乖地吃奶。霍华德知道妻子是在观察他有没有喝醉，可今天一天实在是太疲倦了，他管不了那么多。

我听说了查封的事儿，露西开口道，收税官关掉了弗雷斯特的生意。

你从哪儿听到的？霍华德问道。

周围的人都在说。

露西把婴儿换了一边继续喂奶。霍华德感到一阵恼火，居然在自己家里跟妻子谈论这件事。新规矩让人们变得大胆，妻子和邻居都在谈论此事，现在每个人似乎都知道别人在做什么了。应该不要紧，霍华德心想，知道就知道了，没什么大不了的。法律不是还没出来吗，谁会来逮捕你？

不会很久的，霍华德说道，别人都在瞎说。

他们不会把你的也关掉吧？

霍华德从口袋里掏出一沓叠好的纸币，一巴掌拍在了桌子上。

这东西看着像是要关掉的样子吗？

露西伸手从桌上拿过那卷纸币翻了翻，用一只手清点着数目。婴儿安静地伏在她的怀里，几乎就是一团粉红色的软肉。小家伙的情况有所好转，不再一哭起来小脸就红得发黑，用哭声占据整间屋子。婴儿满足地睡在露西的胸前。可妻子看上去脸色更差了，霍华德心想，她看上去疲倦而憔悴，仿佛褪色一般，把身上的鲜活都传给了女儿。

这还不够，露西说道。

我知道。

我们需要钱，露西说道，你知道的，我们又收到了一叠新的账单，还有你父亲店里的……他的意思就是让我们还清欠店里的钱。

我们会还清的。

你跟你的弟弟们在做吗？

这不用你操心。

我当然要操心，露西说道，总有人得维持一个家。

我出去一会儿，霍华德说道。

霍华德，露西说道，这里什么都没有，除了酒，到处都是。

她轻轻摇晃着怀里的婴儿。

酒这个东西，只要喝上了，总没个够，她说道。

我知道自己的量，他说道。

露西盯着他，她的眼睛仿佛两抹幽深的蓝色。婴儿伏在她的脖子上。霍华德朝窗外看去。门廊上，夜蛾簇拥着狂乱地撞在窗玻璃上。

总有一天，她说道，那罐子会空掉，到时你什么都做不了。

我会控制住的。

霍华德，露西说道，这个县里到底有多少酒？

试着打听看看。说完，霍华德走出了屋子。

后来，那天晚上，霍华德站在屋外的窗户下。微弱的灯光下，他看着妻子给女儿喂奶。本来他们说好的，他去挣钱，然后把钱交给她，慢慢走上正轨。霍华德看着长着稀疏金发的女儿躺在妻子怀里，他的心里响起了一个悠长而低沉的音符，可那跟柔软和温柔无关。他的手指摩挲着工装裤口袋里的一团钞票。

还有时间，霍华德对自己说道，口袋里还有一卷钞票，够多的了。

Chapter 18

那年冬天，因为要建新的蒸馏器，弗雷斯特购买了重型铜板和几百英尺长的铜管，这笔投资花掉了他相当一部分积蓄。杰克和霍华德在一个早晨前往落基山镇的铁路调车场去接这笔货。铁轨和碎石路上铺满了冰板，在一包钞票易手之后，一位身穿工装裤的列车员领着他们来到一节货车车厢，推开了车厢的门。车厢内堆着四英尺高的铜板和十几捆铜管。这些铜材足够建五十座带冷凝器和密封盖的蒸馏器。

这里都是我们的货吗？杰克问道。

列车员气喘吁吁地擦着一块脏兮兮的手帕。

放屁，小子，你以为你是这个县里唯一做这种生意的？

列车员一把拉开另一节车厢的车门，里面堆着八英尺高的袋子和盒子，装的全是糖和酵母粉。

我看呐，列车员说道，过不了几个月，整个县都会漂起来！

他们从车厢里卸完货以后，那些衣衫褴褛的人像一阵青烟从车厢里飘了出去，消失在树林里。院子一端，十几个男人蹲在一丛微弱的篝火周围取暖。那个列车员嘴里嚼着烟草块，狠狠地往地上吐了一口。

妈的，他骂道，你们是来卸货的，都干正事儿去。

他从皮带圈上抖落下一根铅头粗棍，棍子上包裹的皮革像泪珠的形状。他朝着那些男人们走去，那圈人见状纷纷站起身来收拾起自己的包裹。

霍华德拉坎迪夫入了伙，杰克则把蝈蝈拉了进来。整个一月和二月期间，他们叮叮当当地敲出了三四百加仑的蒸馏器，还做出了结实的密封盖和冷凝线管。他们在霍华德小屋边上的工棚里用临时拼凑起来的的熔炉和风箱干了起来。虽然是大冬天，几个人依旧赤裸着上身。一天下来，工棚的铁皮墙被烧得发烫。霍华德在火鸡山上的点位置极佳，他们开始清理树林和灌木丛，扩展营地地盘。几个人在大山毫无遮挡的那一面拉起厚厚的帘幕，以遮挡光线和雾气。坎迪夫装配了一套中空的铁圈，通过一只打气轮胎往里面灌入汽油和空气的混合物。他声称这套装置能让温度更加稳定，减少热量的流出。

1930 年的晚春，杰克二十岁了。他暂时搬回了父亲的家里，在烟叶地里帮农。霍华德和弗雷斯特也经常回来，帮忙除草除虫，采摘和熏制烟叶。当兄弟几个在田里干活时，山上的工程就慢了下来。有几个下午不用出工，霍华德和杰克便回到火鸡山上帮坎迪夫和蝈蝈修建蒸馏器。杰克知道什么都不用做；尽管只有三英亩，但这块滩地是父亲拥有的土地中最好的一块，而这笔钱对父亲来说至关重要，因为它关系着父亲能否还清欠款，维持商店的运转。这一年生意一落千丈，从路上经过的人只有那些临时工和寻找工作机会的流浪汉。商店的几位供货商几乎同时破产或者消失，商店的货架上空无一物。通常在卖掉烟叶后，格兰维尔会给几个儿子一点分成，这笔钱足够弥补锯木厂损失的工作和工资，可他们知道今年这笔钱是没有了。

杰克躺在旧日跟哥哥睡在一起的绳床上，草绳微微晃悠着，屋顶上响着风声，妹妹艾米在屋里忙碌着，洗衣做饭、打扫屋子，下午则坐在窗边母亲的旧躺椅上。杰克觉得妹妹是铁了心弃绝自己的青春，直奔中年而去。她在想念死去的母亲和姐妹，这一点可以肯定。在漫长的下午，杰克在地里除着杂草，想起艾米和她的悲戚，杰克的眼睛湿润了。回到昔日的世界一阵突如其来的负罪感袭击了他。在过去的几年里，他有几次想起碧娃梅和埃拉？还有他的母亲？艾米依旧沉浸在悲伤之中，而他怎就如此轻易地将她们忘怀？他在成排的烟叶中直起身来，用袖子擦了擦脸。

一天早晨，在屋前那条路对过的草仓里，杰克四下里挖着，捡到了一条大粗布口袋。他开始往袋子里填上土、稻草和泥巴。院子对面的格兰维尔在一只桶里烧着垃圾，用帽子扇着浓烟。太阳沿着火鸡山移动着，阳光洒在院子里和屋前那条路上。这里的春天很干，夏天则更干。每到礼拜日，富兰克林县的教堂挤满了种植烟叶的农民。厨房里，艾米收拾完早餐，正在水槽里仔细地洗着双手和胳膊，冰凉的井水打在她的皮肤上。

口袋快给杰克填满了，他用一股捻线拴紧袋子的末端，又往屋椽上扔了一截绳子把口袋吊了起来，鼓鼓囊囊的口袋晃悠在杰克的头顶上，几根稻草从袋子里戳了出来，几缕灰土簌簌而下。杰克摆了个在照片里看到的拳击姿势，用拳头顶了一下迎面荡来的口袋。砰的一拳下去，杰克捂着手骂了一句，摩挲着打痛的手指。

碎石路上传来一阵脚步的吱嘎声，霍华德走了进来。他高挽着袖子，胳膊下夹着一卷绳索。杰克扶住摇晃的口袋，霍华德用探询的目光看了他一会儿，然后朝口袋走去，用结实的手指碰了碰口袋，戳着上面的破洞。他看着弟弟，咧开嘴露出了笑容。

你这是吉米·布洛克*啊，霍华德打趣道。

去死。

来，我们把它弄好一点。

霍华德把绳子解开，放下口袋，用铁锹碎了几块硬土，填埋进口袋里夯实，让它形成圆筒状。他又找来几条闲置的粗布袋撕成宽带子。

我在部队时看他们这么做的，霍华德说道。

他抓过杰克的一只手，用碎布条绑在手指之间勒紧了。

这样就不会打破手，霍华德解释道。

绑好了杰克的手后，霍华德后退几步，冲杰克点了点头。杰克伸手在口袋上碰了碰，在哥哥面前打拳让他觉得有些难为情。他用右手猛击了几拳。

这里，霍华德纠正道，不要用站姿，身体得随着它扭转。开始要出左拳，右拳留着。

霍华德伸出左拳，径直在口袋上打了几下。

杰克在口袋上试了几下左右组合拳，霍华德一把抓住了摇晃的布袋，让它停了下来。

你需要学的另一样东西是厉害的勾拳，他说道。许多家伙

---

* Jimmy Braddock（1907 年—1974 年），20 世纪 30 年代的美国拳王。

喜欢把拳头挥得很开，这样就造成了门户大开。

他模仿了几道甩得很开的环状猛拳。

你使出去的勾拳必须短促而结实，沉下肩。

霍华德在口袋前摆好架势，左肩微微向下一沉。

然后用力挥出一记勾拳，他演示道。

他划出一记短勾拳，正中口袋的中部。

这招一定要在他出拳之后才使，他说道，而且一定要用右拳，看到没，因为大多数人都用的右手。一旦他挥出右拳……

霍华德的身体微微一沉，头偏向了侧面。

……等对方这一拳挥空之后便会门户洞开，正好挨上你的勾拳。

霍华德迅速往布袋上挥出两记勾拳。

杰克站稳双脚，开始练起拳法，右横拳，左勾拳。霍华德叠起双臂观察着。

你打算在某人身上动动拳头？

不是，杰克说道，就是瞎玩。

霍华德捡起那圈绳索，用袖子擦了擦额头，眼睛在阳光下眯了起来。

事情永远不会像你想的那样，霍华德说道，第一拳挥出去以后，接下来什么都有可能发生，永远不会按你想的那样发展。

好吧，杰克说道。

我告诉你，霍华德说道，你只要知道一件事。弗雷斯特这家伙也知道。你一定要先动手，用你的全部力量挥出这第一拳，一直打到对方趴下为止，然后再给他来几下。

杰克点了点头。

许多人都喜欢打架这东西，但没人喜欢被打。用尽全力挥出第一下，打得对方落荒而逃。用左拳朝鼻梁上直着来一下狠的，大多数人就歇菜了。那些喜欢被打的人才是需要小心的。

杰克看着霍华德，这才发觉自己从未将霍华德视为一个有情感的人，他从未想过大哥对任何事情其实有着自己的想法和计划。他总是把大哥当成一架机器或者动物，以一种本能的方式回应着这个世界。此刻他才惊觉这个想法是如此荒唐和难为情。

太他妈的干了，霍华德踢着土块。

之后，霍华德大步从谷仓的后门出去，走进了田野里。摇晃着的口袋吱吱咯咯地响着。杰克把口袋幻想成某人的脸，先是温菲尔德那张虚情假意的笑脸，杰克挥出右手，一拳击在他的的鼻子上，脚步随着拳头逼上前。然后他又看到了查利·雷克斯那张肥脸和蛋形的脑袋，雷克斯伸手抓住杰克的双肩。再给我一下试试，杰克心想，随即伸出拳头挥在雷克斯的下巴上，拳头如疾风暴雨般落在了那张肥脸上。

Chapter 19

1930年

到了五月底，三兄弟在火鸡山上的蒸馏器每个星期能流出两百加仑的酒水。杰克和蝈蝈往本宁伯押了几趟夜车，路上没遇到任何麻烦。杰克买了几套新装，一根表链和一辆崭新的道奇轿车。他开始攒钱，想买下一辆体型更大的派克车或其他座驾。现在，他手头上有了四百美元，他把这笔钱包在一块破布里，塞在自己那间旧卧室一块松掉的木板下。镇上各家商店给他买了个遍，有时钱也不给，就跟拿自家东西似的。这是一段美好的日子，他往返于父亲的烟叶地、山上的蒸馏器和押货的夜路之间，开始了追女孩的计划。

塔兹维尔·明尼克斯定期会上艾格饲料商店进货，杰克便潜伏在店外。等塔兹维尔进店后，杰克从车边大步走进停车场，伯莎坐在驾驶室里吸着一瓶汽水，翻看着商品目录，她把车窗摇下来吹风。透过污渍斑斑的挡风玻璃她斜眼看着那个摇摇走过来的身影，那人身穿西服，打着领结，笔挺的靴子擦得铮亮，嘴上叼着一根雪茄烟，一脸志得意满的神气，仿佛春日里什么都比不上一场远足来得愉快。杰克转向车里的人儿，帽子轻轻一抬，伯莎坐在车里的前排座位上，腿上摊着那本商品目录，心下暗自狐疑这傻瓜想干什么。几周后，杰克暗下决心，走到伯莎的车前，他知道在老头扛着饲料袋出来之前他有六分钟的时间。

伯莎抿着嘴，毫无兴趣地打量着他。她穿着一身黑裙，扣子扣得很高。杰克过来时，她本能地用手摸了摸衣领，然后放回了膝上。杰克的一只脚踏在脚踏板上，用手弹了弹小雪茄。

天气不错，她说道。

有空的话，想不想乘我的车兜兜风去？杰克朝自己那辆停在街对面的车点了点头。

我在等我父亲，她说道，我想你是知道的。

哈，我不知道，我只是在想兴许你想去兜兜风。

我为什么要去兜风？我不需要去哪儿。

我们不是非要去什么地方，就是兜兜风而已。

饲料商店的门啪地一声开了，杰克转头看了一眼。一位不认识的老头扛着一只鼓鼓囊囊的口袋从店里蹒跚而出，朝大街上走去。

如果被我父亲撞见你在跟我说话，你可就麻烦了。

为什么？

你知道的，上次在我们教堂像疯子一样冲出去了，你脑子有病？

这番对话跟杰克原先的设想不太一样。他挺了挺大衣，在太阳下眯起眼睛看着手表的指针。

如果你确实是脑子不太正常倒也没什么，伯莎继续说道，我有一个表兄从来不出家门。

我没有毛病，杰克说道，一个疯子能穿这身衣服？一个疯子能有这样一辆车？顺便说一句，这是我第二辆车。而这个疯子只有二十岁。

伯莎盯着杰克的车看了一会儿，杰克觉得她似乎被打动了，事情正向着他预想的方向倾斜。

我想不是，她说道，可这并不能解释你上次疯子似的举动。爸爸说你喝醉了，可我从未见过醉成那样的人。

我不想洗脚，就这样。

伯莎吸着双颊不屑地笑着。

你这么显摆挺可笑的。我看到了你的新靴子。

全都是新的，杰克说道，这一身西装是在里士满定做的。

唔。

杰克在地上蹭了蹭脚趾，眼睛瞅着饲料店的窗户。

听我说，我对那次的事无话可说，他解释道，我希望自己没干过那件蠢事。

好吧，这话还像回事。

那兜风的事呢。

你知道我在等我的父亲。

晚些时候呢？

伯莎似乎在考虑他的话，手指把膝上的商品目录翻得哗哗直响。

女孩子家不该跟你这种人出去兜风，她说道，我知道你是谁。

是吗？你说的这种人是谁？

杰克禁不住莞尔，他抬起一只手装作挠挠嘴唇的样子，遮住嘴角的微笑。

你是邦杜兰特家的，这就够了。你们家的人名声可不太好。

原来如此。

是的，祖父说你们几个是富兰克林县的害群之马。

杰克扫视了一眼商店门口的动静。伯莎把一只胳膊搭在车门上，一小段白腻的皮肤从袖口上溜了出来，连着那葱管似的纤手，如雪白的瓷器一般。杰克的手捏成了拳头，塞在口袋里。腰部像过了电一样。

你知道我父亲在什么地方吗？伯莎问道。

知道。

下午两点左右我差不多做完杂事，她说道，你的手表会告诉你那是几点。如果你能等在路边，我可以去兜个风。

杰克差点被噎死，嘴里像堵着棉花。

那明天？

伯莎笑了起来，明朗的笑声如音乐一般，两人都感到一阵温暖，方才那阵猜哑谜似的对话让两人感到十分可笑。杰克心里快要乐开了花，他像一个兴奋的牧师般跑到马路上。

杰克·邦杜兰特，你追女孩的方式真的很可笑，伯莎说道，你是在追我吧，是不是？

明天到时候我去接你，说完，杰克一阵风似的跑过大街，也就在此时，塔兹维尔推着垒着饲料包的独轮车从店里走了出来，他的女儿正坐在车里无聊地捋着发丝。

第二天接到伯莎后，杰克发现自己的注意力很难集中在开车上。伯莎把头巾解开来，放在两人之间的座位上。福特车开上了山，车轮歪歪扭扭地碾过路上的车辙印，发出阵阵尖利的声音。几个星期都没有下雨了，可在他接她上车时，天空飘起了小雨，她站在车道尽头一棵歪榆树下，穿着黑色的长毛衣和灯笼裤，脚上是深红色的齐膝袜子。一顶针织小帽戴在她的后脑勺上，柔软的卷发落在她的耳畔和脖子上。杰克拼命地想着该如何取悦伯莎，她现在就坐在他的车里。他驾着车一路向南，可完全不知道他们要去哪儿，到了那儿以后他们要做什么，此刻他无法考虑别的任何事情，注意力完全集中在眼前的路面和身边那个女孩的气息上。这气息让他想起了自己平时熟悉的味道：夏日午后河边那道枝繁叶茂的篱笆墙；雨后开着窗的屋里，风正正好，空气中突然传来一阵忍冬的花香；闻上去像是花蜜中混合着天空和大地气息的仲夏的味道。杰克不知道这是她身上自然的香味还是某种香水的味道，在这清新的五月天里，片刻的阳光似乎只是夏日的惊鸿一瞥。

我很快就要走了，杰克说道，离开这个县。

是吗？

也许去得克萨斯，去西面什么地方，也有可能去某个城市。

你要做什么？伯莎问道。

任何事，什么都行，只要能自立。

两人聊着天，驾驶室内渐渐暖和起来，挡风玻璃上哈出了水汽。杰克几乎可以闻到她毛衣上那股潮湿的霉味渐渐干透。

你呢？杰克问道。

我在这儿挺好。

真的？

嗯，我想把书念完。迪加说他们要把可口可乐的种植园关掉。

是吗？为什么？

你不看报的吗？现在国家陷入了很大的困境。

我可没有。

好吧，人们到处都找不到工作，爸爸说这是胡佛的错。大街上都是在骂他的人，从一边骂到另一边。

是吗？

我想我还是会留在这里，伯莎说道，跟我的家人待在一起。

不明白你为什么想那样。

伯莎皱了皱眉，杰克知道自己这话有些过，面前没有别的出路，只能向前。他踩大了油门。

我是说，他们总是不让你去做一些事情，杰克说道，我认识不少丹克尔教派的人。

伯莎的头低了下来，杰克担心自己是不是有些过分了。

可能看上去是那样，伯莎开口道，可事实并非如此。我们喜欢彼此待在一起，我们在一起很快乐。

无法想象，杰克说道。

他用力扳着方向盘让轮胎绕过一处洼坑，可惜转过了方向，车子在泥里打滑了。伯莎盯着他，脸上露出了困惑的表情。

你知道什么？她说道，上次你出现在我们的教堂，然后像个疯子似的跑了出去。不知怎的，你觉得自己了解我的家庭？你根本没看见我们都在做什么，家里是什么情景。

是，杰克说道，我知道。

别说这种话。

好吧，杰克说道，我道歉。

没关系，伯莎说道。

可难道你不想……就不想出来自立吗？杰克试探道。

想，但这并不意味着我就得离他们很远。自立跟距离没有关系。

妈的，杰克暗骂着自己，我在她面前就像个傻瓜。她压根不买这个账。

好吧，他说道，我走的时候也许会带上你。

伯莎盯着窗外枯萎的烟叶地，山上开着一片矮小的苜蓿花。杰克心中一阵沮丧，身边的女孩已经快无聊到哭了，而他们才开了五分钟的车。好在雨渐渐停了，太阳从云层中照了出来。他用一只手稳住方向盘，另一只手伸进了外套口袋里。

这是给你的。

她用怀疑的眼光看着他，仿佛听到他说自己能让这车飞起来。他用大拇指和食指拿着那辆布朗尼相机递给她，眼睛紧盯着路。他害怕看到她的表情。她从他的手上接了过来，翻来覆去地研究着相机。

我不能拿。

这不算什么。

这可是照相机。

是的。

我从来没有过照相机。

那你现在有了。

我不知道怎么操作。

你要做的就是看着那个小窗户，然后按下按钮，就好了，杰克说道。

我不知道该拍什么？

杰克把车拐下福克山山脚下的一条辅路，这里离父亲在雪湾的住处不远。他这才意识到自己一直是朝着那个方向开去，原因连他自己也不清楚，也许他是在寻找一块熟悉的地方。

这里，他说道，我先给你拍一张，然后你再给我拍一张。怎么样？

他把车开上了路边一块羊茅地里，猛地刹住了车。原本纤瘦的羊茅被刚才那场阵雨泡得肿大起来，湿气渐渐渗入了土层深处，地上的车辙印也清晰起来。两人从车里爬了出来，来到了太阳底下。

你的车子上都是泥，她说道。

这里，杰克说道，站在那棵沙果树下，我给你拍张照。

等一下，伯莎脱下长袖毛衣，露出了一件白色的短袖衬衣，脖子上系着一道血红色的手帕。杰克想象着衬衣和手帕下那副女神般神圣的躯体。她站在荆棘丛里的一条浅沟里，一只脚翘在斜坡上，手挽着一根小树枝，她摆弄了一会儿衣服和头发，微笑着睁着圆圆的眼睛。

别动，杰克说道，让我拍一张，不要动，就这样。

伯莎侧着身子，泥塑木雕一般一动不动看着远方的公路和田野，嘴抿成了一条直线。杰克啪地摁下了按钮。

你怎么不看镜头？

杰克，照片就是这么拍的，她说道，脸得放直。加利福尼亚的电影明星都是这样拍的。

她一把从他的手上拿下了相机。

现在该你了。

杰克开始在车上摆着姿势，他坐在车盖上，双脚踏着保险杠。他猛地想起这才是他买下这架相机的真正愿望。之前他拍照的次数屈指可数，留下的形象大多是合家福和其他合照里的一个傻小子，没有一张是在他的新车，也是他的新象征上拍的。

这张不错，伯莎说道。

等一下，杰克说道。

他抽出一根新的雪茄，咬在牙齿上，然后把帽子向后拽了拽，摆出一个时髦的角度。阳光直接照在他的脸上，他的眼睛眯了起来，可他觉得这让自己看上去像个硬汉。他的双脚漫不经心地叉在身前，他抬手看了看手表，就在此时她摁下了相机的按钮。她大笑起来，用手捂住了嘴，这一笑让杰克不再多想其他任何事了。

Chapter 20

1930 年

那天早晨艾米手中的洗碗布掉了下来，她预感落日之前家里会有客人来。她告诉杰克来客会捎来坏消息。杰克看着厨房里的妹妹站在水槽边，闭着双眼，双手紧抱着瘦弱的胸膛，思索着无常的命运。

好吧，杰克说道，那我们就等着。

三兄弟聚在一起等待着晚餐。整个早晨他们都在父亲的田里除草。在这七月流火的季节，烟叶努力地生长在被烈日烤焦的土壤中，攀附在上面的杂草又细又黄。父亲和哥哥们似乎都专注于收割的事情，喋喋不休地谈论着。严重的旱情使得土壤干枯龟裂，杰克觉得他们应该把精力集中到蒸馏器的生意上。

格兰维尔的商店几乎空掉，只向及时付款的客人开放，他实在无力轰走那些伸手乞讨的穷苦之人。尽管如此，他仍旧坚持开放街对过的暖房，这样，那些途经此地的人还能有口水喝，除此之外，他实在无力给出更多的东西了。弗雷斯特的锯木厂也出现了亏损，县里的生意伙伴都开始勒紧裤腰带，无力偿还欠他的酬劳，县里的人家开始返回到旧式集体农庄的生活方式中，依靠可用的无偿劳力维持农活。许多人只留下聊以糊口的田地，其他人则把孩子们送往西面的加利福尼亚，希望找到摘果实的工作。落基山的市政厅在火车站的调车场布下巡警，防止流浪汉们扒上车厢。巡警们用棍棒赶走那些衣衫褴褛的人，把他们撵到空屋子里，然后锁上车门，只有这样一车货才能运到下一个镇子。

那天下午，三兄弟看见远道上走来一个女孩，她穿过屋子北面的高粱地和红色的苜蓿花丛，走到福克山的山脚下，在距离屋子四分之一英里的树林里冒了出来，脚上沾着一层薄薄的红土。茜茜·丹沙佐走在路上，后仰的脑袋奇怪地上下晃动着，仿佛不是在看路而是看着天。这天的湿度格外地高，低云布满了每一寸天空。她穿着礼拜日的礼服，裙底沾着一圈红土。茜茜哭得满脸是泪，栗色的面孔被夏日的太阳晒成了灰土色。她的祖父里特·比因·丹沙佐刚刚去世，老人曾跟格兰维尔和他的父亲一起在烟叶地里干活。他是晚上去世的，家人派茜茜来通知邻居，请他们来参加第二天下午举行的追思会。丹沙佐一家跟邦杜兰特一家差不多是同一时间在富兰克林县住下的，他们家就在几个山头后，是富兰克林县雪湾地区屈指可数的几个黑人家庭之一。茜茜的大哥杰弗逊·丹沙佐曾在弗雷斯特的县界餐馆干过活，在邦杜兰特三兄弟的母亲去世后的十年时间里，茜茜一直在邦杜兰特家的厨房里做着煮饭洗衣的活儿。里特·比因的儿子威利、本杰明、赫拉斯和其他所有的孩子都曾在邦杜兰特家帮着杀猪砍柴，几个孩子都曾是杰克和哥哥们的玩伴。

晚餐后，兄弟三人洗了脸收拾干净，从杰克那间旧卧室里的一只旧箱子找出正装穿上。茜茜·丹沙佐则从田野和树林里原路返回祖父的家。弗雷斯特出了家门，朝他的车走去，并带上一箱半加仑的桃酒白兰地。他把车子发动起来去店里通知父亲。杰克和霍华德坐在门廊上，等着弗雷斯特跟格兰维尔一起回来。

杰克对参加追思会的事情感到十分不自在；他记忆中最近的一次葬礼正是自己母亲的。这一次三兄弟也都在场，这让他想起了那次的事。杰克知道里特·比因接近九十高龄，一生中曾经历过残酷的生活考验，早就该入土了，在他身上体现出了天地不仁。也许是茜茜那张布满泪痕的脸，杰克一直不喜欢总是闷闷不乐的茜茜。老人这一辈子口袋里的钱不超过一百美元，死的时候穷得跟出生时一样，这个世界似乎一直密谋着让他以及跟他一样的许多人终身贫穷，杰克觉得一阵心灰意懒。

霍华德从箱子里取出一瓶酒，看着正摸着鼻翼的杰克，杰克露出了微笑。霍华德晃了晃盛满了桃片的酒瓶，拧开瓶盖，把它扔进了院子里。他们啜饮着这瓶酒，白兰地的味道甜美而醉人，真是好酒。两人望着地平线在眼前变得柔和起来。晚餐时，杰克吃了两大碗浸在酪乳中的玉米饼，上面还撒着一层猪肉脆皮。刚才灌下去的白兰地像是温暖了身体里的五脏六腑，不停摇晃着的腿也放松了下来。霍华德安静地坐着，紧闭着嘴，嘴唇抿成了细线，两人的脸涨得通红。

我们得把蒸馏器建起来，霍华德说道，今年的烟叶是长不出来了。

我知道。

霍华德抿着嘴，凝视着地平线。

你听说过温菲尔德那个傻瓜的事吗？霍华德问道。

什么？

霍华德告诉他因为忙着给烟叶除草，他们的父亲雇了从弗吉尼亚大学放假回家的马歇尔·温菲尔德来犁地。父亲给了他一匹骡子和犁具，让他把山脚下那片预备种冬麦的地犁一遍。父亲在骡子身上拴了一把铃铛，温菲尔德干活时他在屋里就能听到铃铛声，这样他就能根据铃响的时间付给温菲尔德工钱。第二天一早温菲尔德便来了，艾米预备下早餐，温菲尔德饱餐了一顿，然后便牵着骡子扛着犁具下了山。铃声响了起来，之后便一直响着，几个小时过去了，格兰维尔去泉边打水，想着顺便去看看温菲尔德在做什么。这块地有好几季没有播种了，春天的时候他已经用耙子耙过一遍，还烧了草灰。这是一片布满石块的硬地，格兰维尔知道温菲尔德用在书本上的时间要比用在犁头上的时间多，所以他循着铃声趟过小溪，来到一片像围巾一样环绕着山谷的窄林一边。找到温菲尔德的时候，他正四脚拉叉地躺在一大片浆果丛里，帽子拉到眼睛下，一只手抓着铃铛，无精打采地晃着。那头骡子站在太阳底下的田里眨巴着眼睛。

此事传了开去，其他人跟温菲尔德开起了玩笑，他一口否认了此事，说格兰维尔·邦杜兰特年老昏聩，是在做梦。

杰克怒火中烧，可霍华德似乎并不在意。

我说，霍华德说道，这里的每个人都知道温菲尔德是个自以为是的傻瓜。

可是这家伙实在可恶，杰克想起了上一次见到温菲尔德的情景，那是去年在米切尔家的谷场剥玉米的时候，那个穿戴整齐的家伙剥到了红色的玉米穗，于是便亲吻了伯莎·明尼克斯。伯莎抬脸迎向他，眼睛闪耀着。杰克突然涌起一股冲动，想一把抓住温菲尔德那根肥白的脖子，像攥着条鱼一样攥紧它。酒精在杰克的脑袋上起了作用，很快刚才那阵冲动便放松下来。兄弟俩安静地坐了一会儿，互相递着酒瓶，望着田野上的天空。杰克很享受哥俩之间这会儿的宁静，他专注地看着天色从正午慢慢移到下午的美妙景致。这瓶白兰地真是好酒，一个小时之前，老人的死讯还让人感到无限感伤，不仅对丹沙佐一家，也是对杰克来说。可现在，这似乎变成杰克同其他人一起经历人间沧桑的机会。他咀嚼着自己同丹沙佐一家的交往，认定他们是可靠之人，因此自己会以敬重之心送别这样一位长寿的老人。我们是如此幸运，杰克心想，他很高兴哥哥待在他的身边，还有艾米，小妹正坐在窗边母亲的旧摇椅里望着门前的大路。

我需要钱，杰克。过了一会儿，霍华德开口道，我要挣比现在更多的钱。

不用太久，杰克说道，等这些鸟事结束之后，我们会把所有的蒸馏器烧热，到那时，钱他妈的就像河水一样滚滚而来，你就等着吧。

霍华德露出了一个真心的笑容。

是啊，霍华德说道，我们就那么干。

弗雷斯特独自一人回来了。格兰维尔的店里来了生意，这时候拒绝掉一大笔钱实属愚蠢，他晚些时候再去。艾米不想去，哥哥们知道妹妹无法承受面对死者的痛苦，即便逝者并不是家人。于是兄弟三人在门廊上痛快喝了一顿，然后上路了。

车停在了丹沙佐家的屋前，这是一座结实的木屋，外墙是用篱笆条和泥巴垒起来的。木屋建在低矮的山头上，毫无疑问这场追思会算不上庄重。泥泞的院子里停着六七辆杂色汽车、几辆马车和二十几匹身强力壮的骡马。尽管刚过中午，气温达到了八十华氏度，烟囱里冒出了阵阵青烟，前院燃起了一丛巨大的篝火，孩子们手里拿着棍子，绕着篝火追逐嬉戏着。所有的门窗都打开来，灯光倾泻而出。兄弟三人刚刚迈步从车上下来就听到了女人的恸哭声，哀号的内容听不太真切，混合着喊声、歌声、尖厉的小提琴声和喧哗的笑声。

看样子不需要带上白兰地，霍华德说道。

孩子们尖叫着在火堆周围追逐嬉戏，杰克看见一个破衣烂衫的男子趴在院子里的泥地上，旁边一只狗正嗅着他的裤裆。

不管怎样还是带来了，弗雷斯特说道。

丹沙佐的所有家族成员都在，差不多有二十几人，此外，还来了一些其他亲戚朋友。三人摘下帽子站着在门口，弗雷斯特手中抱着满满一箱酒。一个肤色黝黑、戴着猩红色头巾的壮硕女人迎上前来。她表情严肃地点了点头，然后把他们带进了人头攒动的前厅。

我是伊达·贝拉，她开口道，里特·比因的第二个女儿。

很高兴见到你，弗雷斯特说道。

对里特·比因的去世我们感到很难过，杰克说道。

杰克从没听说比因的第二个女儿伊达·贝拉，他突然想到里特·比因的子女中可能有一些并不住在雪湾，甚至不在富兰克林。屋里挤满了人，一位小提琴手正拉着一首杰克从未听过的曲子，琴手的一只脚在地板上跺着打拍子，人群和着那支听上去像是锯出来的曲子摇摆着。靠墙站着的人形成了第一道人圈，里面的第二道人圈有意识地和着音乐哼唱着跺着脚。屋里弥漫着一股烟雾，像窗帘般悬在房间里，这烟雾混着脚臭、男人裆部的酸臭、香料、烟草和木头燃烧的气味。几瓶酒在众人之间传递着，每个人都在畅饮。伊达把弗雷斯特带来的那箱酒放在人圈的中央，旁边还堆着不少东西：几瓶酒、几包烟、几盒糖果、几盘饼干、包在纸袋里的猪肘、鸡蛋、一柄小镜子、鼻烟盒，珍珠项链和一双明显是穿过的靴子。三兄弟是在场的人中唯一的白人。

我操，弗雷斯特骂了一句，杰克循着他的目光看了过去，这场追思会的贵宾正坐在角落里。送葬的人包围着他，手扶着他的肩唱着。里特·比因的尸体上穿着一身破烂的西装，身体已然僵硬。他睁着黄色的眼睛，脸上的皮肤已经肿了起来，所以看上去完全不像他本人。一根点着的香烟夹在他肿胀的手指之间，各色人轮流往他张开的嘴里倒玉米烈酒，酒水顺着他的下巴流到了衣服前襟上。

几位丹沙佐家的男人走上前来跟三兄弟握手，感谢他们的到来。他们被众人劝着喝下各种掺杂的酒，差不多快喝了一个小时。杰克站在后屋的厨房里喘着气，霍华德坐在桌边懒散地从碗里拿起一根猪腿骨，喝着一瓶新开的酒。弗雷斯特双臂交叉靠在排水板上，皱着眉。客厅里的那位小提琴手正拉到结尾处，音调和节拍愈发激昂，众人跺着脚步，扬起的灰尘像雾般飘进厨房。男男女女们靠在狭小的厨房墙壁上，身体随节拍摇摆着，有些人闭着眼睛，仿佛睡着一般。杰克站在那儿，耳朵里听到的声音开始在脑中分离开来，他似乎能听出每一个细微的声音，众人抑扬顿挫的和声、小提琴如泣如诉的琴声，还有地板的嘎吱声，他听得到每一个事物的声音，这似乎是他第二次听到这样的东西，第一次是在丹克尔教堂那次爱的盛宴上。杰克觉得此时经历的东西是某种隐秘之物的一部分，那里是音乐家们忽略的领域。伯莎在弹奏曼陀林时也会听到这些声音吗？对杰克来说，自己听到的并非各种声音的集合，而是音乐的组成部分，那是一种美妙而强大的感觉，像是操纵着构成这个世界的基本元素。

音乐声逐渐响亮起来，持续了一会儿。杰克看着哥哥们，在他们脸上搜寻着迹象，可他们似乎并没有注意到。一根香烟燃在他的手上，烟灰已经有三英寸长了，杰克赶忙将它扔到了地上。我什么时候点的香烟？他暗想道。头顶上传来一阵铁皮的响动，然后是一阵刺耳的撕裂声，杰克抬头看着已经弯曲变形、布满污渍的屋顶，心想上面到底怎么了。阁楼上仿佛关着某种可怕的怪物，那怪物像是某种金属粉碎机，被妖怪们操作着。霍华德用双手捧着脸，宽阔的后背在桌边上下起伏；他已经喝掉了一夸脱玉米烈酒和半瓶白兰地，这么多酒足够醉死一头牛了。天花板上的响动逐渐变成一阵轰鸣声，盖过了尖厉的小提琴声，仿佛什么东西正将这幢屋子劈成两半。阁楼上是不是有几个喝醉的白痴在耍酒疯？杰克想到。他们非把天花板捣通了不可。杰克看到弗雷斯特向他投来询问的目光，于是指了指头顶的天花板，抬起肩膀。弗雷斯特抬头瞅了一眼，摇了摇头，耸了耸肩。

你听到了吗？杰克在嘈杂声中大声问道。

什么？弗雷斯特说道。

头顶上的响动逐渐变成了一阵井然有序的机械声。地板开始颤动起来。别再来一趟了，杰克想道。

霍华德仰起酒瓶，喝光了最后几口，喉头努力地吞咽着，两下，三下。我的天，杰克想道，没人像他那样能喝！

霍华德的帽子放在桌上，结实的胳膊垂在旁边。他的头顶上，一圈薄薄的发旋闪着油光和汗水。霍华德把酒瓶举在面前停了一会儿，然后啪地摔在桌上，手掌拍了下来。弗雷斯特表情沉郁地眨着眼睛，杰克感到脚下的地板摇晃起来，他想拔腿就跑，从这间屋子里逃出去。霍华德抬起手，似乎在研究那些扎进手掌里的血淋淋的玻璃碎片。

墙边一个留着胡须的厚眼睑男子正和着吱呀作响的音乐声适时地点着头，杰克对上了他的目光，那人难以察觉地向杰克点了点头。

[没错儿，就是那声音，你听得没错，孩子。]

屋里一阵静止，所有的东西似乎都停滞下来。霍华德一把推开椅子，一阵重心不稳，身体摇晃着弯了下来，他冲着杰克露出一个勉强的微笑，然后脸朝下瘫倒在桌子上，桌子裂成了两半。倒在地上的霍华德挣扎在烟头、碎玻璃和木片中。围站在桌子周围的人骂骂咧咧地向后跳开，给滚在地上的人腾出地方。弗雷斯特走到霍华德的身后，捡起他的帽子扣在他的的四方脑袋上，然后两手抓着霍华德的衬衫，扶他站起身。厨房里空了出来，人们跌跌撞撞地冲出门外，大声地咒骂着，碎玻璃被踩得嘎吱作响。弗雷斯特紧紧抓住霍华德，把他从后门推了出去。屋子侧面的纱窗啪地关上了。

门外，厨房灯光照不到的地方一片漆黑。杰克双手在黑暗中摸索着，抓到了弗雷斯特的衬衣，随着哥哥来到了院子里。头顶那阵噪音还在响着，脚下像是地震般摇晃着。一棵巨大的橡树从黑暗中冒了出来，片片剥落的银色树皮闪闪发亮。霍华德靠在树上，开始大口干呕。屋里的人大声喧哗着，杰克的眼睛逐渐适应了外面的黑暗，他看到天空的颜色已经变成了清晰的深蓝色，一颗孤星悬在院外那片只剩残梗的田野上。

一群男人从厨房里涌了出来，群情激昂地围在兄弟三人周围。杰克的手放在霍华德的后背上，弗雷斯特站在哥俩身前，那群人围了上来。窗户上的灯光落在霍华德的脸上，杰克看见他嘴边道道猩红色的血。霍华德蜷起身，从马匹般健壮的胸膛里呕出一大口鲜血。一个没穿衬衣的男人冲着他们喊着脏话，油腻的身躯闪着油光。其他人围在他的身后。杰克的脚上感到一阵灼热，他低头一看，鞋子上沾满了霍华德的血。

[你们他妈的太不尊重人了！]

人群向他们涌上来，这些喝到烂醉、无理取闹的男人各个都在盛怒之中。杰克看得出激愤的人群跃跃欲试，那个没穿衬衣的人被推到了前面。他们怂恿着他，那人狞笑着，从靴子里抽出了一柄明晃晃的刀。

[戳死那个狗日的！]

那人蹲下身来，以弗雷斯特为圆心，在他身前的半圈晃悠着。杰克看不清哥哥的脸，但他深知哥哥此刻脸上的表情。那人刷地一声亮出了刀刃，刀锋划出一片圆。那人前后挥舞着，动作十足的女气。弗雷斯特定定地站着，双手放在身体两侧，杰克看见他沉下肩膀，放松着身体。

弗雷斯特缓缓抬起左手，伸向帽檐。他的手指在帽檐上摸了一圈，然后小心地摘下帽子，手腕一抖，帽子跌落进黑暗之中。帽子刚脱手，他的肩膀微微一沉，右臂从肩部径直挥了出来，他的身体像弹簧一样，挥出的右拳正打在那人的牙齿上，那叮的一声让杰克永生难忘。

那人猝不及防双手甩了起来，向后跌去。人群从中间分开来，他连滚带爬地钻了进去。一柄铁手指挂在弗雷斯特的手上，一注鲜血沾满了他的右手和前臂。看到有人被打，人群吵吵起来，可很快被卡住了嗓子安静下来，向后退去。杰克感觉到身后有人，那是霍华德，他已经站了起来；脸上沾着鲜血和胆汁，十分可怖；眼睛肿成了细长的缝隙。他在微笑。

霍华德站到弗雷斯特的身边，人群哗地散进黑暗之中，有些人跑回了屋里。杰弗逊·丹沙佐站在那里，胸膛起伏着，他同弗雷斯特交换了一个眼色。弗雷斯特仍站在原地，铁手指垂在手上，电光火石之间两人似乎完成了某种交流。弗雷斯特点了点头，杰弗逊转身朝屋里走去，把拥在门前往黑暗中窥视着的的女人和孩子们赶了回去。在杰克听来，头顶那阵咆哮声渐渐变成了一阵尖叫。那个没穿衬衣的男人安静地躺在草地上，双臂伸开，手上还拿着那柄刀，嘴巴变成了一只血洞。杰克看见被击碎的牙齿在他鲜红的嘴唇上闪烁着。杰克蹲在草地上那个不省人事的男人身边，他闭上眼睛，双手捂住耳朵，想堵住那声音。

Chapter 21

1930 年

黑水湾的两岸寸草不生，像掀开裙子露出的两条光腿；严重缺水的植物根系在岸边蜿蜒丛生，没入剥落的土壤中。狭窄的河谷边是高峻的山壁，树木从峭壁中伸出头来，几乎有半数已褪成了白色，绿林之中露出大片的红色和黄色。杰克和伯莎看着原本黑色的河水干涸成一条细流，几乎被两岸的桦树叶填满，宽大的叶片上沾着橘黄色和金色的斑点。伯莎用一根棍子搅着树叶。

这才八月，就像到了秋天，她说道，这天时不对。

这么热的天，烟叶是长不出来的，杰克说道。

伯莎点点头。杰克看得出伯莎并不像此地的大多数人那样深谙农事，能够不由自主地将天时和地里经济作物的收成联系起来，在这点上两人有着共同之处。

上一场雨还是在早春四月，之后便让位给漫长的干旱。万里无云的晴空蓝得耀眼，烈日下的尘土晶晶闪亮。刚抽条的作物在短短几个星期内便枯死殆尽，瘦骨嶙峋的家畜在河床的沟壑之间舔舐着，把口鼻伸向龟裂的土壤深处每一块软泥。鱼儿拥挤在深处的旋涡之中，男孩子们涉入水中，徒手抓着泥鳅和鲤鱼。成群的麋鹿被干渴逼下山来，寻找水源和一线生机。夜晚，扫过田野的车灯正抓住它们那双闪烁的眼睛。苍老的迷信之人仰着灰白色的头，在富兰克林县的树林里穿梭着。冷不防就会在一棵树上发现一条头被钉住的死蛇，这是一种古老的祈雨仪式，希望森林之神能够把雨水带回来。县里到处是发育不良的枯黄烟叶，红色的土壤覆盖住杂草，无风时粉尘也扬入空气之中。如同呼吸一般，呼进去的是干燥，吐出来的依旧是干燥。每道缝隙之处都蒙上了一层土，它们落在狗的眼睛上，盛着猪板油和马肉的平底锅里，清扫过的地板几分钟后就能用手指捻起一撮灰土。男人们低头站着，双手插兜，踢着脚上的靴子，希望一场骤雨的降临。他们知道烟叶枯死之后，狩猎就会开始。到了八月，孩子们也变得无精打采，比往年安静许多。他们三三两两地走到干涸的河谷里，做着摸到冰块的白日梦。1930 年的整个夏天，弗吉尼亚南部的女人们站在自家落满尘土的厨房里默默哭泣着。

杰克和伯莎站在一片从水面伸出老远的栗子树林下，泥龟在树根处趴成一排。伯莎凝视着水面，杰克放松下来，伯莎似乎很乐意就这样默默地同他坐着，望着落叶掉入水中。山边的天色随着夜幕的降临渐渐变成紫色。杰克的车停在一片红色的苜蓿花丛中，身后是一大片羊茅，引擎在烈日下哒哒作响。杰克原想去落基山镇或者罗阿诺克的什么地方，但伯莎建议他们就在黑水湾那条流经塔兹维尔农庄的支流边坐坐。

你停车的那个地方，伯莎开口说道，小的时候我跟姐姐一起在那块地上种过二十磅的玉米。爸爸说种完玉米就可以去游泳，所以我们就去种了。

我猜你们没游成泳，杰克说道。

一直忙到秋天才种完，不管怎么样，我们还是游上了泳，那天跟今天很像。

杰克盯着她裹在及膝的马裤和袜子里的小腿。她的上身穿着一件微皱的白衬衣，已经被汗水打湿了。脚上的棕色低跟皮鞋皮质十分柔软，鞋面上有一道道磨损的褶痕。

你现在想去游泳吗？杰克问道，

不想。

他希望这话能让她脸红，可她却若有所思地看着水面。

你定期去教堂吗，杰克？

不能说定期去。

那你是哪种教徒？

小的时候我母亲经常带着我们去雪湾浸礼教堂。但之后有很长时间没去了。

杰克拽着生长在岸边的强森草*，在膝边拢作一堆。

那对你来说一定很难过吧，伯莎说道。

什么？

你母亲。

---

* Johnson grass，一种产于地中海地区的多年生粗糙草本植物，石茅高粱蜀黍属。

哦，杰克应着话，是的。

还有你的姐姐们。

杰克盯着那条没入大山的谷道，那是延伸到县城北部的新电线。深蓝色的天空中，萤火虫在河岸边的树林闪闪烁烁。杰克对姐姐们的记忆很短暂，只记得她们并排躺在地板上。母亲的脸上盖着一条被子。艾米坐在厨房的地板上张着嘴嚎啕大哭，脸上布满泪痕。

你还会弹其他乐器吗？杰克问道。

我会弹任何一种带弦的乐器，曼陀林、小提琴和班卓琴之类的。以前在罗阿诺克的鲁里坦俱乐部*弹过几次钢琴。

我以为丹克尔教徒是不允许弹奏音乐的，杰克说道。

伯莎目视前方微微一笑。

不是所有人都不允许。有些人不喜欢，可爸爸允许我们弹，我家里人都会弹两手。小的时候，祖父就把所有的乐器都给我们。后来姐姐们不弹了，于是我开始弹那些她们弹过的乐器。你喜欢音乐吗？

当然喜欢。

伯莎笑了起来，杰克看见一道白光闪过，他发觉伯莎很少露出她的牙齿。她嘴里上下两排犬牙紧挨着中间的门牙，牙尖很利。

你弹奏什么乐器吗？伯莎问道，

不弹，杰克回答道，我们家什么乐器都没有。即便有，估

---

* Ruritan Club，美国一个全国性服务团体，由从事各种职业的人士组成，旨在加强相互联系及友谊，为公众福利服务。

计我也不会弹的。我喜欢听，喜欢跳舞，我哥哥弗雷斯特有一台收音机，能收到威林和其他地方的节目。很快我也会给自己买一台的。

你喜欢我们的教堂吗？伯莎问道。

喜欢。

看上去可不像。

说起来挺可笑的，杰克说道，我说的是里面的音乐，开始听着挺不错的，不像一般浸礼教堂的歌声，可还是挺不错的，那些声音……呃，它似乎在我身上起了一些变化，我能听到每个人的歌声，每一次都听到不同的人发出的声音，好像我能把它们区分开来。

我想我明白你的意思，伯莎说道，有的时候我也能听到，通常是我在弹奏的时候，我能听出每个人的弹奏声。

那时候我喝醉了，你知道的，杰克说道。

我知道，她说道，但这没有任何关系。你还是听到了。有时候虽然没有任何声音，我也听到了脑子里的音乐声，你呢？

我想是吧，杰克说道。

夜幕降临，两人沉默了一会儿。河水拍打着岸边，发出低低的呜咽声。阜丛里的蟋蟀叫声愈来愈响。杰克想着哥哥们和地里死掉的庄稼。父亲能从店里的收入中弥补田里的损失，可大哥没有这个能力，弗雷斯特不得不同意增加产量，可杰克发现自己希望事情能保持原样。在丹沙佐家那晚的景象在他的脑海里浮现出来，霍华德那恐怖的模样，那个牙齿被打碎的男人的脸，弗雷斯特轻描淡写挥出的一拳，还有阁楼上的响动，这一切像是褪了色的星星流转在夜空里。

我戒酒了，杰克说道，今后都会滴酒不沾。

真的?

那天晚上在你们教堂，杰克说道，就像我之前说的，那音乐声……真的很动听，我以前从没听过那样的音乐，可听着听着它就变了。屋顶仿佛要掉下来，我头顶上的空气像被……撕裂了，教堂里像是响起了惊雷，而且雷声越来越大。

一定是酒精在作怪，你觉得呢?

也许，杰克说道，我不清楚。我以前也喝过不少，可从没出过这样的问题。更糟糕的是我开始看见一些东西，比如你的祖父，那些牧师朝我走来时，他……他的嘴里伸出了一柄剑，我就是那时候跑掉的。

一柄剑?

伯莎吃了一惊。过了一会儿她发出一阵疲倦的笑声。

那真是……挺稀罕的。

也许是我脑子有病，杰克说道，也许我真的疯了。等一等，我有东西给你。

杰克急忙跑到车子那里，带回一只包装精致的盒子。

我不知道尺寸，杰克说道，但他们说可以按照你的要求改。

盒子上蒙着金色的包装纸，伯莎解着扎在上面的绳子。

杰克，她边解边说，我觉得这样不好。

打开看看。

盒子里装着三条绸缎的裙子，其中一条镶着毛边；还有一只镶着涡形珠片的皮夹；两条刺绣长围巾和一副丝绸手帕。伯莎把每样东西举起来，然后放回包装纸上。焦黑的土地上映着那几条颜色绚丽、做工精细的长裙。她的眼睛里噙满了泪水。

你不喜欢它们?

我喜不喜欢根本不要紧，她说道，我不能收下这些东西。

钱不要紧，杰克说道，我挣的钱不少，这些只是九牛一毛。

伯莎坐了回去，双臂交叉叠在身前。

把它们拿走，她说道，请把它们包好放回去，求你了!

杰克笨拙地把衣物拢成一个球，忙乱地塞进包装里，然后把绳子重新系好。

我只是想给送你一些好东西，他说道，怎么了?

我不要。

伯莎用手指抹着脸，竭力让自己镇静下来。

你觉得我能穿着这些衣服去哪儿?她说道。

我不知道。

你觉得我能穿着那些东西……回家?

你不喜欢吗?

我喜不喜欢根本不要紧，杰克。我没有地方穿它们，懂吗?

河水现在变成了黑色，在转弯处蜿蜒而过，流入一道树沟里，黑黢黢的树沟像一只张开的嘴巴。杰克感觉到身后那片开阔的田野，他看着自己那几根被染成草色的手指。

我带你走，杰克说道，我带你去那些天天穿这种衣服的地方。

你凭什么觉得我愿意跟你走?伯莎说道。

伯莎凝视着暗下来的天空。银河飘荡在水湾和大山的头顶。妈的，杰克暗想，现在怎么办?

两人安静了一会儿。杰克感到自己身边的这个女人像一颗巨大的星星躺在草地上。突然间，他觉得自己赤身裸体，在黄昏的余热中一阵颤抖。别收回刚才的感觉，杰克想到。

你现在听到音乐声了吗？伯莎问道。

听到了。

好听吗？

挺好听的，杰克说道。

Chapter 22

1935 年

邦杜兰特百货商店位于国道22沿线的一处深谷里，两边的山路蜿蜒几百英尺攀上火鸡山的山顶。一群围坐在炉边的老头指引安德森来到马路对面的暖房，在那里能找到格兰维尔·邦杜兰特。早春四月，炉膛里空空荡荡，安德森注意到不管是什么季节，这只炉子总是焦点所在，人们聚在它的周围聊着天。一排歪斜的黑色垂柳和糖槭将一座粉刷成白色的原木小屋遮在丁树荫里，树上的新芽已经长出了叶片。一大群瓢虫飞舞在暖房的侧檐周围。安德森来到门前，明显感觉到凉气逼人。黑暗的建筑里，地面和墙壁的低矮处长满了潮湿的苔藓，整间暖房如同地下石室般闪烁着微光。格兰维尔正在接水，泉水从水龙头上哗哗地流到铁桶里，安德森还没来得及开口，格兰维尔似乎已经感觉到了来人，他转过身来。

您随意。

桶里快接满了，他弯下腰把水阀关上，然后把桶拎下来，拿起一只舀瓢喝了一口。

谢谢，我会的。

安德森从舀瓢里喝了一口，冰凉而甘甜的泉水让他感到惊讶，他从未尝过这样清爽甚至有些微辣的水，入口之后有种柑橘的微微清甜，他一口气喝完了瓢里的水，然后把舀瓢递给了正盯着他的格兰维尔。

这水真好喝，安德森说道。

你以前没喝过雪湾的水，是吗？

我从来没喝过那样的水，我的名字叫舍伍德·安德森。

格兰维尔·邦杜兰特，很高兴见到你。

格兰维尔不慌不忙地又给他舀了一满瓢。

你要去哪儿？

不去哪儿，安德森说道，雪湾的水都像这样？

比其他地方的好，这里的水比较特别。

那片地下蓄水层里的压力很高，安德森说道。

这片河湾已经流淌了六十多年。

格兰维尔踢踏着脚步朝门口走去，安德森又给自己舀了一瓢，津津有味地喝着。

你看见那片山了吗？格兰维尔说道，几乎全是纯石灰岩，就跟这里的石头一样。

他指着柳树下一片伸出地面的蓝色石灰岩。

就是这些石头起的作用，这里的水全都从这种石灰岩上滤过。这间暖房免费向众人开放。

安德森觉得应该趁此机会切入话题。

所以这里的东西长得都很壮，安德森说道。

是的，马壮牛膘。

这里的水喝上去像我在肯塔基喝过的几次，我想这大概是那些私酒贩子很喜欢这里的原因，是吗？

格兰维尔眯起眼睛看着他。

也许吧，你从哪里来？

马里昂。

旅途真够远的，来店里随便坐坐吧。

他们离开了暖房，格兰维尔拎着那桶银色的水。

邦杜兰特先生，我能不能问您几个关于您儿子的问题？

格兰维尔停下了脚步，两人站在路边，安德森觉得这是一种默许的信号。

大约在 1930 年冬天，安德森开口说道，你的几个儿子在蛆虫湾遭到枪击。

我什么都不能告诉你，格兰维尔说道，再说你不是已经知道了。

也许，安德森说道，我就是好奇究竟是什么事情导致那次枪击事件的发生。报纸上的报道十分模糊，之后又发生了什么。对开枪的代理治安长官查利·雷克斯的指控似乎很快就撤销了。

是的。

你能告诉我那是为什么吗？我只是想弄清楚事情的始末。

格兰维尔放下水桶。阴凉的暖房外，太阳毒辣地晒着。一辆汽车从北面的山顶滑下山路，叮叮当当地从两人身边经过。格兰维尔抬起一只手打着招呼，那辆车的司机也从方向盘上抬手示意了一下。两人目送着那辆车艰难地爬上山。

安德森先生，格兰维尔说道，为什么不直说你的来意？

抱歉？

你想知道什么？

我并不想惹什么麻烦，安德森说道，我只是对这件事很感兴趣。

你是联邦探员？

不是。

格兰维尔不动声色地消化着这些信息。

这里的人，他说道，都不爱多管闲事。

我注意到了，安德森说道，我只是想弄清楚为何在冰冷的冬天，您的三个儿子载着三辆装满酒水的汽车经过一座木桥时，会遭到一名代理治安长官无情的开枪射击。

世道艰难，格兰维尔说道，这里的人大多数都身无长物。

我了解。

我儿子的命是他们自己的。

我能理解。

格兰维尔脸上的表情似在暗示关于此事的谈话到此结束，但他人依旧站在路边，那桶水放在他的脚下。他的几个儿子到底是不是臭名昭著的私酒贩子，联邦探员缉查的犯罪分子，令他蒙羞的家门之辱？富兰克林县的人似乎并不认为私酒是什么问题，许多人似乎将它同公民责任联系在一起；它让人成为一个好公民，一个“真正的”富兰克林人。

有些人，格兰维尔说道，他们说威士忌能溶进你的血液里。一旦被勾住，就再也无法挣脱。

他耸了耸肩，往工装裤上抹了抹手上的灰。

我竭尽所能养大几个儿子，他们在1919年的大流感中失去了母亲和两位姐妹。

我很抱歉，安德森说道。

这对他们来说很艰难，尤其是我的小儿子。

您说的是杰克？

格兰维尔转向安德森，深深地看了他一眼，在他的脸上搜寻着什么。

祝你今天过得愉快，安德森先生，欢迎随时来喝一杯这里的水。

从雪湾回来的那个下午，安德森漫无目的地在落基山镇的大街上走着，信马由缰，神思昏昏。果园大街*商店橱窗里的一则传单吸引了他的目光："今晚集会：弗吉尼亚反共产主义集会。"这张传单让他在几个月里头一次想起了30年代的抚恤金游行**，镇压行动和联会广场骚乱。***他在想富兰克林县的人，邦杜兰特三兄弟和所有住在雪湾的居民是否知道或者在意这些事，他自己又在意吗？几年前在纽约，共产党的领导人曾邀请他会晤，他欣然前往，他们告诫他注意自己写给胡佛总统那封发表在《国家》****杂志上的公开信。在那封信里，他说因为有着同样的背景，所以他能够理解胡佛的困境。国家权力的腐败，

* Orchard Avenue，落基山镇的一条街道。

** Bonus March，1932年，两万名退伍军人在首都华盛顿举行示威游行，要求政府兑现之前许诺的奖金福利。

*** Union Square Riot，爆发于1930年3月，美国共产党组织失业工人在旧金山的联合广场举行示威游行，抗议大公司的垄断引起的食品和租金上涨。

**** *Nation*，一份以政治和文化为主题的美国杂志，成立于1865年7月6日，是美国最早连续出版的周刊，自我定位为"左翼的旗舰"。

那些唯唯诺诺之人和奴才们将原本高尚的政策意图带入了歧途。共产党人说这封信只会引起民众对胡佛的同情。

为什么要对他们点头附和，安德森说道，向民众揭露那些围绕在总统周围的破坏性影响和那些在美国不断壮大的力量原本就是他的初衷。

都是钱闹的，他们说，钱就是灾难，而他也是问题之一。

他们斥责他，可他并不在乎。我表达的是我的观点，他说道，而不是你们的。

自那以后，安德森跟共产党的对话就结束了。安德森想起了在哈莱姆地区同伯特兰·罗素交往的日子，罗素是一位伟大的和平主义者，他一生理性，温文尔雅，是被压迫者的代言人。一天晚上在某家俱乐部里，两位黑人女性被宴会主人安排到了他们那一桌。两位女性都相当漂亮，有着良好的经济条件和社会教养。整个晚宴中，安德森一直同其中一位交谈，之后又同两位女士都共舞了一曲。他记得她们那充满音乐感的笑声，温柔的黑色眼睛，以及镇定自若的言谈。那是个清新而宜人的夜晚，安德森觉得年轻了许多。后来走在大街上，罗素抓着他的胳膊肘，蓬乱的眉毛一阵乱颤，安德森同两位黑人女性跳舞惹得他有些不高兴。

还没完，老朋友，他说道，这事儿没完。

这是从一个认为孩子应交给国家抚养的人嘴里说出来的。

罗素这个老顽固。

人行道上拥挤的人流将安德森从闲庭信步的幻想中惊醒过来。他正走在果园大街上，逆向人潮，几十位年龄各异的男男女女迎面走来，这场景令人瞠目，富兰克林县的大多数地区人烟稀少。难道是有集会？人群之中并无异样，他们向着从边上经过的安德森点头致意。人们面带微笑，肩膀舒展，脸上闪耀着幸福的光芒。他们正享受着愉快的下午时光。他们这是要去哪儿？他又是要去哪儿？在人群中，安德森感觉人人都在享受美好的一天，体会着片刻的生命，而他只是从这其中穿行而过。为何总是这样？

走到东亭街时安德森才明白刚才那群人是从哪儿来的：可口可乐瓶装工厂。下午的工哨已经吹过，轮班的工人到了下班时间，高高兴兴地结束了一天的工作，各回各家，安德森暗想到，他们对紧张而重复的工作感到厌倦吗？他们的头脑是不是被碾成了碎片？《穷白人》到最后还是失败了，可看着那群人，安德森感觉到自己在那本书里写出了一些真实的东西。如果他们能把头脑用在学习上，对智力活动的运用上……可为什么？这样一个美妙的下午就在眼前，工作完成了吗，被遗忘了吗？

美国工人迈步前进。

在寄宿旅馆的房间里，一张字条塞进了他的门缝里。

[安德森先生，

如果想同我面谈，请明天下午三点钟来我办公室。

致敬

C. 李

富兰克林县检察官]

州检察官的办公室里摆着一张巨大的办公桌，后面的墙上固定着一件硕大的狩猎战利品——一只有八个尖角的雄鹿头。卡特·李穿着一件轻便的淡蓝色亚麻西服，灰色的呢帽放在桌角。

这是灰胡桃木，卡特·李的手指敲着办公桌。很不错，是不是？

安德森点头微微一笑。

那头鹿是你射杀的吗？

当然是。

卡特·李得意地笑着，双颊闪着红光。

是在靠近斯汤顿*的山谷里吗？我兄弟在那里有块地，那里的狩猎活动很不错。

你在这附近打过猎吗？

别扯了，卡特·李说道，富兰克林县已经有四十年没见过一只麋鹿了，除了旱灾那几年。

那是为什么？

原因不太清楚，卡特·李说道。这里一直有大片的烟叶地，它们并不是被猎杀光了，干渴把它们自己逼了出来，喝水的欲望战胜了对死亡的恐惧。我读过你的《暗笑》，挺有意思的一本书，你现在在写新书吗？

第一次在富兰克林听到有人提起他的作品，这让安德森吃了一惊。

没有，安德森说道，我来这里是为了写报道。我在马里昂有几家报纸和——

我很了解你的几家报纸，卡特·李摆了摆手。那个贝克·费弗专栏真的很幽默。你应该把它们辑录成书。

也许会的，安德森说道，可今天我来这儿是谈其他事情的。

---

* Staunton，弗吉尼亚州境内的一座城市。

安德森的这句话让卡特·李的的脸色一阵黯然，他的眉毛抖落了下去。

我们这里的确有不少故事。

是的，安德森说道，尤其是这次开庭审理的阴谋案，嗯？

卡特·李眉头一皱，坐回了椅子里。安德森拿过桌上的烟盒，从里面摇出一根香烟。稳住，安德森心想，对面这家伙是个笑面虎，他的武器就是笑容和鼓励，直接行动会堵死后面的话。他点着了香烟，卡特·李把一尊沉甸甸的玻璃烟灰缸推到他面前。

您说的阴谋罪尚无充分证据，还只是指控，卡特·李说道，可您该知道我不能谈论此事。

我理解，安德森说道。

倒也不是什么都不能做，我不想说我们是在浪费时间。

威莉·卡特·沙普已经被羁押了吗？

卡特·李露出那副永恒的恬淡微笑。

是的，但那并不是我们的功劳。他们是在圣路易斯抓到她的，当时她正躲在一个私酒贩子家的车库里。几天前我们把她押回了落基山镇。

我能同她聊一聊吗？

不行。你得等到开庭以后，所有人都一样。

那谋杀杰夫·理查兹的人呢？

我们已经掌握了一些线索，调查还在进行中。

就这样？他身上中了二十几枪。

是的。

查利·雷克斯呢？

可怜的查利只是不走运，肺炎并不是致命的。

明白了，接下来我们能不能谈谈邦杜兰特兄弟在蛆虫湾被枪击的案子？

卡特·李点了点头，在一只抽屉里翻找着。

那大概是五年前的事了。

我知道，安德森说道。

报纸上关于这件事的报道很详尽，卡特·李说道，你能在那上面读到所有的内容。

但您的办公室并没有对此事展开正式调查，安德森说道。

没有这个必要，卡特·李说道，当时的情况十分清楚，双方也达成了一项协议。

什么样的协议？

卡特·李抽出几张纸，在手指间翻得哗哗作响。他并不是真的在看这些东西，安德森心想。

关于那三兄弟，有些事情你必须知道，卡特·李说道，他们不是那种经常去教堂的人，你懂我的意思吗？那三兄弟绝不是唱诗班男孩，自从穿开裆裤起就不是良善之辈。

那位代理长官似乎想置他们于死地。

卡特·李俯身趴在桌上，眼睛皱成了细缝。他的皮肤十分光滑，没有疤痕，像是一直使用昂贵的护肤品或者软膏。他的指甲很光亮，指甲盖上新月形的月牙白清晰可见。他的手上戴着两枚沉甸甸的金戒指，简单的婚戒样式。显然，执法人员挣的钱可比私酒贩子多，安德森心想，最终法律还是提前颁布了。

那几个孩子，卡特·李说道，睡觉时也摸着枪。他们直接威胁过执法人员。

为什么杰克·邦杜兰特在举起双手的情况下遭到了枪击？

呵呵，卡特·李轻笑一声，人在被枪指着的时候会做出一些可笑的事情来。

他坐回椅子里，双手叠在脑后。

有些人，他说道，似乎希望找出那些毁掉自己的东西，用一个时髦但真实的字眼说，他们是 achimist. 富兰克林这地方似乎有很多这样的家伙。那三兄弟似乎找出了最恶劣的那种，只能这么解释。

卡特·李絮叨了一会儿富兰克林的历史和其他东西，安德森发现自己的注意力飘到了其他地方。他审视着墙上的那只鹿头，然后又抽出了一根烟。从眼前这个人那里是问不出什么东西的，他的话虚虚实实，无法全信。如果一个人生来就是谎言家，空想者，为什么不去做你注定成为的那种人？

他同卡特·李握了握手，然后穿过广场走回了那间寄宿旅馆。街上清新的微风吹来了乡间的味道，安德森想起了自己在玉米地里的时光。他有许多时光走在玉米秸秆之间，晚上躺在地里看着摇曳的叶片拂过头顶的星辰，昆虫在他的耳边低声吟唱，他深深地嗅着作物生长的味道，那是生命的味道。那时他正在特劳特代尔*那间狭小的房间里写《柏油》**，那是他年轻时的故事。屋外是一片玉米的海洋，在那些日子里，安德森觉得自己成了玉米的信徒，侍从和祭司。他在玉米地里大声地念着《柏油》的大部分段落，昆虫和乌鸦是他的听众。那年他对

---

* Troutdale，俄勒冈州的一座城市。

** 《柏油，一个中西部人的童年》（*Tar, A Midwest Childhood*），舍伍德·安德森的代表作。

自己的妻子说书就该那样写，应该拿到玉米地里大声地朗读，只有这样才能写出真正的美国文学。扯淡，安德森心想，要不是先在脑子里创造出《柏油》的故事，让自己在他的身上活了一遍，我是一个字都写不出来的。乔治·威拉德也是这样。一个充满幻想的人在工作中跟那些头脑冷静的家伙打着交道，努力地在现实世界站稳脚跟。《暗笑》也能放到玉米地里大声朗读吗？《也许女人》能吗？他是如何偏离了那本质的感受？

在寄宿旅馆的房间里，安德森在给伊莲诺写信。他喝了一小杯在桑塔格的一间加油站购买的桃酒，努力地回想着爱人伊莲诺的形象，可他想起的却是麦琪那瘦削的身材，她穿着艳丽的裙子，在黑水加油站的柜台后吸着烟。桃酒的味道清甜可口，安德森将一张白纸平展在桌上。

[伊莲诺，

此地在很多方面同其他任何一处地方都很相似，在这里，古老的技艺已被工业之手扼得死死的。人们走在炎热的夜晚，仿佛这是他们最后一个晚上。

然后，这里的土地似乎渐渐耸立成形，这片看似简单的土地异常复杂。我感觉衰老而孤单。当然，这里的风景和复杂造就了这里的美。如果这里的土地平淡无奇，这里的世界和居民波澜不惊，那我们一眼便能看穿那单调而可怖的一片空白。

在富兰克林的群山和街道上，我看到了残留的美好。可每当我闭上眼睛，我还是看见了那一片平滑的空白，那令人惊骇的单调吞噬了一切，这到底是为什么？

每晚躺在床上，我发誓有什么东西摇晃在黑暗之中，那巨大的形状渐渐逼近，像一个重物压在我身上。

报道会写出来的，但对这里发生的事情我有了新的打算，也许我会写一本新书，我想这将是我最后一部作品，也是最好的一部。如果我能在那个巨大的形状逼近之前躲开就好了，我只是不知道我能不能躲得开它。

伊莲诺，《俄亥俄的温斯堡》这本受到诅咒的小书真的成功过吗?]

Chapter 23

1930 年

伯莎·明尼克斯站在车道的尽头，身穿一套男式工装服，上半身套着一件黑色羊毛衫，头发掖进一顶柔软的工人帽里。杰克把车绕到她的身前，还没等车停稳，她的人已经在车里了。这是一个湿寒的秋日，天空一片灰蓝，风无情地刮着，猩红色和金色的树木变成了细瘦的纺锤。伯莎的脸闪着激动的红晕，杰克忍不住微笑起来，他开着道奇车冲上了通往雪湾和火鸡山那如搓衣板一般颠簸的路。

爸爸今早挤奶去了，伯莎说道，妈妈看着他把母牛牵到了山上的家里，他就在后门外挤的奶，一共挤了四桶，然后又把它们赶下了山。

杰克往嘴里塞了一根小雪茄，然后在仪表板上擦了一根火柴。他穿了一件及膝的驼绒大衣，戴着一双皮质手套，上面印着他名字的首字母缩写。

妈妈问他，伯莎继续说道，你为什么把母牛一路赶上山来挤奶？为什么不在山下挤？父亲说：奶出在奶牛身上，把它们赶上山比我拎着奶桶上山轻松。

你们的父亲真好笑，杰克说道。

说话当心，伯莎用胳膊肘使劲拐了一下杰克的肋骨。

他们把车开上山麓西面一条几英里的伐木路，杰克把车停在了一片阴凉的桦树和枫树林里。他们爬上一面山坡，走在落叶的地毯上，伯莎伸出一只手，握住了杰克的手。

小时候，伯莎说道，我们会像这样踢着落叶，假装那个声音是身上穿的丝质衬裙发出的。

她踢了几下脚，然后歪头微笑地看着杰克。

在参加聚会的路上，她说道，我们一队女孩会踢着脚边的落叶，假装我们穿着礼服，走在去舞会的路上。从横跨在小溪上的木头上走过去就算是走在城市的人行道上。我最希望的事就是去参加一场盛大的豪华舞会，可我现在只能是这样。

她扯了扯身上那件宽大的工装服。

你等一下，杰克说道。

走了一会儿，俩人分开来，杰克指出他们的路标，告诉伯莎在树林中不要走直线，跟他至少保持五十英尺的距离。

脚步放轻，他说道，尽可能地不要踢到叶子或者折断树枝。记住，这类迹象等于大喊着这里有人！不要回到车子那里。

伯莎夸张地向他敬了个礼表示服从。

不开玩笑的，他强调着。

我知道。

伯莎走在杰克身后一侧下山，稍微落后他一些。他在前面领路，两人绕过山坳，穿过一片长草连天的高坡，然后钻入一片密林。密林中有从地里凸起的石灰石。

伯莎听说过威莉·卡特·沙普的种种事迹，她开始连珠炮似的向杰克发问。

她的牙齿上镶着钻石，伯莎说道，他们说她的车藏在州里各个地方，只供她一个人使用，没人能抓到她。

我才不信这些，杰克说道。

你这是酸葡萄心理，伯莎说道，她是这里最有名最有钱的私酒贩子，所以你不喜欢。

不是这样的。

我在报纸上读到报道说她是大美人，你见过她吗?

我见过她，杰克说道。

真的?

我是说报纸上说的都不对。

杰克本人从未亲眼见过威莉·卡特·沙普，可其他人，包括弗雷斯特都见过她。米切尔双胞胎哥俩说他们在戍亭湾的一间加油站见过她带领着一支大车队。他们告诉杰克她穿着男人的长风衣，抽着雪茄，同那些男人大笑着，看上去像个电影明星。他们说她跟那里的男人一样高，披着长长的黑发，穿着高跟鞋，手腕上挂着钻石珠宝。塔马基·杰米森告诉杰克他在罗阿诺克见过她。他对她的描述是一个如同麦芽浆桶一般矮粗的女人，长了一张歪嘴和一对母猪般的小眼睛；[她那张猪脸可以把树桩子拱起来，]杰米森如是说。她曾从黑水加油站带领车队驶出县城，弗雷斯特只是说报上写的东西不能信。杰克曾读过一些，对那些夸大其词的煽情报道吐了吐舌头。最近几个月他已经十分了解押运过程中那折磨人的无聊，从胃里涌起的害怕和那些疲惫与恐慌。伯莎不相信杰克向她描述的东西。好吧，杰克心想，那我就带她去看看真家伙，不会有事的，也许她会看出他才是真正做事的，而沙普只是报纸上的意淫。杰克希望自己能向她吐露实情，他曾以为私酒贩子的生活就是那样，他也信过那些故事，甚至仍相信自己的生活将会发生转变，那种罗曼蒂克的想象是有可能实现的。这些想法让他暗自羞愧。

我们跟弗洛伊德·卡特做过一些生意，杰克说道。

真的？她的前夫？

是的，在本宁伯，就是最近。

听人说那地方就像一条酒巷，伯莎说道，每天都有人用枪对射。

那里并不是人们说的那样。

杰克渴望用新的花样打动身边的这个女人，他的心就像一包杂货夹在她臂弯里。他隐隐意识到自己要去的那片广阔天空需要得到她的承诺。杰克穿行在林间，摘下帽子抚平头发，光滑可鉴的发丝上散发着柠檬香味的头油，他对自己微笑起来。

走过空地后的最后一段路需要先上一道陡坡，然后穿过一片长满针刺的黑果和豚草的篱笆，在距离一百码的地方杰克开始吹口哨。当他们走到空地上时，蝈蝈·帕特正蹲在一座蒸馏器的锅炉旁，边上是一桶水泥。六台铜质的蒸馏器像潜艇一般一字排开，才经过一季的使用，炉身已经被烧成了煤黑色。盛装麦芽糖浆的盒子十个一排堆放在空地上，其中有几盒正被翻滚搅动着，空气中弥漫着冲人的发酵味道。蝈蝈眨了眨眼，盯着伯莎·明尼克斯的倩影。

蝈蝈，杰克介绍着，这位是明尼克斯小姐。

杰克给伯莎看了看那些盛装麦芽浆的盒子，解释了一下酿酒的过程。她用手指蘸了蘸正在咕嘟冒泡的酒精，把浮在表面的雪球推到一边，但坚决不肯尝一口蒸馏器里的啤酒。蝈蝈用一块木板搅着麦芽糖浆，伯莎在蒸馏器的四周戳戳点点，踢着散落在地上成堆的垃圾、糖袋、碎木片和五加仑酒瓶的木箱。杰克带她去看他们造酒的水源，泉水从山上石灰岩的缝隙里汩汩流出，他们用石块垒成沟渠，拦出几汪水池，让泉水通过管道导入营地里。

我们一个星期可以制造出一千加仑，杰克说道。天冷的时候缺少人手看着蒸馏器，但蝈蝈还是尽力维持了下去。等温度上来之后，我们会把它们烧热，然后用雪湾威士忌淹没整片山谷！

伯莎的注意力似乎全部集中在蒸馏器的运作上，她仔细地看着蝈蝈和杰克把盒子里的新鲜麦芽糖浆倒进蒸馏器里。太阳落山了，一旦温度够了，大桶便发出沉闷的撞击声，伯莎弯下腰，看着冷凝管内流出的一道清流从桶里散发着袅袅热气。那件宽大的工装服裹在她瘦瘦的肩膀上，让她看上去像个流浪汉。她转头用那双石板灰的眼睛冲着杰克嫣然一笑，杰克的心被猛地击中了，我的天，他心想，这种感觉我会记上很久很久。

我说，杰克说道，你带照相机了吗？

她在口袋里仔细地翻找着，掏出那架布朗尼。

让我给你拍张照，杰克说道，蝈蝈，让开点。

蝈蝈急忙在冷凝桶边蹲下。

别拍了，伯莎说道，你的哥哥们会生气的。

不用担心，杰克说道，就在那儿站一会儿，挺好的。

会不会太暗了？伯莎说道，天就快黑了。

嗯，蝈蝈接话道，我就说暴风雨很快会来的。

他用手指捻着一小撮土。

也许我们应该清场了，他说道，杰克，你说呢？

伯莎站在一座加热中的蒸馏器边上，看了蝈蝈一眼，蹲在地上的蝈蝈忙把自己缩进工装裤和外套里，他的膝盖抵在耳朵上，活像个四处蹦跶的蚱蜢。伯莎微笑着摇着头，往前迈了一步，正想从蒸馏器边上走开，就在那时杰克摁下了相机。

拍好了。

一声尖厉的口哨声穿破树林，一声，两声，三声。杰克愣住了，手里的相机举在半空中。蝈蝈站起身来，狂乱地在粗麻袋堆里翻找着。杰克竖起耳朵，听到了一阵微弱但稳健的飒飒声。伯莎一把抓住了杰克的胳膊。

怎么了？那是什么？

三人的头顶上传来一声大喊：有人！喊声回荡在岩石之间。

这里还有谁？杰克问道，谁在山上？

杰克听到山下矮树丛里枝条折断的回声，正是他们刚才上山的那条路。荆棘丛是绝佳的掩护，但也让山上的人无法瞭望到山下的情况。他必须站到高处才能看清。杰克跳上蒸馏器，踩着密封盖跃上旁边的一株榆树。此处足可以看清山坡到高地上那一片开阔地带。波浪般的长草下，四个身穿西服，打着领带的男人从树林的远端冒了出来，其中两人的肩上扛着斧头，另外两人的怀里抱着猎枪。杰克连滚带爬地下了树，掉在了地上。

有警察，杰克说道，走哪条路?

蝈蝈指了指山上。

分头跑，蝈蝈说道，到山谷以后再沿着小溪向东走。

天呐，杰克，我们该怎么办?伯莎问道。

伯莎像一头小鹿般跳着脚，随时做好了撒腿就跑的准备。杰克一把抓住了她的手。

跑吧，他说道，跟着我。

杰克把蝈蝈推到进后的森林。

跑！他妈的!

蝈蝈撒腿跑了起来，杰克和伯莎紧随其后。

在蒸馏器上方四十码处，霍华德·邦杜兰特像一尊破损的笕嘴*蹲踞在一块露天岩石上，望着正爬上山来的几个治安官。在凛冽的山风中他把衣领竖了起来，头上的呢帽压在眼睛上。一瓶一夸脱的空酒罐稳稳地卡在石缝里。他一直观察着山下的情形，看到弟弟把那个女孩带上山来，两人在营地里闲逛，伯莎用属于一个女人的敏锐眼睛发掘着营地里的各种东西，那双眼睛透露了她想赢得一片不属于她的世界的小心思。奇怪的是，霍华德对于迫在眉睫的危险感到一阵无动于衷，几分钟之内那几位治安官就会摸到营地里，他将眼睁睁地看着他们把蒸馏器毁掉。霍华德觉得是弟弟做了开路先锋，把那一队收税官带到了蒸馏器前。

那几个治安官在空地上摸这摸那，手里握着枪，互相招呼

---

* Gargoyle，装在檐头作为雨水排出口，常呈怪兽头等形状，多见于哥特式建筑。

着。霍华德看到查利·雷克斯用一只手蘸了蘸蒸馏器里的酒，想到杰克被这个男人狠揍了一顿，他有些畏缩。埃布夏尔若有所思地靠在斧头上，点着了一根香烟。杰弗逊·理查兹有说有笑，用手指叩打着被熏得漆黑一团的蒸馏器。整片山谷像水一样在霍华德眼前荡漾开来，附近的山坡像行驶在大海中的船只上下摇晃。霍华德站起身，十指交叉，把胳膊伸过头顶，弓身时脊椎一阵咔咔作响。他叹了口气，捡起酒瓶，往张开的嘴里倒着瓶里最后几滴甜丝丝的液体。他在手里掂了掂沉甸甸的玻璃瓶，然后望向山谷。华丽的山谷闪烁着一条星星点点的火光，雪湾像一条小蛇蜿蜒逶迤，落基山镇的群山连绵起伏。厚厚的云团翻滚在东面的天空，暴风雨就要来临。

今年的烟叶颗粒无收，他心想，这可能改变了很多事，也许这一切本不会发生。

沉吟片刻之后，霍华德将那只空酒瓶朝着查利·雷克斯那个椭圆形的脑袋上扔去。

杰克、伯莎和蝈蝈沿着小溪在山前走出一条路，他们听到治安官从郁郁葱葱的矮树林里摸进了营地。地上散落着被风吹落的果实和枯枝烂根，伯莎像一个惯于走山路的女孩发足狂奔，杰克不得不惊叹她那带着运动气息的优雅，他们一路狂奔，大步跨过原木和灌木丛，营地与他们拉开了几百码的距离。奔到山的拐弯处时，杰克觉得他们安全了，身后没有人追上来，照这个势头跑下去，他们是不会被抓住的，至少不会被人抓住。

蝈蝈，杰克低低唤了一声。

跑在前面的蝈蝈矮身蹲在树叶丛中，等着杰克和伯莎赶上来。当他们追上来时，伯莎用胳膊扶住一棵树，大口地喘着气，杰克用双手撑着膝盖，往地上吐了几口干吐沫。

那是霍华德吗？刚才那声是他喊的吗？

蝈蝈点点头，眨了眨眼睛。

等等，伯莎说道，刚才那下面到底发生了什么？

我们最好还是继续跑，杰克，蝈蝈说道，他们很快就会沿着刚才的路追上来的。

伯莎捋开脸上几缕沾着汗水的头发，她身上那件白衬衣已被树枝刮花了。她把手掌往裤腿上蹭了蹭。云团在树梢和山边翻滚着，暗沉的天色压了下来。杰克正要答话，突然传来几声清晰可辨的枪声，回荡在山里，那是从营地的方向传来的。先是两声猎枪，然后是手枪。

我的天，伯莎惊叫道。

杰克和蝈蝈对望了一下，蝈蝈的脸上是一阵杰克从未见过的奇怪而痛苦的表情。

杰克，对不起，他说道，真对不起。

他们在朝霍华德开枪，杰克想到。那几个混蛋正向他的大哥开枪，也有可能是大哥向他们开枪。

枪呢，杰克问道，枪在哪儿？

麦芽浆桶边的拨火棍里，蝈蝈回答道，就靠在最后一根上。

蝈蝈，带着她跑，晚上我在加油站跟你会合。

什么？伯莎一声惊呼，别丢下我！

营地传来几声模糊不清的喊声。霍华德一个人，寡不敌众。

我得回去，杰克说道。

他一把抓住蝈蝈的一只手，放在伯莎的胳膊上。

跑，赶紧跑，妈的！

杰克转身向回跑去，枪声不断从黑暗的山谷里飘来。

查利·雷克斯卸下肩上的斧头，准备向蒸馏器上抡去，突然，一只空酒瓶从他的脑后呼啸而过，砸在了密封盖上。

什么东西？

查利·雷克斯撒手放下斧子，一把从杰夫·理查兹手里夺过猎枪。

他妈的怎么回事，查利？

雷克斯举枪向山上瞄去，其他人看见了霍华德模糊的剪影，在紫罗兰的天色背景下，他两腿叉开站在一块露出地表的岩石上，双手松松垮垮地垂在身体两侧。

那他妈的是谁？

霍华德看着那些人聚拢上来，拿枪指着他，他们手中的黑色枪筒活像黑压压的虫子。雷克斯开了枪，霍华德看见火光一闪，子弹擦着他的裤腿尖啸而过，尽数打在了石头上。见子弹打空了，雷克斯又开了一枪，这次子弹依旧是低空飞过。理查兹手里的手枪也开了火，子弹从霍华德的头边飞过，其中一颗就在他的耳畔翻了个跟头，那声音听上去像一只摔跤的蜜蜂。山谷里回荡着枪声，霍华德站在那里，看着那些想杀死他的人，他们像是挣扎在泥里的微型野生动物。

你，下来！

再不下来我就开枪了！

霍华德转身朝树林里走去。对下面的人来说，光亮似乎被他带走了，漆黑一片的树林倏地跳到了他们面前。

他去哪儿了？

闭嘴，听动静！

是那个狗娘养的大块头霍华德。

你肯定？

霍华德从山上下来，那几人听到了他的脚步声和灌木丛的嘎吱声，几人忙围在一起，几只枪形成一圈防御火力。

点根火把！

霍华德头脑清醒地朝那些人走去，他的眼睛眯成了一条线，身体后仰，重心放在脚后跟上一路走下山来。他感觉动作敏捷而放松。黑暗似乎对他不构成任何影响，他敏捷地绕过木头和树桩，点起火把的那四人像是这片迅速暗下来的树林里的灯塔，他打算从他们之间穿过，然后在中间动手，放倒那四人。

在埃布夏尔燃起松枝火把的同时，杰克摸到了那柄猎枪。他蹲在麦芽浆桶的后面，离那四个持枪向黑暗中射击的人只有五十英尺。他听到霍华德从山上下来的响动，像一只受伤的麋鹿踩在树枝之间。雷声隆隆，摇撼着树林。埃布夏尔燃着火把，举在高处，火光照亮了这一小队人马，杰克蹲在麦芽浆桶后，双手抓紧猎枪。他不知道里面有没有子弹。包里没有子弹壳，他也不敢把弹匣打开检查。只能希望里面装了子弹，他暗想。

一看到他的人，就立刻给他来一枪，杰夫·理查兹吩咐道。

杰克觉得霍华德打算直接走到空地上，朝着那几支枪走去。他到底在干什么？杰克蜷缩在麦芽浆桶后，闭上了眼睛。

喂！杰克喊了一声。

妈的还有一个！

谁在那儿？

看着他！他就要从山上下来了！

赶紧跑吧，杰克喊道，你们几个现在就跑。

几梭子弹朝他这个方向射来作为对他的回应。其中一梭钉在了他所藏身的麦芽浆桶上，里面的麦芽浆汩汩冒了出来，在杰克的脚下流成一滩。火把的光亮在他头上摇曳，他不知道那几个人是不是朝他这个方向过来了。他用一只手将猎枪瞄向那几人的大概方向，位置稍稍高出一些，然后扣动了扳机。双管齐发，沉甸甸的猎枪从杰克手中掉了下来。火把的光亮立刻暗了下去，黑暗中听到一声惨叫。

我的天！有人喊道。

妈的！去拿火把，亨利！

杰克听到理查兹的尖叫声。

他在这儿！

一枚手枪子弹飞了过来，只听得一声闷哼，紧接着砰地一声，之后是脚步飒飒踩在落叶上的声音。

杰克从箱子后面张望着，借着地上火把的微光，他看到哥哥像一个盘成一团的怪兽从树林里一跃而出。那几人畏缩着向后退去，地上倒下一人，正捂着头。借着跃起的力道，霍华德的一只拳头挥向一个正打算扭身后退的人身上，这一拳正中那人的肩膀，杰克看见那只胳膊甩了起来，骨头扭成极不自然的角度从衬衣下戳了出来。查利·雷克斯趴在地上摸着枪。杰弗逊·理查兹从火光中一闪身，朝山下狂奔去。埃布夏尔挣扎着站起身，一边脸上沾着一条血迹。他抓住躺倒在地上的人，咕哝着拽着他的肩膀想扶起他。霍华德冷静地站在摇曳的火光中，看着倒在地上的那三人。雷克斯抬头看着他，双手在树叶中刨找着他的枪。

我他妈的要杀了你！

杰克站在雷克斯的面前，用枪瞄着他。他知道自己希望眼前的这个人低声下气地求饶。他要用枪管抵着他的脸，让他求自己放过他。黑暗似乎将他和他手中的枪以及其他人分开了。他把枪从胯部抬起，瞄准了雷克斯。

喂，雷克斯，杰克喊道。还记得我吗？

雷克斯抬起头扭脸望着，睁大了眼睛。三步之内，杰克便完成了掀起斧头和扣上扳机的动作，这让他大吃一惊，仿佛杰克的手指自行完成了这一系列动作。霍华德看着他，脸上死水一般空白。斧子当地一声结结实实地落在了空室内。霍华德踩灭了火把，把它们扔进了黑暗之中。

走吧，查利！埃布夏尔喊道，理查兹跑了！

杰克愣住了，呆若木鸡地在黑暗中一动不动。黑暗中传来那几人挣扎起身的声音，那个肩膀被打脱臼的人哼唧着。几人用胳膊互相搀扶，步履艰难地朝山下走去。又是一声枪响，子弹一闪而过的微光照亮了布满蜘蛛网的树枝和一只举着手枪的手臂。一枚跳弹擦着杰克的耳朵爆炸开来，穿进了树林。杰克蹲下身，双手护着头。他不想去抓雷克斯了，当斧子掉进空室里时就不想了，他想跑。雨点打在树上，一阵瓢泼大雨浇了下来。黑暗中传来霍华德的声音，清楚而平静，就在他的耳边：

走吧，杰克，现在就走。

杰克撒腿往西面的山下跑去，朝着树林间露出的那一线微弱的地平线奔去。

破晓时杰克终于到了父亲的家。他浑身溅满了泥点，骨头快散了架。他几乎跑了一宿，在黑暗的迷雾中从山上沿着雪湾一路奔回家。那阵暴雨匆匆而过，地上几乎已经干了。走上车道时，父亲正要出发去店里，经过杰克时，父亲头也没抬，一言不发。杰克蹒跚着走进他的房间，瘫倒在床上。他一觉睡到中午，被游走的阳光和外面的动静弄醒了。爬起身后，他在厨房里吃了几块饼干，就着冷水吞了下去。就在他大口喝水的时候，昨晚那场经历铺天盖地地砸了下来。那几个治安官会在白天返回他们的营地，毁掉那些蒸馏器。他们会带上更多的人和枪，炸掉那个地方。几千美元的货物和材料，整个一季的工作和那些尚未到手的收入都会付之东流。那几个人不可能尾随他上山的，他很小心，没有留下明显的踪迹。他一缩手，玻璃杯重重地落在柜台上，杯底摔碎了，划伤了他的手掌。该死真该死。他不该带上伯莎，很明显这次是他犯蠢，霍华德很清楚，弗雷斯特一定会责备他的。

他看着鲜血从手掌上流下来。屋外的门廊上传来两个人的交谈声，仍在继续。其中一个是他的妹妹艾米，另一个男人的声音他听不出。艾米说话的腔调有些奇怪，她的声音轻柔而活泼，仿佛在跟一个孩子说话。

马歇尔·温菲尔德双腿交叉倚在门廊的柱子上，他穿着一身浅色西装，脖子上围着方巾，手里拿着一顶硬挺的草帽。

你好，杰克，温菲尔德打了个招呼。

温菲尔德双颊红润，见到杰克他站直身体，笑盈盈地伸出一只手。艾米娴静地坐着，看着叠放在膝上的两只手。她的裙子上点缀着小碎花，还系着一根缎带。透明的发丝垂在她的脸庞两边，她一直低着头。

温菲尔德一把抓住杰克的手，用力绞着，一脸阳光。

你好吗，老朋友？温菲尔德热情地招呼着。

艾米还是不肯把头抬起来。温菲尔德那辆崭新的道奇轿车停在草坪上，在阳光下闪闪发亮。院子里有棵发育不良的山茱萸，风吹起了叶片的里侧，露出肚皮的叶子随风起舞，天空中阴云密布。又要下雨了，杰克心想，真他妈的背。

你又把自己划伤了，温菲尔德说道。

温菲尔德举起杰克那只沾着血迹的手，杰克低头看着鲜血流到了前臂，滴在他的裤子上。温菲尔德举着他的手，尽量离自己的衣服远一点，脸上竭尽全力保持着微笑。他那身西装似乎随着一道轻柔的亮光起伏跳动着。

这身西装真不错，杰克说道，真好看。

话音刚落，杰克猛地挥出那只滴血的右手，这一拳似乎发自他的胸膛，砰地一声巨响，正打在温菲尔德红润的脸颊上。

杰克!

杰克感觉双手出拳迅速，温菲尔德弯腰捂着脸，杰克毫无顾忌地往他的脑袋一侧挥出一套左勾拳，直到把温菲尔德打趴在地上。

你他妈的发什么神经?温菲尔德喊道。

杰克调整着位置，让自己正对着温菲尔德。先用左拳出招，他默念着，先使左拳，然后再使右勾拳。他迈出左脚，温菲尔德蹲在地上，抬起双手摆出一个防御姿势。杰克挥出左拳，闷在他的额头上，一下，两下，三下，温菲尔德的脑袋向后仰去，双手越抬越高，杰克的拳头逼得他要架起双肘护住自己的脑袋。一阵风吹来，那阵撕裂声再次响起，刚开始声音不大，渐强变成尖啸。就在杰克刚瞅到空隙，准备挥出右勾拳时，温菲尔德蜷起身，重重地坐在草地上，脸上一副倦容。那声音从天上直灌入杰克的耳朵里，大地裂出巨大的开口。这次我不会失手，杰克暗自发狠，迈步朝温菲尔德走去。

起来，你这个狗娘养的！

杰克想使完这一套组合拳，可被温菲尔德破坏了。那阵尖厉的声音抖动着戛然而止，杰克停下手，困惑于这突如其来的安静。温菲尔德爬开几步，大口喘着气，在地上摸索着草帽，屁股上的西服染上了草色。杰克转过身，看到妹妹正惊恐地盯着他，她张着嘴，扭曲的脸上带着深深的悲伤。艾米深呼吸了一口气，再次尖叫了起来。

Chapter 24

1930 年

格兰维尔早早关店歇业，从雪湾的家捎上杰克，俩人开着车一路向西，前往哈帕奇山*的杰米森农场砍树。山上的蒸馏器被炸成一片破铜烂铁的黑洞，杰克回到雪湾的家与父亲同住，一来帮着干点农活，二来躲着哥哥们。

出去！几天后他出现在黑水加油站时，弗雷斯特把他轰了出去。

不是我的错，杰克辩解道，当时没人跟踪我们，我发誓。

滚出去。

杰克有好几个星期没见到霍华德了，可从他得来的消息，大哥毫发无损地回到了弗雷斯特的锯木厂。蛔蛔那边没有任何消息，他在山上的那间茅屋空无一人，几件个人物品零星地散

* Haw Patch Hill，富兰克林县境内的一座山。

落在地上，跟以前一样。杰克在镇上跟伯莎打过几次照面，伯莎说蝈蝈把她送回家就走了，可蝈蝈并没有被捕，所以杰克觉得他的这个朋友应该没事儿。今年的烟叶颗粒无收，杰克身上还有四十美元，他把这些钱塞进了行李箱内的一只肥皂罐里。弗雷斯特不会有事的，可就要到冬歇期了，锯木厂也要关门了；黑水加油站的生意也一落千丈。卡特·李放出话来，不准任何人跟邦杜兰特家做生意，不管合不合法。霍华德的全部身家和相当一部分收入都押在了蒸馏器上。

杰米森农场位于桑顿山脚，富兰克林县的西面。这片农场地质坚硬，覆盖着大片树林，硬土厚达井深。格兰维尔顺着蜿蜒经过村屋的土路来到了屋后，几头瘦骨嶙峋的牲口正散放在地里。几缕炊烟从毗邻山坡的田野上升起，伐木已经结束了，工人们正用骡车拉着树桩，把粗重的原木推上马车运往山下，其他人则在焚烧树枝。县城南边几乎所有有劳动力的男人都在那儿干活。

看到霍华德也在，杰克上前帮他一起挖树根，父亲则去役马队帮那些上了年纪的人驾驶骡车或是砍去原木上的细枝瘦条。弗雷斯特人不在。霍华德脱得只剩汗衫和背带，他的身体在秋日清爽的空气中冒着热气。杰克盯着大哥的脸，察看着他的神色，可霍华德只是埋头于眼前的任务。挖树根是一项相当困难的工作，湿滑的树根像橡胶一般，很难找到立足点，极容易摔跤滑倒。好几次杰克的斧头在黑胶一般的树根上差点失手，险些砍到了腿和脚。挖树根必须从合适的角度开口，配合了一会儿后他们终于找到了一个简便省力的节奏，杰克在树根上开口，然后霍华德用宽斧头劈得干干净净。

露西在这儿吗？杰克开口问道。

在。

做晚饭？

应该是。

接下来的一个小时兄弟俩默默地干着活，杰克觉得无话可说。可蝈蝈人到底在哪儿？他们之前也遇到过好几次困境，蝈蝈的通常反应是满脸写着失败，闷闷不乐地消沉一阵子。伯莎说他们走了三英里的路才来到他藏车的地方，那天他满脸泪水，不住地道着歉。这有些奇怪，那天晚上他似乎十分清醒，杰克回忆着。他一定吓坏了，在什么地方暗自悲伤。杰克觉得应该再去他的小屋跑一趟，看看他有没有事，告诉他杰克和他的哥哥们会保护他的。

杰克和霍华德正掘着一根黑色的栗子树树桩，这颗树桩的根直直地钻入地里，蜿蜒地绕在大块的石灰石和硬土上，顶端的根茎像一块黑色的肌肉，有杰克的腰那么粗。几番努力之后他们终于从树根底部捆上了链条，G. T. 沃什博恩驾着他的萨福克役马队帮着把树根拉出来，霍华德和杰克用斧头削着主根。

你怎么跟弗雷斯特说的？杰克问道。

霍华德从主根上拔着斧头。

就把发生的事告诉他。

水从植物纤维的每一处伤口里流了出来，整棵树根像是布满了细丝般的头发。杰克思索着这些细丝般的水流是如何集少成多，将生命带给这棵树。它们精巧地吸收每一滴湿气，将上千加仑的水分输送到树干和叶片上。

你有没有说伯莎在那儿？

说了。

杰克停了下来，靠在斧头上。

这下好了，霍华德，你跟他说这个干吗？

因为你干了件蠢事。

我们没有被人跟踪，不可能的。

你自己干的蠢事，霍华德说道。

就算这样，杰克说道，我们都干过蠢事。

霍华德顿了一下，砍在树根上的斧头有些发涩，他用力完成了最后这重重一劈，然后从树根处的大洞上后退几步，把斧子扔在一边。去他的，杰克心想，反正都干了。霍华德盯着他看了一会儿，脸上依旧是那副空白表情，他转身向沃什博恩做了个手势。沃什博恩驾着役马，一声根断茎裂的巨响之后，树桩被连根拔起。霍华德双手掐腰，看着地上出现的黑洞、红土、岩石和扭曲的根系，似乎陷入思考之中。他摘下手套，拍了几下大腿，环视了一圈四周，然后转身朝杰克微微一笑。

我说我们去喝一杯怎么样？

兄弟俩跟着工人们围拢到一小堆松木树节边。奥布里·肯德里奇从车上拿出一瓶玉米威士忌，在众人之间缓缓传递着，男人们边喝边讨论着工作进展。杰克把米切尔兄弟拉到一旁。

你们见到蝈蝈了吗？

没。

很长时间都没见到他人了。

酒瓶传到杰克这里时，他递给了身边的霍华德。霍华德咧嘴一笑，接过酒瓶，朝他的胳膊上狠狠捶了一拳，然后指着宽阔的山谷对面。三辆车徐徐从村屋上开来，那是女人们送饭上来了。男人们开始穿上大衣，奥布里·肯德里奇迅速灌下几口，然后把酒瓶放回了卡车驾驶室的地板上，以免女人们走近时看到。

那三辆车到了以后，女人们从车上下来，在草地上铺上地毯，端出一碗碗甜玉米、蔬菜煨蹄膀、猪肉脆皮、肉汁杂蔬、盖着餐巾的饼干和成锅的玉米面包。迪克·杰米森走到簇拥在边上的人圈跟前。

来吧，开饭了，他招呼道。

杰克往盘子里盛满了食物，坐在一棵树桩上吃了起来，父亲坐在他的旁边啃着玉米面包。女人们跟自己的丈夫待在一起，在场的还有几位年轻未婚女子，多数是魏尔玛·杰米森的朋友和她的几个女儿，她们围成一圈坐在地毯上，柔声细语传到了男人们坐的地方。夜幕降临，人们点起了松枝火把，女人们往肩头围上了羊毛披肩。霍华德站在离人群稍远的地方，低声同露西说着话。杰克已经好几个月没见过露西了，他惊讶的发现一头金发的露西是如此瘦小，脸上长满了雀斑，看上去更像一个少女，而非一个二十出头的少妇。杰克只跟她说过几次话，头一次就是在雪湾浸礼教堂她和大哥那场简单的婚礼上。她娘家来自史密斯山，听说是一户贫困的养猪人家，家里有十几个孩子，散养在山坡上一片难以耕种的泥地里。露西似乎很乐意离开他们，随霍华德搬进位于彭胡克的小木屋。露西的第二个孩子似乎拖垮了她本就瘦小的身躯，她穿着印花长裙，脚蹬靴子，捧着一只盘子站在那里，在她抬头看着霍华德时，杰克看见了她眼睛下重重的黑眼圈。显然他们的第二个孩子情况也不太好。他们需要钱，杰克知道这是露西痛处，这始终让她忧心忡忡。露西一转身，对上了杰克的目光，杰克尴尬地转过头去。

霍华德端着盘子走了过来，盘子里堆满了玉米、猪肉脆皮、饼干，上面浇了一层白色的肉汁。他坐在父亲的脚边，举着一柄大勺埋头大啖，父子三人围坐在一起吃着饭，偶尔瞟上一眼，聊着接下来的几天的天气和伙食的质量。杰克身上的汗渐渐干了，手脚冰凉，他懊悔应该多穿一双袜子的。

露西怎么样？杰克问道。

挺好的，霍华德一边泡着饼干一边说道。

孩子怎么样？坐在树桩上的格兰维尔嘀咕了一句。

放在她母亲家里，霍华德说道，跟以前一样。

霍华德嚼着饼干，眼睛从厚厚的眼睑下凝望着田野和树林边界。女人们开始收拾碗碟，折起毯子，两个小男孩在留茬地里奔跑追逐着。杰克伸直双腿叉着脚，新靴子翘在父亲面前。父亲一低头，把脸埋进了盘子里，动作也太快了点。管他的，杰克心想，老头肯定注意到了，他开的车、穿的衣服和待在山上的大把时间。杰克觉得自己在父亲面前遮遮掩掩，试图把他蒙在鼓里的行为既可怜又可笑。夜幕逐渐降临，起风了，吹起松木火把上的点点火星。

你跟着来吗？霍华德向杰克问道。

杰克看了一眼还在研究已经空空如也的盘子的父亲。

会来，杰克说道。

霍华德点点头，直起身，把盘子交给站在女人堆里的露西。露西从他手里接过盘子，手扶住他的胳膊，仰头看着他的脸说着什么，杰克听不清楚。霍华德点点头，露西转过身，收拾起毯子上的碗碟。她同其他女人爬上一辆车，笑着向男人们挥手告别，男人起哄喊着让她们回来留下来。杰克站在父亲的身边，看着那几辆载着女人们的车开往山下，穿过山谷，回到村舍里。杰克想起伯莎的那张照片，她站在沙果树下，一只手上拿着根树枝，一本正经地抿着嘴。妈的，杰克暗想，我他妈的得振作起来，别把这事弄砸了。

男人们聚拢在霍华德周围，开着玩笑，拍打着他的胳膊。他微笑着，双手插在兜里。

杰克就在边上，格兰维尔一边嚼着剩下的饼干一边咕哝道。

儿子，我跟你说，格兰维尔说道，你的大哥霍华德，那孩子要是有幢宅子，他能一把火把它烧了。

他凝视着自己的长子，摇了摇头。

好吧，格兰维尔说道，我还是不要去管你们的事了。

他拍了拍工装服上的碎屑，朝他的车走去。

剩下的人点起篝火，很快就喝得面红耳赤，在火光中汗流浃背，肆意地递着酒瓶，大声谈笑着。霍华德坐在一根粗壮的树桩子上，他的酒量是其他人的两倍。灌下的酒精让他的面孔松弛下来，眼神游移在鼻子前方几英尺某个模糊的位置上。迪克·杰米森拿着一根六英尺长、直径四英寸的山茱萸木棍走进人圈之中。人群欢呼起来，每个人都站起身，手举松木火把，跟着他上山来到巨木被放倒的地方。人群挑中了合适的木头——一根三英尺宽的橡木，迪克·杰米森把木棍放在地上，众人合力把橡木滚到木棍的中心点上。随后众人纷纷掏出钱，打头阵的两人朝手心吐着唾沫，扎紧裤带，分别蹲在橡木的两头，双手各握住山茱萸木棍的一端。下注的钱堆在木头上的生牛皮袋里，上面钉着一柄狩猎刀。贝尔彻·怀特海德掏出一柄左轮手枪，朝天上放了一枪。枪响之后，木头前的两人开始发力，步履蹒跚地往那块木头使劲，其他人大声地喊着加油。木头微微晃了晃，众人集体大声喊了起来；木头开始轻轻移动起来，木棍一端的人扳起了那棵橡木，逼得对面那人的手指抠进了泥里，倾斜的木头将力道不断压向力弱的一方，直到那人的双手陷进了泥地里。那人大叫一声撒了手，一屁股跌坐在地上。众人大笑起来，拍着胜利者的肩膀。失败的一方跪倒在泥地里，胆怯地笑着，旁人递上来一瓶酒。卷成一团的钞票在众人之间易手。

后来，丁克·亚当斯向霍华德叫阵，人群不肯相信似的发出一阵哄笑，有人吹起了口哨。杰克朝霍华德望去，火光中的霍华德身体打着晃，眼睛眯成了细缝，眉头紧皱。丁克是个强壮的家伙，虎背熊腰，粗脖厚颈，短粗的手结实有力，两条粗腿跟两根树桩子似的。他四十不到，之前一直被认为是县里最强壮的男人，直到被霍华德后来居上。丁克没喝多少酒，他脱下外套，往地上擦着手，目光紧紧盯着那根山茱萸木条。刚开始杰克有点担心霍华德会不会因为喝得太多没有了知觉，不会应下这场挑战。丁克一直看着霍华德在喝酒，杰克想到，所以他觉得他的机会来了。霍华德的身体向前晃着，踉跄着朝木块迈了一步，众人爆发出一阵欢呼。杰克帮霍华德脱掉大衣，扯着他的袖子，他的胳膊软趴趴地抬着，钞票开始堆了起来。霍华德把一只胳膊绕在弟弟的肩上，把他拉近一些，嘴巴贴在杰克的耳朵上。他身上散发着汗味和酒臭，嘴巴里酒气熏人。

我有没有跟你说过大海是什么样？霍华德低声说道。

然后他撤回身，有那么一会儿，杰克看见了他眼中闪烁着的光芒，眯起的眼睛也睁开了一些。

真他妈的壮观啊，霍华德说道，我希望我知道该怎么去形容。

他在弟弟的肩膀上拍了两下，然后又使劲捏了一把，拧得杰克的胸腔生疼。杰克翻着兜，他还有两美元外加几枚零钱，其他人站在他们周围看着。

我全押上，杰克大喊道，赌我哥哥赢。

钞票不断被扔在木头上，越堆越多，丁克·杰米森拦住后面的人，把纸钞和硬币塞进生牛皮袋里，用狩猎刀钉在木头上。丁克在他那一侧来回踱着步子，霍华德伸着腰，把胳膊举过头顶，双脚有些不稳；他扯掉背带，从头顶脱下工作时沾满汗水和木屑的衬衣。杰克站在他的身后，霍华德那宽阔的后背和肩上的腱子肉在他面前一览无余。霍华德弯下腰抓住木棍，丁克也在他那一端就位了。

枪声一响，两人同时用力扳着木条，血涌到脸上，脖子上青筋毕露。火光中，霍华德的双臂僵硬，前臂上的血管粗壮有力，他半蹲着，重心放得很低，双腿蹬地，眼睛半闭着，上臂的肌肉紧张成一块块肉疙瘩。丁克咕哝着，开始用力，他以一个常规姿势扳着木棍，眼睛挤成了一条线，嘴里咆哮着。汩汩汗水从霍华德的脸上和脖子流到他的胸膛和后背上。丁克的动作开始起了作用，橡木开始移动，从一边滚向另一边。丁克那一侧的人欢呼起来，杰克站在大哥的身后，拼命跟他保持在同一条线上，朝他的耳边大喊。木头上那只皮袋里的钱将近有三十美元。

加油！霍华德！妈的，霍华德，加油啊！

[摇晃的火把中飞出道道火星，在人堆中打着旋，黑暗的山坡上那群人蹦跶着，嘴里大呼小叫。]

霍华德咕哝两声，双腿开始移动，他的膝盖紧张起来，脸庞涨成一片猪肝色，整个人像是从地里爬起来的远古怪物。他掀起了木棍，橡木滚了下去，压上了丁克的双手和前臂。

丁克尖叫起来，人们冲上去用力抵住就要压过来的橡木，可霍华德的双腿依旧蹬着地，用力扳着木条。围观的人扔掉火把，跳上木头阻止它继续滚下去，霍华德几乎将木条扳到了腰部。丁克的喉咙像是被扼住了，眼睛向后翻着，那根橡木压住了他的双手和胳膊。杰克如梦初醒般跳上前，抓住哥哥的双臂，用力拽开。霍华德！霍华德！放手！他冲着哥哥的脸大喊着，霍华德的胳膊上满是湿滑的汗水。

[霍华德！看在上帝的份上，放手！]

可霍华德依旧用着力，双眼紧闭在黑暗之中，那根山茱萸木棍咔嚓一声折了，杰克被掀翻在地上。

在火把微弱的火光中，杰克看见霍华德站在那里，手里拿着那截掰断的山茱萸，脸上蒙起一层痛楚而扭曲的面罩。他迸出一声怪异的哽咽，身体向后仰去，将手中那半截木棍从人群的头顶上扔了出去，木棍从光圈之中飞了出去，跌进了黑暗之中。

Chapter 25

1930 年

在富兰克林，人人都知道塔兹韦尔·明尼克斯在县里的波恩磨坊经营着一家干净有序的农场。十二月初的一天，太阳翻过史密斯山，阳光洒在结了霜的山丘和田野上，杰克·邦杜兰特把车停在了明尼克斯家门前的草坪上。霜降之后，草被冻硬了，车轮碾过时一阵吱嘎作响。杰克关掉引擎，朝手上吹了口气。

汤姆·坎迪夫因为袭击治安官约翰·霍斯利遭到拘捕。在法庭上，他因为向卡特·李咆哮而被戴上了脚镣。法庭判处他入狱两年。被拖出法庭时，他咬牙切齿地发誓出来以后要报仇雪恨。

蛔蛔·帕特死了。在蒸馏器被炸掉的几周后，他被人发现躺在蛆虫湾一处浅沙洲上，张开的嘴巴里灌满了红土。他的口袋里有四十美分和几只雪茄烟的烟屁股。山里下了一场大雨，蛆虫湾的河水上涨了十二英寸。县里的治安部门判定蝈蝈死于溺水意外，可每个人都知道这纯属胡扯。没有举行任何葬礼，但弗雷斯特出钱买下了一块墓地，还找人刻了石碑。下葬时，杰克的心中像压了一块石头。

杰克从车里下来，明尼克斯家的狗从屋后的狗窝里朝他一阵狂吠。塔兹韦尔·明尼克斯喂养了十几只狗，亲自把它们训成了县里首屈一指的猎狗。杰克挺直身体，摘下头上的帽子，抚了抚头发，用手帕抹去多余的头油。那天早上，他决定穿一套简单的灰色西装三件套，开着那辆擦得泛亮的黑色敞篷车上明尼斯克家，他觉得这身行头能够表明他的诚意。

还没等敲门，前门哗地一声开了，伯莎的脸上写满了痛苦。

杰克，她哇的一声哭了起来。

R. L. 明尼克斯站在桌边搅着咖啡。他抬起脖子四下张望着，对着门口眯起了眼睛。

谁在那儿？

它们不让它进窝，伯莎哭泣道，为什么它们要那样做？

她倒进杰克怀里，杰克一下子没有准备。

俩人来到屋侧，这里看上去一切正常，猎狗们奔跑着一路狂吠，畜栏里的明尼克斯正在扭动着的牲畜中间仔细检查。他给猎狗们搭了一座晚上过夜的木棚，地上铺着废弃的毯子。塔兹韦尔朝一只离群的狗走去，那只狗站在狗棚后，个头矮小，皮毛褐白相间，看样子常被院子里的其他猎狗欺负。塔兹韦尔上前时它没有动弹，走近时杰克才看清它身上镀着一层薄而闪亮的光泽，鼻孔里结着冰，眼睛上蒙着灰色的霜雾。一夜之间，这只站在棚外的狗被冻死了。塔兹韦尔跪在那只冻僵的狗面前，像对着一尊雕像。他踉跄地站起身，眯起眼睛。

这……老人咕哝着，嘴边那句粗口还是没有说出来，悬在了清冷的空气中。

世上竟有这样的事，塔兹韦尔说道。

伯莎紧抓着杰克的肩膀。

它们为什么要那样做？伯莎问道，它们为什么不肯让它进窝！

回屋之后，伯莎好些了，悲伤变成了疲倦。明尼克斯眯眼看着杰克，愤愤不平地对着自己咕哝着什么。

先生，对这里发生的事情我感到很抱歉，杰克说道，如果我知道……

塔兹韦尔坐在桌边，胳膊放在桌子上。

你到这儿来究竟所为何事，孩子？

我这次来是想表明我的来意，杰克说道，跟伯莎有关。

杰克解开了西服外套，随即又扣上了。

事情不一样了，杰克说道，我知道以前我给你们惹过麻烦，我想说我很抱歉，以后绝对会不一样。

塔兹韦尔似乎在听，可他紧皱眉头，一脸不信的表情，像盯着幽灵般审视着杰克。

我们都知道，明尼克斯说道，你的钱是从哪儿来的。

我就是来表明我的诚意的，杰克说道，我们……我们已经约会过几次，所以我想把事情挑明。我向你们保证，一旦我凑足钱买下一块地，我就会放弃其他的营生。

明尼克斯的脸上燃起了怒火。杰克稳了稳呼吸，看了伯莎一眼，伯莎的大眼睛盯着地板，缓缓地眨着，脸上布满了泪痕。

那只狗没有名字，塔兹韦尔低声说道，可怜的家伙，没有名字就没有灵魂。

前门外，伯莎倚在杰克身上。

这不公平，伯莎说道。

杰克用胳膊搂着她，两人被呼出的哈气包围着。

那些狗并不懂这些，那家伙只是运气不好。

不是，伯莎说道，可怕的事情就要发生了，我能感觉到。

***　***　***

别动它，露西从门口说道。

她站在厨房门口，怀里抱着孩子，厨房的灯光剪出她的轮廓，她的胯部歪向一边，孩子的头躺在她的手掌里。霍华德四脚拉叉地趴在床上，他看着露西生产时放在床下的那柄斧头，上面落着一层灰。

我们的梦魇还没结束，露西说道。

说完，她转身走回厨房里。厨房的台子上正晾着一锅玉米面包，边上放着一小碗炖土豆。她伸手拽过一条洗碗巾甩在肩膀上，怀里的婴儿正吸着奶水，她在桌上放了一罐酪乳、两只碗和两把调羹，然后往土豆上撒了点盐。炉灶上正煮着一锅野韭菜，两人坐下时，孩子已经睡着了。霍华德转身一连打了三个喷嚏，把孩子惊醒了。孩子眨着眼，哼唧了两声，小脸搭在露西的肩膀上平静下来。霍华德往碗里舀了几勺土豆，露西掰着玉米面包。

霍华德的脑子想着几年前跟杰米森和其他人一起造酒的那座蒸馏器，他们把它藏在火鸡山的一处山坳里。麦芽浆已经冒出了热气，所有的供给都是由弗雷斯特支付的，还包括一辆车。

我可以去我母亲家里，露西说道，他们会收留我和宝宝的。

不用，霍华德摇头道，不用那样。

如果这种天气能够保持几天，他们就能装上四辆车，开到罗阿诺克的弗洛伊德·卡特那帮人那里，他曾向杰克保证以每加仑五美元的价格收购他们的货。这趟车走下来，自己挣得的那一份足够撑过这个冬天。这个想法让霍华德觉得十分疲惫，他埋头吃着碗里的土豆，与此同时，心里清楚自己还会是老样子。吃完这顿饭，然后睡得像个死人，第二天出门重复前一天的活动。露西往桌上推过一盘野韭菜，霍华德看着盘子里冒着热气的洋葱，浓烈的气味直冲鼻窦。

你需要吃点这个，露西说道，有助于净化血液。

霍华德咕哝了几声，继续吃着碗里的土豆。

天知道，露西说道，你真的需要净化一下血液，你往自己肚里灌的都是什么东西，你还活着就是个奇迹。

霍华德往嘴里叉了一口野韭菜，边嚼边琢磨着露西胳膊上的汗毛，露西的一只手正轻捋着臂上的汗毛。他回想着伐木的情形，他们砍下的那段深深扎入地下的主根。那些寄生在树根上的蝗虫幼虫像蛆虫一般肥白，它们吮吸着树根上的液汁，待在地下长达十几年甚至更久，等待着合适的时机。它们在一片潮湿黑暗之中紧抓着树根，等待着化身那一刻的无声信号，黑暗中没有任何声音，只听得到自己的心跳。她说得对，他心想，我早该死了。

也许那就是问题所在，露西说道。

她摆弄着挂在脖子上的石头，那是霍华德从野鹿的胃里取出来，光滑的石头用一根线穿着挂在她的脖子上，能够保护她不受毒害和狗咬。霍华德喜欢它珍珠白的光泽以及平躺在露西锁骨上的样子。露西怀中的婴儿心满意足地哼唧着。

也许，露西说道，正是你灌下的那些东西让我们的孩子出生时就是这样。

又来了，霍华德暗想，她终于说了出来。他的胸中腾起一股怒火，手指紧抠着桌子。他只要一抬手就能把桌子砸烂，或者扔硬币一样把它甩出去。他开始在脑中演练起来，想象着桌子碎裂的样子。看见他脸上的表情，露西迅速站起身朝后退去，双手抱着孩子，霍华德看着自己的手，手指关节上伤痕累累，到处是伐木和赌滚木游戏时留下的伤疤。

妈的，他暗想道，他妈的到底想说什么?

我没法把自己弄垮，不管我多努力。

弗雷斯特把一只手提箱放在柜台上的两人之间。

这是什么?麦琪问道。

钱，我要你拿着这些钱。

麦琪点了一根烟。

我拿这些钱做什么?

不知道，想做什么就做什么。

她似乎考虑了一会儿，然后伸手打开了箱子。弗雷斯特很想把手伸过去抓住她的手腕，可他没有动。她看了一会儿里面成沓的钞票，然后合上了箱子。

我先问你一些事，弗雷斯特说道，行吗?我需要一个回答。

麦琪盯着他看了一会儿，眯起眼睛，嘴角露出一丝紧张的微笑。

别想来收买我，说不定你能无偿得到。

不是那样，是别的事。

她的脸凝固了，转身走回厨房。弗雷斯特一把抓住她的胳膊肘，手指轻抚着她。在他碰到她时，她的身体一僵。

请告诉我，他说道，我得知道发生了什么。

没发生什么，她说道。

麦琪站在厨房门口，叠着双臂，背对着他。

什么？看着我。

一瞬间，弗雷斯特希望从这个女人那里得到原谅，为他这一生中做过的所有事情。

很抱歉，他说道，是我把麻烦带到了这里。

不，她说道，没关系，不是你的错。

随便怎么说，看着我。

她转过身来，面对着他。

我必须知道。

没什么大不了的，她平静地说道，她的声音低沉而平缓。你现在要知道的是，那两个混蛋没有一个对我做过什么混账事。

他听到她噔噔噔地上了楼，脚步声穿过地板，然后卧床弹簧一阵吱扭。弗雷斯特走到窗前的收音机那里，拧开了旋钮。收音机哔哩剥落地响了起来，他一边调着旋钮搜寻信号，一边望向窗外那条通往蛆虫湾的路。

第二天早晨弗雷斯特套上厚袜子、粗蓝布工装裤和羊毛衬衫，从楼上的窗户看着外面的雪。加油站那条马路对面的树林一片死寂，雪花径直落下，堆在桦木和橡木弯曲的树梢上。一小堆积雪堆在窗台上，这种天气只会让事情更加艰难，弗雷斯特想到，尤其是雪天开车，他们需要带上防滑链和铁锹。

楼下的厨房一片漆黑阴冷，能闻到培根的油味和烟味。他点起炉灶煮上咖啡，然后穿上开车的厚外套，走到屋外清理油泵，检查计量器。他想着加油站后的工棚，里面放的全是五加仑的酒瓶和木条箱。他想起自己把钱递给埃弗雷特·狄龙时，他的脸像空白的天空。他很快就把钱收下了，他一定认为我能够保护他，弗雷斯特暗想。

整个冬天，几乎每一位在弗吉尼亚州南部和卡罗莱纳州西北地带贩卖私酒的人都从富兰克林卸货。他们大多数都是些绝望的山民，脸色铁青，皮包骨头，身上散发着臭味，不守秩序地随地吐痰。这些人之所以来到弗雷斯特的黑水湾加油站是因为他们知道在这里能卖出一个好价，而且不会有任何麻烦。大家都知道弗雷斯特是个可靠的人，这里是那些可怜之人最后的一线希望。可他已经有好几个星期没有出车了，既没拉货也没卸货。他知道是卡特·李捣的鬼。他们炸掉了他的蒸馏器，封锁了他的生意。而现在，弗雷斯特思索着，他们就等他自己出来。

几片冰凉的雪花落在了他的脸上，这让他想起了县界餐馆的那个晚上。出于某些原因，那个夜晚总是给他带来一丝温暖的安慰。跪在停车场时他的心中充满了恐惧，他怕死，这个念头让他想回到自己的卧室，躺在那张小床上，毯子一直拉到下巴。他们必须熬过这一劫，一旦混乱被带进这个世界，就永远没有办法恢复原貌。

走回加油站的路上，他寻思着自己身上的变化，一些跟以前不一样的东西。那种事难道不是应该会改变一个人吗？弗雷斯特切开面包，往冒着热气的烤架上打了几个鸡蛋，用锅铲划拉着冒着泡的煎蛋边缘。他依旧有着同样的渴望和需要，世界从大体上看还跟原来一样，靴子里的双脚依旧冰冷，在昏暗的光线下看书时眼睛依旧会痛，别人睡觉时他依旧在黑暗的房间里一站几个小时，他的脑袋拒绝休息。

一阵衣物的悉索声传来，地板上出现了一双赤脚，麦琪出现在他的身边。她从碗柜里拿出一只杯子给自己倒了一杯咖啡。她对他浅浅一笑，黑眼圈上残留着渴睡的表情。弗雷斯特往一只磕破的盘子里扔了一只煎蛋和几片沾了黄油的吐司递给她。麦琪站在窗边眺望着大路，嚼着盘里的吐司。她打开窗让雪花飘进来，弗雷斯特望着她的脸，胸膛里的心脏一阵紧缩。

你在干什么？弗雷斯特问道。

吃冰激凌，麦琪说道。

她咬了一口吐司，微笑着。

忽然之间，弗雷斯特很想把她拥入怀中，把脸埋进她的头发里，他从未有过这种感觉。弗雷斯特喝着咖啡，一眼接着一眼地看着她，暗想着自己是多么愚蠢。他在想这会不会是最后一趟出车，以后是否会更多，又会给他带来些什么教训。

PART 3

读者应该记住基蒂·布兰登一直都是一个真实的人，一个活生生的美国女人。而发生在她身上的真实故事到底有多少能够被写出来？你，坐在那里正读这本书的人，也有一段故事一段历史，可有多少能够为人所知？我们写作之人有多少勇气让自己投身于人物的塑造中？我们能在多大程度上接近真实？我们是否敢于成为真正的历史家？

——舍伍德·安德森《基蒂·布兰登》

我们两人——海明威和我——都不曾触碰过嘲笑过他的作品本身，但我们让他们的风格看上去荒唐可笑；《暗笑》发表，他到了该停止写作的节点，可他必须不惜任何代价为他的写作风格辩护，因为那时他同样深知自己的心里已经没有任何东西了。

——威廉·福克纳《评价舍伍德·安德森》

法庭上弗雷斯特·邦杜兰特和辩护律师廷伯雷克在大陪审团面前的一段交锋：

辩护律师廷伯雷克：你和你的弟弟杰克·邦杜兰特当时都携有武器，是不是？

邦杜兰特：是的。

廷伯雷克：当埃弗雷特·狄龙驾着其中一辆载有酒水的车离开时，是你用手枪罩住那几位治安官，掩护他离开的，是不是？

邦杜兰特：不是，我们从没碰过自己的手枪。

廷伯雷克：你对（治安官）雷克斯和埃布夏尔说除非放你们从桥上通行，否则“会有人死”，是不是？

——记载于《1935年私酒大案》里的大陪审团证词，

吉斯特·格瑞尔（140）

黑暗中，一座没有钟锤的黑色大钟安静地来回摇摆着。它晃啊晃，划出一道巨大的弧线。我害怕极了，一声不吭地等在那里。现在它停了下来，缓缓压了过来。我的心中充满了恐惧，难道就没有什么东西能够阻止这个巨大的铁钟吗？

——舍伍德·安德森《讲故事者的故事》

Chapter 26

1935 年

夏季渐渐进入六月，舍伍德·安德森看到农民脸上的疲惫表情，他们无精打采地踢着在建筑周围雪堆般堆积的红土。在落基山镇的缅恩街上走一圈，药店里的板凳，餐馆的柜台和干货店里空无一人。

[趁还有皮鞋的时候赶紧多吃两口吧，] 一位上了年纪的工人说道，他站在市政厅前一座联军士兵的雕塑边抽着烟斗，[就像 1930 年那样，那一年是 30 年代最糟糕的一年。幸好我活了下来，否则今天站在这里的就是个死人。] 在他身前的阳光中站着几位中年男子，他们的手插在兜里，鞋子上落满尘土。[这也不会是最后一次。] 天空一片瓦蓝，太阳很毒。开车行驶在路上的安德森看见男人们站在枯萎的地里，手搭在胯上。

住在寄宿旅馆的销售员有时会在桌边谈起旱灾的情况，可他们似乎并不真的关心。在安德森看来，他们的乐观是一种对虚假希望的放大表演，这让他十分恼火。那些肥头大耳的人依旧抽着雪茄，大笑不已，他们的脸涨成了紫猪肝，[请把派推过来，不介意我来动手吧!]他们一路上有不少生意。听着那些人用带着投机色彩的乐观态度讨论着旱灾，安德森的脸上怒不可遏。[这场旱灾至少让一个行当受益不浅，]前天晚饭后一个吃着猪肉派的肥胖男人慷慨激昂地说道，[那些私酒贩子的生意可了不得，我可以告诉你!]这话有些道理，安德森心想。只要几美元就能喝上一个星期不用睁眼，再多付几个钱说不定能撑到这次旱灾结束。

剪报显示1930年的旱灾同样严重，那些靠种植烟叶为生的农民不得不转向其他营生。罗阿诺克时报登出几篇蛆虫湾枪击事件的报道，可那些报道对邦杜兰特三兄弟的动机只字未提，也没有提及三兄弟与当地执法官员的关系如此紧张的原因。如果那些传言属实，那三兄弟一定一直竭力避免遭到敲诈。可又是什么迫使他们开着四辆满载酒水的车，在十二月的大雪天里突破封锁线？为何当地的治安官如此希望将他们击毙？

晚上，安德森躺在床上听到车队轰隆隆地从缅恩大街上驶向E教堂，由国道33号向北驶上格拉西山。引擎轰鸣着，打头的是先导车，后面跟着一溜轿车，以每小时六七十英里的速度从法庭大楼前驶过。有时会有警车追上去，可大多数情况下警车是不会出现的。安德森已经习惯了这种声音，也没有人在意。他闭上眼睛，又看见了黑暗之中的动静，某个巨大的物体摇摆着压下来，没有东西能够挡住它。那无可名状的恐惧席卷而来，安德森伸手摸向床边那只倒了一些威士忌在里面的水杯。

在落基山镇监狱里，汤姆·C. 坎迪夫一脸阴沉地待在他的牢房里，盘坐在他的铺位上摸着耳朵。安德森给他带了一些烟，问了他几个问题。旁边一间牢房里，一个瘦小的黑人男子坐在地上，背靠牢房的铁栏，蓬乱的头发上沾着灰尘和树叶。他似乎没有注意到安德森，或者根本不在意。坎迪夫咕哝着，一脸不情愿地出来接受问询，他把安德森带来的烟团放进嘴里，下颌有力地嚼着烟叶。安德森从他那里得到的唯一反应是在卡特·李的名字被提及时。坎迪夫狠狠吐了一口痰，对他怒目而视，一对挨得很近的小眼睛里燃烧着怒火。

那人他妈的是个骗子，无赖，他说道，你就把这话写在报上。

你是说他是有罪的?

当然，他有罪。

什么罪名?

好多事情，数都数不清。把我关进来是其中一项，还有收保护费。

受贿?

是的，从第一天起，他就在策划整件阴谋。整个县都要向他们交钱。

你没有交?

没有，从没交过，坎迪夫说道，在这里，一切都要按照卡特·李的方式来，如果你不喜欢，你在这儿就完了，下场也许更惨。

更惨?这是什么意思?

坎迪夫轻笑了一声，摇了摇头。

你以为呢?

你是说卡特·李还犯有谋杀罪？

他从不自己动手，都是指使别人干的，他在幕后操纵。

那邦杜兰特三兄弟呢，安德森说道，你跟那些人一起干过活？

坎迪夫的脸色一僵，眼神犹如老吉普赛人一般幽深。

他们也拒不交钱？安德森问道。

坎迪夫把嘴里的烟团吐到了墙上，然后伸了伸懒腰，在铺位上躺了下来。

所以他们在蛆虫湾遭到了枪击？安德森问道。

坎迪夫似乎打算睡个午觉，安德森点着一根烟，松了松衣领。

怎么了？安德森问道。

坎迪夫闭上眼睛，在床铺上休息着。

是不是邦杜兰特三兄弟？你怕他们？

坎迪夫像一只丛林里的野猫从铺位上一跃而起，扒住栏杆。安德森正站在那里，双手插兜，放松着身体。坎迪夫这突如其来的一下让他毫无准备，脑筋一时没跟上，身体落后思维几拍。坎迪夫从铁栏之间猛地伸出一只胳膊，短粗的手指在安德森脸前几英寸的地方张牙舞爪，一把拽下安德森嘴上叼着的香烟。

你害怕吗，先生？你以为呢？

坎迪夫咧嘴笑着，露出巨大的牙缝。安德森尴尬地后退了一步，朝走廊里望了一眼。治安官就坐在前厅，从半开的牢门里正好能看见他翘在桌上的双脚。隔壁那间牢房里的黑人男子同情地看了他一眼。安德森从烟盒里掏出另一根烟，他有意放缓动作，直视着坎迪夫的双眼，他点着了烟，深吸了一口。

你有什么想告诉我的吗？安德森问道。

没办法直接告诉你，坎迪夫说道。

为什么这里的每个人都惧怕谈论邦杜兰特兄弟？告诉我。

告诉你什么，坎迪夫说道。那人的头差点被割下来，被人扔在地上等死，身体里的血几乎流干了，你明白吗？如果我告诉你这个人自己爬了起来在暴风雪中走了十英里，你会怎么说？

我会说这是个精彩的故事。

你相信吗？

不信。我会说这是个寓言故事，是假的。

那好，坎迪夫说道，那你就没什么可怕的了，是不是？

前厅里的治安官说他们第二天下午要把坎迪夫送到县里的收容所强制收容，这是州检察官下的命令。安德森在长凳上坐了下来，双膝一阵松软，嘴里渴得要命，他隐隐希望来一杯烈一点的东西。

你觉得汤姆·C. 坎迪夫这个老家伙怎么样？

治安官咧嘴笑着，安德森明白他们认为坎迪夫是个疯子，是个大笑柄。

他提到邦杜兰特三兄弟中的一位曾被割喉？安德森问道。

那位治安官皱起眉头，把脚从桌上撤了下来，检查着手指甲。那件案子并不十分清楚，他告诉安德森。唯一的证人就是那位活下来的受害者，他是从身后被人袭击的，他掌握的信息很少，他本人也拒绝向警方透露，也没有留下任何书面陈述。

他们有没有抓到是谁干的？安德森问道。

没有，治安官说道，一般犯这种事的人都不会被抓的，至少“法律”没有去抓他们。

安德森离开了监狱，坎迪夫咆哮般的疯笑声回荡在牢房之间。

那家伙根本就是个疯子，我告诉你！治安官在他身后喊了一句。

第二天，安德森待在罗阿诺克时报的档案室，在故纸堆中寻找着那几个名字，威莉·卡特·沙普、汤姆·C. 坎迪夫、邦杜兰特兄弟。关于沙普的报道集中在1930年至1931年，之后便销声匿迹了，直到过去的几个月里又开始多了起来。1931年5月12日她曾在落基山镇被捕，后在弗吉尼亚州阿尔德森联邦监狱关押了三年。据说在出狱一周后就有人看到她领着一支贩酒的车队。现在对她的搜捕工作仍在继续，公众的胃口被钓了起来，他们希望挖掘出更多的猛料。报刊把以前的故事翻找出来，猜测着她在富兰克林县这件案子中的作用。

在翻找的过程中，安德森扫视到一篇1928年12月的报道，关于发生在县界餐馆的袭击案。[在餐馆关门的时候遭到不明身份的人员攻击……脖子上的伤势严重……弗雷斯特·邦杜兰特死里逃生，凭一己之力走到了落基山镇医院……当时没有任何线索。] 也许他能另辟蹊径对这个故事做一番了解。

安德森打听好县界餐馆的方向，然后出发去那里吃晚饭。他驾车穿越在富兰克林县连绵的群山中，旧日那股愤慨之情再次涌上胸口。他路过摇摇欲坠的谷仓，生锈的围栏，破旧的房舍，泥泞的院子里孩子们正在玩耍。加油站里眼神呆滞的男人们坐在弯曲变形的门廊上，他知道屋里有几位老农把皲裂的手掌伸向围炉，那个女人就在柜台后面，下巴抿出一道硬朗的线条。

停车场空空荡荡，餐馆一片漆黑，安德森担心它已经打烊了。这里的位置十分便利，安德森心想，正好坐落在县界，再远一点就不属于治安官的管辖范围了，就像黑水加油站一样。他在车里坐了几分钟。我可以把沙普的报道丢到梦里，安德森心想，这样我就可以去追踪最有潜力的报道。

那人的头差点被刀子割下来。

他扒在方向盘上的双手一阵刺痛，脊柱上一阵凉风扫过。你在干什么？快点干活。

一个黑人男子从门里走了出来，手上拎着两袋垃圾，腰上围着一条白色的围裙，嘴上叼着一根烟。他把垃圾扔进停车场边的焚烧桶，往上面浇了一点煤油。杰弗逊·丹沙佐站在那里，双手叉腰，目光盯着那只桶，然后一扬手，把嘴上的香烟扔了进去。火焰腾了起来，他转过身，意味深长地看了安德森一眼。安德森从车里出来，杰弗逊转头望向舔着桶边的金色火焰。

安德森向柜台后的人做了自我介绍。哈尔·查尔德斯依旧保留着把稀疏的头发梳到脑后的习惯。这些年他也老了，蹒跚地走过了生命的顶峰。安德森提起那天晚上的事，哈尔道出了他在许多个夜晚向不同的人重复过的故事。他似乎永不厌倦，在向安德森讲述时，他特意费心修饰了一番。从始至终安德森一直礼貌地点着头，在脑海里串起那些画面。这是个精彩的故事，他想到，但他不确定自己是否信服。还有那个麦琪，这女人似乎是个厉害角色。

所以，安德森说道，大多数人认为他是一路走到落基山镇的？

是的。

麦琪是什么时候离开的?

不清楚，应该是之前吧。

安德森从他嘴里套着话，他告诉安德森，麦琪是在亨利县长大的，当她还是个小孩子时他就认识她。长到十几岁时，她被船送到加利福尼亚的纺织厂做女工。几年后的一个雨夜，她的父亲喝醉了，驾着犁地的骡车走在山路上，骡子失足滑进了深谷，车上的背圈缠住了他的双腿，把他跟挣扎的骡子一起拖进了峡谷。人们在早晨发现了他，他缠在挽具里，被摔死的骡子压在身下。麦琪需要工作来支付父亲欠下的账单。哈尔在县界餐馆给她找了个活儿。后来，弗雷斯特来了，买下了餐馆，把他们都留了下来。

那真是一段艰难的往事，安德森说道。

跟这里发生的事情相比还不算什么，哈尔说道。

他皱起眉头，用毛巾擦拭着吧台上一处飘忽不定的污点。

麦琪是个特别的女孩。

哈尔打着圈擦拭着那个污点。安德森等着他下面的话，可他只是继续擦着。

怎么特别?

哈尔叹了口气，转过身去，毛巾抡在肩上。

不如说她是个好女人，跟她一起工作很愉快。

你常见到她吗?

有好几年没见过了，哈尔说道。

哈尔始终背对着安德森，用衣袖擦着脸。这人很容易动情，安德森心想，如果换做是我，我也会的。

如果你不买什么东西，先生，哈尔说道，我还有活要干。

第二天安德森来到了黑水加油站，从麦琪那里点了一只芝士三明治。他坐在柜台上，看着麦琪煎着面包。她穿了一件紫罗兰色的闪亮长裙，腰部十分修身，背面缝着一排珍珠纽扣。店里空空荡荡，只有埃弗雷特·狄龙在前面操纵着油泵机，没人的时候他便从屋侧消失了，有人来加油时他又冒了出来。安德森大口地喝着汽水，看着窗户。薄薄的窗帘挡不住正午白花花的太阳，房间里十分暖和。天花板上传来吱吱嘎嘎的脚步声。楼上有人，安德森暗想。他卷起袖子，点了一根烟，他的三明治在锅里滋滋冒泡，麦琪心不在焉地用锅铲拨弄着。

生意好吗?

麦琪把三明治扔进一只蓝色的盘子里，再从一锅炖菜里舀了一勺倒在三明治边上，然后把盘子推到安德森的面前。安德森咬了一口，三明治很烫，冒着芝士的香味，吃起来很脆。

麦琪退到一边，靠在烤架上。安德森注意到她围着一条毛巾，这样就不会弄脏裙子。她点了一根烟，盯着窗外。

弗雷斯特在吗?安德森问道。

不在。

什么时候回来?

说不准。

安德森三口两口吃掉了三明治。

你最近有没有跟县界餐馆的哈尔聊过天?

她转过身，冷冷地盯着他，烟雾从她的鼻孔里喷了出来。总算有句话引起了她的注意，安德森心想。

我刚巧昨天打那儿过，安德森说道，听人提起你曾在那儿工作过。

她把头歪向他，眉宇间露出一丝关切。安德森立刻一五一十地都说了。

我想了解那天晚上发生的事，他说道，弗雷斯特被人割喉的事。

因为我是一个作家，他说道。

报社记者？

是也不是。我写书，我只是对那天晚上发生的事感兴趣。

麦琪掐灭了烟头。楼上的脚步声似乎在来回踱着步子，不疾不徐地从房间的一端走到另一端。

你开的什么车？麦琪问道。

她朝窗口点了点头。

什么车，你开什么样的车子？

我有一辆 1933 年的道奇。

她耸了耸肩，叠起双臂。

问这个干什么？他问道，跟这有什么关系？

我喜欢开车，麦琪说道，开好车。我想也许你有辆我想开的车。

如果我有，你能告诉我那天晚上发生在县界餐馆的事吗？

也许。

说真的？

她居高临下地看了安德森一眼，这让安德森觉得遭受了莫大的侮辱。他站起身，凳子歪了，跌在地板上。

我说，这里到底是什么情况？他大声问道。

头顶上的脚步声戛然而止。屋里的人一声不响地站了一会儿。安德森伸手拿起他的帽子，往柜台上扔了一美元，麦琪轻蔑地一笑，转过身去，紫罗兰色的裙子和上面的蕾丝打了个旋。

安德森发现自己站在停车场上的油泵机旁，一只手上拿着空汽水瓶，另一只手扶着车门。外面很热，他的车摸上去很烫。

你在做什么？[他就在屋里。]

安德森听到一阵低沉的声音从加油站旁边的山谷里传来，放眼望去，大片的藤蔓植物缠绕在橡树上，深谷里似乎有种低低的震动声。他把手中的空汽水瓶放在车盖上走了过去，下到了谷中。在眼睛适应了底下遮蔽的光线后，他才看清这片山谷已经有一半被废弃的五加仑酒瓶填满了，成百上千的空酒瓶堆在那里，在烈日下弯曲变形，砰砰作响。

第二天是周日，晚餐前，舍伍德·安德森紧张地站在院子里，帽子握在手上，看着那些跟他一起住在寄宿旅馆的人在屋后的门廊上抽着饭前烟。他从窗户上看见女管家正往餐柜上垒着猪肩肉和成堆的热玉米。她的动作十分迅速，身影出没于亮着灯的窗口，一会儿端着冒着热气地大浅盘回来，一会儿又头也不抬地从窗口离开。黑人女佣在桌上放了一瓷罐牛奶，在浆过的围裙上擦了擦手，然后停下来在灯光中欣赏着布置好的餐桌。门廊上的男人们抽着烟伸着懒腰，那些衣领泛黄的销售员随身带着装有样品的箱子，准备大谈特谈一番。他们晃着身体，打着哈欠，用衬衣袖口擦拭着鞋面，跟女管家打情骂俏，咒骂着那些对他们兜售的货品不理不睬的乡巴佬。想到这些蠢货安德森捏紧了拳头。这些人是新美国的大使，资本主义的船长。他们兜售着廉价的工业制造品，而那些手工艺者孤零零地站在阁楼上，木屑堆到了膝盖，身边已经没有了学徒。所有的年轻人都离开了镇子，涌进都市里的肉食加工厂。手工劳动的价值和对这一行的热爱已经消失了，并且仍在消失中。

这是个宜人的夏夜，气温凉爽，蓝黑色的云团翻滚在东面的天空上。

《林中之死》* 里有一个场景，野狗吃着那个老女人的尸身。人也有那种动物般的饥饿，D. H. 劳伦斯十分了解这种饥饿，他用精巧的笔触毫不留情地将它写了出来。德莱赛也是其中的大师。为了满足那庸常而永恒的动物般的饥饿感，我们将会付出什么样的代价？

回到房间后，安德森坐在床边，盯着他那张桌子和上面的一沓笔记。他将酒一饮而尽，然后躺了下来，骨头感到一阵突如其来的疲倦。

头顶上，某种重物渐渐压过来，他迅速睁开了眼睛，把手放在脸上，抚摸着下巴和凹下去的脖颈。我曾经也是其中翘楚，他心想。然后他闭上了眼，那个东西又出现在他的头顶，那巨大的形状仿佛是光的尽头。

---

* *Death in the Woods*，舍伍德·安德森出版于1933年的短篇小说集，也是利弗莱特出版社出版的最后一本安德森的作品。

Chapter 27

1930 年

弗雷斯特看着弟弟从白雪皑皑的农舍里出来，朝车子走去。杰克边走边往头上戴着羊毛帽，帽檐压得很低。他的脚上穿着一双软皮靴，鞋带系得很高，铜扣眼擦得铮亮。弗雷斯特把目光从弟弟身上挪开，投向远处的田野，上面星星点点地生长着娇弱的苜蓿花和光秃秃的玉米秆。山谷里一片潮湿，死于今年这场大旱的植物漂浮在结冰的泥潭上。

弗雷斯特的双腿像一把折叠刀蜷曲在驾驶室内，膝盖架着方向盘。他脖子上那条白色的疤痕在午后的阳光下闪烁不定。杰克爬进车里，把座位上的东西推到一边，那堆东西里有一柄裹在油布里的左轮手枪，一纸袋豆子罐头，一块用蜡纸包着的熏肉，一大块香肠，几个洋葱、土豆和两条面包。弗雷斯特加大油门，车子窜下了车道。

一缕细细的烟柱钻过层峦叠嶂的火鸡山，从西面一处浓密的山脊上升起。一条清泉哗哗流过，经过几道石灰石的台阶，注入了一汪水塘。清冽的泉水流经铜质的水槽，翻过一座小丘，穿过一片密林，来到一小片空地上，空地四周生长着浓密的灌木丛和成片的黑莓和商陆。泉水一路流进砖炉上的橡木木桶里。

霍华德站在那里，看着泉水流进冷凝桶里。他往水里伸出几根粗壮的手指，轻轻地拍打着桶里呈螺旋状没入底部的铜管。一阵冷风从山里吹来，树木打起了寒战，霍华德也跟着瑟瑟发抖，他抬起脚上那双泥靴的脚后跟，用脚趾掂地。一座粮仓形状的密封盖放置在炉身被烧成黑色的蒸馏器上，外面糊着的泥巴已经被烧成了硬壳。这是一座古旧的装置，周围的地上溅满了煤灰，像一个从熊熊燃烧的地核中冒出一半的圆球。蒸馏器的炉身上有好几道明显的 V 型斧痕，那是上次几个治安官查封营地时用斧头砍的，霍华德他们后来补过好几次。蒸馏器后堆放着两排麦芽浆盒，其中有一半装的是浑浊的玉米醪、黑麦和麦芽混合物。地上到处散落着成堆的木柴、闲置的木板、铁铲、装有稻谷和糖的口袋以及空酒瓶。落在地上的积雪聚成雪堆，经过的人磕磕绊绊地行走其间。

远处传来一个男人的喊声，霍华德停下手，轻手轻脚地朝蒙着粗布口袋的手推车走去，从里面抽出了一杆立式猎枪，打开枪膛检查里面有没有装子弹。瀑布那里一道冰凉的薄雾飘过营地。霍华德看见两个男人穿过山的东面，沿着悬崖壁上一条若有若无的小径走了上来。霍华德那张粗大的脸上露出了微笑，他站起身，迎向山下的兄弟们。

那天下午的早些时候，弗雷斯特站在雪湾的一间晾烟棚里，递给亨利·埃布夏尔一小卷钞票。埃布夏尔看上去一脸倦容，双眼无精打采。

我只能尽力，埃布夏尔说道，

这钱可不是用来买你这句话的。

妈的，弗雷斯特，埃布夏尔说道，你还欠我们钱……如果有人发现我在这里，跟你一起，只能说事情就不会那么容易了。你知道他们正在搜捕你。

我他妈的根本不在乎，弗雷斯特说道，还继续做着跟以前一样的事。

好吧，可你现在为什么来找我？

这次不一样，弗雷斯特说道，这次并不是为我。

弗雷斯特拍了拍着埃布夏尔的衬衣口袋，把钱塞了进去。

你负责好你自己那边，剩下的由我们来处理。

我没办法向你保证什么，埃布夏尔说道。

我能向你保证，弗雷斯特说道，如果有人想拦住我们，一定会有人受伤。

杰克循着车灯的光束沿着栗子山*之字形的陡坡穿过山谷。霍华德抱腿蹲在地上，手里拿着一根树枝戳着火堆。弗雷斯特站在那儿，低着下巴，叠起双臂抱在胸前。

你认为蝈蝈真是他们说的淹死的吗？杰克问他。

不是。

那是雷克斯和他的人干的？

弗雷斯特摇了摇头。

那人是死在自己手上。

---

* Chestnut Mountain，弗吉尼亚州华盛顿县境内的一座山。

可为什么？

也许是因为他害怕。

杰克回忆着自己的朋友，他脸上拘谨的微笑，蹲在角落里的身影和那近乎野蛮的忠诚。

我不明白，杰克说道，他为什么会去做那样的事。

我想他有他的道理，弗雷斯特说道。

一阵微风吹过，灌木丛和苦樱桃的枝丫沙沙作响，冷风在他的脚踝边打着旋。

我们永远无法了解这个世界，弗雷斯特说道。我们对它的了解跟那边的那只鸟差不多。

他抬手指着一只站在纺锤形的树冠上的鹩哥。弗雷斯特看着那只鸟，脖子上的那道伤疤在渐暗的天色中变成了粉色。

有很多事那只鸟都不明白，弗雷斯特说道，可它不明白并不会改变这个世界，该发生的依旧还会发生。

杰克的身体颤抖着，他的双脚冰凉，真该死，不该穿了这双新靴子来，他心想。

得了吧，霍华德说道，蝈蝈和我们这些剩下的人的唯一区别在于，他有勇气了断自己，而我们还在绕着一段很长的路。

过了一会儿，弗雷斯特沿着那条被改道的溪流走着。走了几码远之后，他往水里扔进一截绳子，拽住它逆着水流，灌了半加仑清亮的液体。弗雷斯特往铁皮罐头里给他们三人每人倒了一些。接过杯子时，杰克的手颤抖起来，他暗骂了一句，朝一棵弯出半山坡的枫树树根上吐了一口痰。

气温稳定下来后，弗雷斯特说道，我们要连夜把货赶出来。

入夜后，万籁俱寂。三兄弟每人站在一棵树旁，一只手扶住树，另一只手端着罐头盒里的白色闪电送到嘴边。喝酒的人都知道，在喝纯玉米威士忌时，必须一只手扶稳，除非是碰巧站在空旷平坦的地方，在那种情况下最好还是坐下来。

喝下去后有那么一阵子，三人感觉群山似乎在他们的脚下收缩起来。对杰克来说，大山似乎深吸了一口气，无数个洞穴就是它的肺泡，深埋在几英里下的石灰岩和玄武岩中。山洞中滴着水，绵延不断的冰室闪着寒光，还有火焰和其他动静，就像他在梦里见到的景象。霍华德把脸别向一边，一连打了三个喷嚏。

喝纯玉米威士忌的感觉像是被一把刀逼上了身，蝈蝈·帕特有次告诉杰克：刚开始感觉到的是它锋利的刀尖，之后全身燥热。它不像一般的劣酒，那种甜腻的酒是那些在山里酿酒的人卖给私酒贩子们，然后再转卖给那些不起疑心的傻瓜们的。一个私酒贩子的私人收藏一定来自最纯净的配料，那是品质最好的酒，它的口感和酒劲儿举世无双。只要几盎司的量，哪怕是深山老林里最能喝的人，酒量在一天一品脱以上，四十年天天如此的老酒鬼，甚至霍华德这样的巨人都会在骨头里感受到它的酒劲。骨髓仿佛被什么东西吸了出去，在那团白色的火焰中灰飞烟灭。再次睁开眼后，眼前的一切东西都变得清晰起来。树木和阳光叠在了一起，北面的雷雨云无力地翻滚着。男人蜷起手，感觉到指间那钢铁般的力量和双腿上的活力，群山在他的面前缩了下去，他的身上似乎充满了无限可能的力量。

三人站在那里，等待着大山轻柔地吐出一口气，将山风吹进山谷，吹过这个夜晚。杰克举起罐头盒子，张着嘴想说点什么，可什么话也没说出来。他看着哥哥们面无表情的脸，感觉到胸口一阵汹涌澎湃。

Chapter 28

1930 年

黎明后，风雪渐渐减弱，三兄弟带着一支由四辆车组成的车队从火鸡山脚下出发。四辆车中有杰克的道奇敞篷轿车和那辆 1928 年的福特轿车，弗雷斯特的福特卡车和他在前一天购买的一辆雪佛兰轿车，每辆车都装上了五十至七十加仑的白色闪电。霍华德驾驶着那辆 1928 年的福特，埃弗雷特 · 狄龙开着那辆雪佛兰，他们打算从 33 号公路飞驰过落基山镇，翻过格拉西山，穿过蛆虫湾。多数路口和常规路线都有人把守，考虑再三，他们决定一旦遇到拦截，将依靠速度冲破封锁，而不是偷偷摸摸地绕道避开。弗洛伊德 · 卡特和他的午夜煤炭公司将在罗阿诺克外的一间谷仓里接下这批货。

他们顺利地装上货，然后开车爬上山脚下的支路。空气凛冽，没有一丝风，被挡在云雾后的阳光模糊而无力，所谓的路其实无迹可寻。在开上硬路之前必须给车轮绑上防滑链，杰克简直无法忍受防滑链那叮呤当啷的噪声。他们缓缓地绕着福克山，在兴多斯维尔*附近开上了结实的硬路面。这条路依稀有几道车印，可以看见车辙之间的碎石子，四个人连忙从车里下来，取下车轮上的防滑链。僵硬而潮湿的手指做起这样的事来十分困难，先要解开链条，然后开车把它们从轮胎上倒下来，最后停车再从车上下来把链条捡起来收好。几分钟后，几辆车俱已收拾停当，杰克领头，他把那辆道奇车开上四十迈，车轮碾在积雪泥泞的车辙上。

十分钟后，他们攀上了进入落基山镇的一道缓坡，格拉西山近在眼前。弗雷斯特跟在杰克那辆车的后面，然后是埃弗雷特·狄龙，霍华德断尾。杰克注意到在他们出发时霍华德的膝上放着一瓶酒，可他看上去十分清醒。四辆车跟得很紧，在车队开上镇中心空旷的马路时，杰克把速度提到了五十迈。他们碾过缅恩街，经过烟草仓库，黑乎乎的仓库大门敞开着，主烟囱冒着热气。仓库门口有两个人，停车场上停着两辆车，引擎放在空转位置上，经过时，杰克看见那两人迅速扔掉了嘴上的香烟。

来了，杰克对自己说道，然后一脚踩下了油门。

他们的车速达到了六十迈，车队拉开来一些，埃弗雷特和霍华德正奋力赶上。四辆车从法院大楼前疾驰而过，楼前的台阶上站着几个人，人行道上的几位路人在风雪中挣扎着转头看着他们从身边经过。杰克突然有种冲动，想举着帽子伸出窗外，摆出一副夸张的姿态，也许还会喊上两嗓子。镇子北边的路况

---

* Syndorsville，富兰克林县境内的一处地名。

不明，杰克迅速踩下刹车，车速减慢下来。他从道奇车上下来，走到马路中间，眯起眼睛回望着刚才经过的33号公路。清早朦胧的阳光照在积雪上，形成两道明暗相间的灰白色带。他手搭凉棚，眯起双眼。刚来的路上没有任何动静。

防滑链，弗雷斯特喊道，动作快点！

四人从车上下来，开始给车胎拴上防滑链。杰克跪在雪地里奋力地操纵着链条。先将它们放平，然后爬进车内发动汽车，让防滑链滚到轮胎上。霍华德是最后一个，杰克从后视镜里看着大哥，他注意到一个黑点从镇子里飞驰而来，在灰色的建筑和白色的风雪中异常清晰。

快点，霍华德，快点！

霍华德起身钻进车里，杰克发动汽车，防滑链咬着路上的积雪，车队蹒跚地上了路，朝环绕在格拉西山的松树林里开去。在经过第一道急转弯时，杰克从车窗里探出头，向后望去。有两辆车停在他们原先停下的位置上，司机正跪在轮胎前绑着防滑链。杰克把车队的速度带到了三十迈，十分钟后，他们一路畅通地来到了山顶。东北面的下山路笔直无阻，早晨的阳光缓缓融化着积雪，杰克又停了下来，跳出了车子。

路况良好，他向弗雷斯特喊道，拿掉防滑链，下山速度能更快一些。

弗雷斯特点点头，把消息传给停在后面的埃弗雷特和霍华德。

跟上来的那些人是谁？杰克喊道。

霍吉斯，弗雷斯特说道，还有其他几个人。

杰克奋力地解下链条，全身的血液在耳朵里砰砰直跳。那些人一定正等着我们经过。身上那件外套有些碍事，他一把脱了下来，扔到了车上那些五加仑的酒瓶上。后面那两辆车的引擎声越来越响，车轮在急转弯处尖叫着，杰克一阵手忙脚乱，靴子在地上打着滑，他跳进车里，发动起引擎。再次从车里下来时，他才发现往前开的距离不够，部分链条没有绕上轮胎，钩子钩在了车轴上。他坐在落满积雪的泥地上，双手用力拉着链条，希望把它从车轮下拽出来。一阵引擎声传来，弗雷斯特的车停在他的身边。

杰克！快走！

从后面赶上来的霍华德站在他身边，弯下腰双手抓住车轴，一声闷哼，奋力抬起了车轮，车轴被举到了弹簧的最大限度，车轮离开地面一英寸的距离。

赶紧拿走，霍华德气喘吁吁地说道。

杰克钻到大哥的脚下，双手在车轮下摸索着链条。滚烫的引擎喷出阵阵废气，汽油和车轴上的润滑油的味道灌进了他的脑袋。他摸到了钩子，把它们取了下来，然后从车身下向外退出几英寸远。清理了轮胎之后，他朝霍华德的腿上拍了一巴掌，霍华德放开车子，跌坐在路上。

霍吉斯的车爬上了山顶，另一辆紧随其后，卷起一片积雪。杰克看见了趴在方向盘上的司机黑黢黢的身影。来人距离他们只有一百码远，并且还在飞速接近。

快，快走！杰克朝弗雷斯特喊道，我们能赶上！

弗雷斯特点点头，开始往山下走。埃弗雷特紧随其后，霍华德正用雪擦着手，他的手掌被划破了流出了血。他转向那两辆喷着尾气飞驰而来的车，然后转身朝弟弟挥了挥手，示意他先走。

我很快就赶上来!

杰克发动汽车，开始往山下走。弗雷斯特和埃弗雷特已经消失在了斜坡下。杰克看着霍华德上了车，追上来的霍吉斯在后面放缓了车速。那辆车的后座车门打开来，一个人站在脚踏板上，拿着手枪瞄向他们。一缕青烟飘过，啪的一声巨响，子弹打在了杰克的车屁股上。杰克回过头去，看见挡风玻璃后的霍华德像个疯子一般冲他咧嘴笑着。

别动手，霍华德，不要!

霍华德将把车拉到倒车挡，踩下油门，松开离合器，车子猛地向后退去。霍吉斯猛打方向盘尽力避开，可霍华德扳着方向盘径直冲向他。站在脚踏板上的那人又瞄了一枪，车子猛拐了个弯，他紧紧地扒着摇晃的车门。霍华德的车撞上了霍吉斯的右前挡泥板，霍吉斯的车轮胎被撞瘪了，那个站在脚踏板上的人先是向前甩了出去，像布娃娃一般撞在敞开的车门上，然后向后翻倒在雪地里。第二辆车锁上了刹车，车身滑向霍吉斯那辆，把他的车尾拱进了排水沟里。

妈的，杰克暗骂了一句，放慢了车速。霍吉斯费劲地开着车门，第二辆车的司机摇摇晃晃地从车里下来，杰克看清那人正是霍吉斯的儿子，也是县里的治安官。他用手捂住脸，鲜血从指间流了出来。霍华德努力地把车开出去，可轮胎在雪地里打着空转。那个从脚踏板上甩下来的人跪在排水沟边的雪堤里，双手在风雪中扒拉着掉下来的手枪。那人正是杰弗逊·理查兹。

一阵金属的摩擦声响起，霍华德的车向前移动了一小步，偏到了路边，一个急刹车后拐上了大路。理查兹找到了手枪，冲进齐膝深的雪地里。他一脸怒容，把手枪瞄向霍华德的车。杰克忙在座位上趴下身体，猛踩下油门。啪啪两声，杰克加快了速度，四十迈，五十迈，刹车上一股焦味。他向后望了最后一眼：霍华德的车挣扎在漫天风雪中，在路边辗转腾挪。他会赶上来的，杰克暗想，他一定会。

麦琪坐在加油站楼上房间的床上，突然听到山路上传来一阵引擎的轰鸣声。她光脚走到窗边，眺望着大路。车辆的声音越来越响，一阵换挡声之后，麦琪看见两辆车从路上冲了过来，正是弗雷斯特和埃弗雷特。经过时，弗雷斯特几乎难以察觉地放慢了速度，头微微转向她所在的方向，然后便开走了。紧接着跟上来的是杰克那辆道奇，杰克趴在方向盘上，车窗敞开着。之后便安静下来，麦琪抬头看着攀上格拉西山的山路，点着了一根烟，拉过一把椅子坐在窗前。她拉紧厚重的帷幔，挡住穿堂风。路上再无任何动静传来。厚厚的窗帘布滤过冬日的阳光，她伸手抚摸着那一片光晕。

一辆车从北面呼啸而来，埃弗雷特驾着那辆雪佛兰停在了加油站的停车场上。他从车上跳了下来，跑向自己的车，然后开着它冲出停车场，驶向南面的落基山镇。又一辆车从山上隆隆驶来，麦琪忍不住拉开窗帘向外望去。那是一辆1928年的松绿色福特卡车，车的尾部一片狼藉，后窗上的玻璃也撞碎了。霍华德高大的身躯占满了驾驶室，他一脸专注地盯着路面，麦琪觉得他是在用意念开着这辆车穿过风雪，朝蛆虫湾开去。

车子消失在转弯处，麦琪走回她的房间，在镜子前坐了下来，一遍又一遍地用梳子梳理着头发。枪声从树林间飘来，麦琪爬上床，把床单拉到下巴，闭上了眼睛。

在蛆虫湾上的那座木桥前，杰克赶上了减慢车速的弗雷斯特和埃弗雷特。茂密的松树生长在桥的四周一片椭圆形的荒芜空地上，木桥两边的山高高耸起，像人的两只肩膀。弗雷斯特在离桥三十码的距离上停了下来，埃弗雷特和杰克随后停下了车。一辆车停在了单行道的木桥中央，挡住了路。亨利·埃布夏尔和查利·雷克斯站在前面。后面还停着一辆车，里面坐着两个人，车的引擎空转着。黑色的河水流淌在石头上，皱起道道涟漪，岸边浮着一层冰。

弗雷斯特从车里下来，走到杰克那里，站在他的车窗边。

霍华德呢?

他说他马上赶到，杰克说道，他撞了霍吉斯和另外一个人，把他们逼到了沟里。

你看见他脱身了吗?

我最后看到他的时候，他的车似乎就要开了出来，杰克说道，理查兹追了上来，还开了枪，但我觉得他没有击中。

弗雷斯特直起身，朝埃布夏尔和雷克斯望了望。那两人倚在车盖上，微笑着朝他微微挥了挥手。埃布夏尔皱着眉，把目光移开了。

你能跟他们谈谈么?杰克问道，他们会放我们通行么?

也许。

那霍华德呢?

他会赶上来的，弗雷斯特说道，你带了枪吗?

杰克从座位上抓起外套，从口袋里掏出那柄手枪。那是一柄采用了握柄保险*装置的点38，弗雷斯特借给他的。

下车，穿上外套，弗雷斯特说道。

弗雷斯特从口袋里抽出一柄手枪，握在与大腿齐平的位置上。

不要动手，他说道，我说动手时再动手。

弗雷斯特朝桥上走去，后面那辆车上下来两人，其中一个怀抱着一挺汤姆逊，另一个人举着一挺猎枪。杰克从未见过这两人。雷克斯对那两人说了几句话，然后把外套穿上，盖住了枪套，双手扶在胯上。埃布夏尔扔掉香烟，朝弗雷斯特迎了上去。杰克走到了埃弗雷特的车窗边。

听着，杰克说道，如果有事发生，就把车头调转，开回加油站。把车停在那儿然后离开，好吗？

埃弗雷特点点头，双手抓紧了方向盘。

埃布夏尔和弗雷斯特交谈了一番，然后埃布夏尔转手走回了桥的那边，摇了摇头。弗雷斯特转身示意杰克把枪拿走，于是杰克把枪放进了外套口袋里，手放在上面。雷克斯朝身后的两人点点头，然后大步穿过空地朝桥这边走来，他们径直从弗雷斯特身边经过，朝车队走去。杰克感到手中那柄枪有些湿滑，有好几次他握了握枪柄上的保险确定着手感。他注意到自己那件驼绒大衣被积雪打湿了一片，还沾上了车轮上的油脂和路上的泥巴。霍华德赶上来了没有？雷克斯走上前来，回头看了一眼弗雷斯特的车，然后朝埃弗雷特的车走去。

里面装的什么，孩子？他问道。

---

* Squeeze handle safety，手掌必须适当地握住枪柄才能触发子弹。

没什么，杰克说道，给加油站买的一些日用品。

雷克斯伸直了身体。

没问你。

那我告诉你，杰克说道，他这里没有什么东西。

是这样吗?

雷克斯盯着车后座上那条盖着的毯子，毯子被下面那些五加仑的酒瓶顶起一个鼓包。

好吧，雷克斯说道，我猜他这里是没什么东西。

说完，他来到杰克的车前，伸手抹掉车后窗上的霜雾，朝里面窥视着。尽管桥边那块空地不大，但那片开阔让杰克觉得十分压抑，他使劲捏了捏枪柄，努力地稳住呼吸。弗雷斯特一定能解决问题，他们会放我们通行的。放松下来，他暗想。雷克斯不会轻举妄动的，不会这样。

可是你，雷克斯说道，你这里有东西，是不是?

雷克斯转过身，从空地上走回自己的车里，坐在了前排座位上。埃布夏尔又从车里下来同弗雷斯特交谈了一番，那两个人站在车子的两翼上，枪托支在胯上。杰克走到正在同埃布夏尔谈话的弗雷斯特身边。

既然能放一辆车过去，就能放他们都过去，弗雷斯特说道。

我们得扣下那两辆，埃布夏尔说道。

我们不能让你那样做，杰克说道。

埃布夏尔盯着杰克，拽了拽耳朵边上的一圈衣领。

听着，孩子，埃布夏尔说道，简单了说，那辆车上没有任何东西，所以那辆车可以通行。另外，把那几把该死的枪从我眼前挪走!

你不能扣下另外那两辆车，弗雷斯特说道。

哥哥脸上的忧虑神情让杰克感到不安，他用手摸了摸口袋里的手枪。空地那边纹丝不动，温度上升得很快，时间已经接近中午。

到车队那边去，弗雷斯特对杰克说道，告诉埃弗雷特把车开回去，然后回家。

我们是一起的，杰克说道，他们不能随便带走其中任何一辆。

什么？埃布尔下说道。孩子，我们可不怕你。你们几个得受点教训。

弗雷斯特站到两人中间。

听着，亨利，他冷静地说道。要是不让我们过桥，会死人的。

别干傻事，埃布夏尔说道。

弗雷斯特转向杰克。

回到车子那里，告诉埃弗雷特把车开走。

杰克走了回去，告诉埃弗雷特调转车头，把车开回加油站。埃弗雷特调头离开了桥边的空地。四百美元就这么打水漂了，杰克暗想。霍华德到底在哪儿？如果霍华德在他们谈判的时候出现，场面就会一发不可收拾。可事情一旦不顺，他肯定希望霍华德做他的后盾。

埃弗雷特走了之后，雷克斯朝杰克的车走来，埃布夏尔和弗雷斯特站在桥边，还在谈判。

我们得扣下这两辆车，你们几个家伙从这里走回你们的加油站吧。

他绕到杰克那辆车驾驶座的一边，杰克迅速低头从车窗里把点火装置上的钥匙拔了下来。雷克斯抽出手枪，罩着杰克全身，然后从车盖前绕到路边。

你这手聪明得很呐，雷克斯说道。

我想，杰克说道，拔下自己车子的钥匙不犯法吧。

现在，我告诉你，雷克斯说道，我们得扣下那辆车。

杰克手里攥着车钥匙，不知道下一步该怎么办。钥匙就捏在他的右手上，那柄枪也放在外套右边的口袋里。在手里有东西的情况下，拔枪的速度一定快不了。

就在那时，霍华德开着车冲到了空地上，那辆松绿色的福特车的车尾甩了出去，车身在惯性作用下偏了重心，滑出了一截距离，在杰克那辆车身后几英尺远的地方刹住了。杰克的一生中头一次如此欣慰地看到大哥出现在眼前。福特车的车身被撞瘪了，飘来的一阵恶臭让人闻出那是撞碎的酒瓶里漏出的酒水。车尾处冒着一团热气，霍华德大口喘着粗气，眼睛眯成了细缝。

你他妈的现在把钥匙给我，雷克斯说道。

我塞点钱给他试试，杰克心想，前兜里有七十美元。

我说，杰克说道，我的口袋里有点小意思给你准备的。

他伸手向口袋摸去，雷克斯的手指扳上了击铁。

小子，你是不是要摸什么东西？

我这里有七十美元，杰克说道。

我认为你是在摸枪，雷克斯说道。

杰克看到雷克斯闭上一只眼，用枪管瞄向他。他在最后关头还是畏缩了，把双手举到空中。就在那时，雷克斯开了枪。

等等!

子弹击中了杰克的腋下一侧。他感觉像是被砍了一斧子，身体蜷缩起来，在雪地里一阵天旋地转。他没有听到一开始的那声枪响，却听到了紧接而来的回声，那声音像是从极遥远的地方传来的。他喊了一声：

弗雷斯特!

杰克脸朝下跌倒在地上，头还抬着，真实的痛感尚不明显，可腋窝处的一片温热已经蔓延到了胸口。他看见弗雷斯特甩开双臂朝他飞奔而来，埃布夏尔紧跟在他身后，掏出了枪。弗雷斯特咬牙冲向他，一只手伸在口袋里向外拔着手枪，脸上的表情一片扭曲。雷克斯转身蹲在地上，在距离弗雷斯特二十码的位置上向他开枪，可弗雷斯特还在跑，手里握着掏出的手枪。趴在地上的杰克一阵恍惚，这一切他妈的到底是不是真的。

雷克斯单腿跪地，举起手臂又开了枪，弗雷斯特突然捂着腰弯下身体，紧走几步之后踉跄着跪倒在地，一只手捂着肚子，头低了下去。

霍华德跌跌撞撞地从车里跑了过来，外套在胳膊上飞舞着。雷克斯站在弗雷斯特身边，弗雷斯特双膝分开跪倒在雪地里，坐在他的脚后跟上，双手捂着下腹，一动不动。

这下看你还他妈的是不是那个狗娘养的硬汉了，是不是!雷克斯吼道。

然后他转过身去，把枪瞄向霍华德，霍华德定在原地，一只手放在敞开的车门上。雷克斯扳下了击铁。

杰克想爬起身，但他知道他做不到，即便他还有力气，即便他拥有这个已知世界的所有力量。

埃布夏尔跑上前，伸手劈下正向霍华德开枪的雷克斯的手臂，子弹射进了雪地里，激起一片白光。

杰克感到肋骨上那阵温热的抽搐蔓延到了胸口，他侧身滚到了一边。外套上一片黑色的血迹蔓延开来，他的左臂跌落在地上，毫无知觉。他盯着自己的手指和弄脏的袖子，仿佛那不是他身体的一部分。一阵颤抖席卷过他的身体，他仰头躺在地上向天上望去，天空缩成了一个黑色的针孔。

Chapter 29

杰克觉得自己被一圈黑乎乎的形状包围着，眼睑像铁片一样沉重，嘴巴干得要命。一阵恐惧从心中袭来，他的嘴里是不是被人填满了泥；他是不是像蝈蝈 · 帕特那样淹死了。他动了动身体，感觉到自己的躯干动弹不得，胸部缠着什么东西。他顺着床单摸索着，手指碰到了自己的胯部和屁股。原来他躺在床上，他放下心来，脸上一层密汗。他再次挣扎着睁开眼睛，昏暗的灯光下，白色的床单盖住了他的全身，脚尖处高耸着。他动了动脚，右边的角落里冒出一个黑色的身影，出现在他的床前。

孩子，你醒了。

一个不熟悉的声音。一个长着鹰钩鼻子的高个男人站在窗边，他穿着一套黑色西装三件套，背心口袋上吊着一根表链。杰克动了动嘴唇，可说不出话来，嗓子干得像锯末一般。他的腹中仍能感觉到那拧成一团的恐惧。父亲在哪儿？床边那人弯下腰来，俯身凑到了杰克的脸前。一张肉乎乎的马脸，下巴上长着胡茬，衣领很脏。

看上去情况不错，弗洛伊德·卡特说道。

床边又冒出了几个人，他们身穿长大衣，带着帽子，叠着双臂。其中一人移开了身体，杰克瞥见了窗户一眼。窗户上一片漆黑，道道雨水从玻璃上流了下来。今天是星期几？弗洛伊德俯身凑到了杰克的耳边。

我想，卡特说道，午夜煤炭公司的人应该来探视你一下，毕竟我们一起赚了不少钱，嗯？

他咧嘴一笑，露出了黄黄的牙齿，他再次弯下腰来，凑近杰克的耳边。

我给你带了一点小东西，他低声说道。

卡特举着一份叠起来的报纸，在杰克的脸前晃了晃。然后从床边的小桌上拿起一本书打开来，研究了一会儿里面的内容。他轻笑着给边上的人看了看书的封面，然后举着打开的书页，往里面塞了一张纸条。

这是你女朋友之前带来的，卡特说道，就放在这里。

他合上了书页，然后给杰克看了看封面：圣经。

[伯莎来过?]

卡特若有所思地拍了拍手中的书，轻抚着书脊，然后放回了小桌上。

杰克，那女孩不错，等你能下床从这里出去以后，可得把她娶回家。

弗雷斯特，杰克哑着嗓子问道。

他会撑过去的，卡特说道，你们的父亲在这里，他和李先生都在。他们似乎达成了一项协议，检察官的办公室将会负担你们的医疗费用，也不会起诉你们。我想晚些时候你们兄弟几个再跟雷克斯算账。

卡特又弯下腰，凑近了杰克的耳边。

听着，他低声说道，那张纸上写的名字是那两个割开弗雷斯特脖子的人。如果你愿意，可以把这张纸条交给他们。

说完，卡特站起身来，那些人悉悉索索地各自忙碌去了。

一颗子弹可杀不了弗雷斯特，你现在知道了吧。保重，杰克，有空欢迎来我们这里。

那群人走出了房间，杰克伸着脖子看着床边的小桌，裹在绷带里的肩膀动弹不得。那本圣经躺在那里，纸条的一角伸了出来，像书签一样。

露西在厨房里搅着一锅糖渍李子。身上那件白色罩衫从肩上垂下，突出的胯骨清晰可见。对霍华德来说，她看上去是如此瘦小，他担心她是不是病了。他从门口进来，她转过身，露出了宽慰的微笑，额头和脖子上闪耀着健康的光泽，她一头扎进了他的怀中。

噢！我的天，她说道，你终于回来了！

霍华德抱着露西站直身体，微微向后仰了仰，露西双脚离地，挂在他宽阔的身躯上，胳膊勾住他的脖子，伏在他的胸口上。

孩子呢？霍华德把头埋在她的头发里。

在睡觉，露西说道，睡得很安稳。噢，霍华德，过去几天她睡得很熟，还能吃东西了，你得去看看她。大家都好吗？

杰克过几个礼拜就没事了，他说道，弗雷斯特的伤势很严重，但是他能撑过去。

霍华德摸着她背上的骨头和胸腔的肋骨，怀中的分量结实而温暖，这让他在这几天头一次感受到了舒适与放松。他抱着她从一边甩向另一边，她的双脚跟着荡来荡去。

我几乎失去了他们，他喃喃道，我几乎失去了他们两个。

噢，霍华德，一切都会好起来的。

下山时，我掉到了沟里，费了半天劲才把车推出来。如果我早点到那儿——

噢，天呐，霍华德，别那么说，别说了。

他的喉咙耸动着，嘴巴大口地喘着气。

你是个好人，霍华德，一个好男人。

她知道如果自己愿意，他能整晚这样一直抱着她，他有这个力气。抱够了吗？露西把脸埋进他的脖子里。

别放开我，霍华德低声说道。

我不会的，露西喃喃地说道，你有我。

他轻轻地楼了她一下，让身上的力气缓和下来，他听到她肺里被挤出来的呼吸声。她拱了拱他的脖子，嘟囔着。

别放手，霍华德喃喃着。

那天晚上霍华德躺在木屋的床上，露西依偎在他身边。孩子躺在他们床边的小床里，黑暗的房间里充盈着柔软的呼吸声。霍华德几乎立刻就睡着了，他已经有好几天没有合过眼了。他梦到一条长长的白色大路一直延伸到地平线。在适应了那白得耀眼的亮光之后，他才看清那不是一条路，而是一条蜿蜒流入阳光中的河流，一切都是冰凉而刺眼的白。他举起双手，感到一阵疼痛。他的手指残破，上面全是深深的口子，指节上结了痂。远处，一个身影从一片雪白中冒了出来，有个人站在这条冰冻的河流上。霍华德朝那个身影走去，试探着踩了踩溜滑的冰面。那个身影躁动起来，猛地弯下腰。那是弗雷斯特，他正用一柄斧头砸着冰冻的河面，一下接着一下，溅起一大片冰块碎屑。霍华德试着呼喊弟弟的名字，可他的声音淹没在一阵雪白的噪音中，那是一道厚实的声波。弗雷斯特双手把斧头高举过头顶，双脚叉开，朝着冰上的某一点劈了下去。他的动作很快，仿佛被某种古怪的力量操纵着。弗雷斯特，他又喊了一声，他能在脑海里听到他喊出的名字，可他知道没有任何声音发出。他看见弟弟头上那层薄发和鹰钩鼻子，弟弟穿着羊毛衬衣和裤子，徒手一次次地砍着冰面。弗雷斯特下巴上那条歪歪扭扭的疤痕消失了。突然，霍华德觉察到某种动静，他低头一看，冰层下泛起黑色的波浪，一个超过五十英尺长的巨大阴影在他们脚底移动着。弗雷斯特！住手！他大喊道，可弟弟的动作更快了。

麦琪拉上了所有的窗户，在弗雷斯特住院期间，黑水加油站关闭了四个星期。出事的几天后，埃弗雷特·狄龙来到加油站，发现门锁上了。他来的时候是早晨，前一周下的雪已经融化成一层薄薄的冰，融雪在路边形成一道褐色的路堤。停车场上的雪依旧崭新而均匀地覆盖着，没有人踩过的痕迹，埃弗雷特敲了几次门。楼上的窗帘掀开一角，他看到她向外张望着。他指了指大门，晃了晃把手，可麦琪放下窗帘，从窗户上走开了。埃弗雷特静静地站在停车场上，他听到窗户里传来微弱的音乐声。

接下来的几个星期杰克时睡时醒地躺在医院里，做了许多关于祖父的梦。在那些栩栩如生的梦境里，祖父一直在劝说着他，他的胡子被风吹了起来，双眼炯炯有神。祖父领着他来到一处幽深的树林，一个身影在谷仓门口隔着雪地向他招手。

他的祖父是一个勤勉的人，总是在工作，努力攒钱，可一直到死都没有多少积蓄。大多数邦杜兰特家的男人，包括杰克和他的几个哥哥，对贫困终老有种奇怪的强迫观念。他们总是梦想着口袋里有成卷的钞票和一大摞零钱，可实际存下来的那点钱说服力很小。他们指望着那点钱能带来救赎。到头来，这一切都没有任何意义，因为一个人想从出生时就注定掉入的沟里脱身，需要付出更多的东西。

在祖父留下的那份草草写就的遗嘱里，他给自己的儿子格兰维尔留了三英亩地，两头体衰力弱的骡子和一个名叫朱利尔斯的黑人男孩。

杰克记得老人常坐在窗前，在木头上刻着玩偶。他想起小时候弗雷斯特在雪湾玩那些士兵木偶时脸上的狰狞表情，他把他们藏在树林里，谁都不告诉。几个月之后，天气起了变化，那些藏在空心木头里的木偶雕像开始肿胀变形。寄生在上面的真菌让木块变色开裂，那些人偶像是真菌里面钻出来的。尽管已经变成了一堆面目全非的朽木，弗雷斯特还是经常玩这一堆木偶，已经稔熟到记得每一个木偶的模样和扮演的角色。后来随着时间，这些木偶在他手里四分五裂开来，缺兵少将凑不全阵容，终于有天他把这些长着霉斑的东西埋了起来。

一个冬日的下午，杰克看到哥哥用棍子在雪湾结冰的地上挖着洞。杰克藏在一小丛梓树中，膝盖跪在地上，被霜雪打湿了。他已经干完了下午的零活，快到了吃晚饭的时间。弗雷斯特埋好木偶之后起身离开，大步穿过田野走回家里。杰克从树丛里爬了出来，小心翼翼地挖出了那些埋好的木偶。从这些木偶的剩余部分依稀能看出那是一个马背上的士兵。埋在雪地里的木块已经肿胀变形，马背上的士兵一只手举着宽檐帽，仿佛在向他的同伴挥手。另一只手高举着剑，随时准备劈下来。他的胸膛向后仰去，抬起的头歪向上方，姿势十分不自然，仿佛在向头顶上的人祈求着。他的两只手上一只握着鼓舞士气的工具，另一只握着砍杀敌人的武器，随时准备好了。

杰克在冰冷的泥地里跪了几分钟，仔细地研究着木偶，在麻木的手指间翻来覆去地看，然后小心翼翼地把木偶放回洞里仔细地埋好，他的身体在寒冷中哆嗦得厉害。他站起身来，看到弗雷斯特正站在几百英尺远的山顶上，微斜的剪影映衬在靛蓝的天空下，正看着自己。弗雷斯特一动不动地站了几分钟，然后转身走进了黑暗之中。

杰克在雪湾边上足足等了一个小时才敢回家，他浑身都湿透了，牙齿打着寒战。坐在晚餐桌前的弗雷斯特像是个面无表情的幽灵，那天晚上杰克哭着恳求母亲让他睡在他们房间的地板上，这样他就不用跟弗雷斯特一起睡在平常那张床上了。

你这个儿子到底怎么了？格兰维尔纳闷道。

母亲最后还是同意了，杰克裹着毯子睡在他们床边的地板上。

第二天杰克发起了高烧，接下来的那一周他一直高烧不退，浑身是汗，哭个不停。母亲用热汤安抚着他，用酒精擦拭着他的身体。病好之后，他又回到跟弗雷斯特一起睡的那张床上。弗雷斯特再没跟杰克或其他人说起木偶的事，家里的人也从未提起。

Chapter 30

1933 年

几年后的一天，弗雷斯特在位于史密斯山密林深处的锯木厂营地监工，那天要卸载一辆长形拖车。营地位于一圈圆形山脊的凹陷处，山路呈陡峭的之字形。弗雷斯特雇了个人管理营地，可他仍定期前来视察，尤其是装卸和运输的日子。由于不再管理具体事务，他在营地的行踪十分飘忽。推拉横锯和刨木板的工人扭头便看见他那瘦削的身影站在阳光下的小树林里，那道伤疤横在他的脖子上。

一片二十英尺的成年橡木已经被清理干净堆放整齐，并捆扎好等待运输，它们将被履带型的小型发动机拖车从山谷里拉到外面。在第一道急转弯处，弗雷斯特和其他几个工人一起扶着蹒跚而上的拖车爬上山。在过第二道转弯处时，空气中传来一阵响动，像是奔来一群牛羊。拖车一顿，堆放在上面的原木震动起来，从拖车较低的一边缓缓滚跌下来。

当时在场的人都说弗雷斯特想都没想着躲开，只是匆匆把帽子一甩，转身面对着向他滚落而来的几吨重的木头。

弗雷斯特没有死。威特·波尔诺特被抓了起来，此人几年前被弗雷斯特从营地里赶了出来，不知情的经理在出事的前一天雇了他。威特切断了拖车较高一边的皮带，在场的人都看到了。被抓时，他什么都不肯说，只说那是一场意外。弗雷斯特在落基山镇医院躺了三个月，浑身打满了石膏。对威特·波尔诺特的指控被撤消了，改判为因疏忽致人于危险的罪名，因为表现良好他只被判入狱三个月，这一切都出自州检察官卡特·李的命令。

第二天杰克来看望哥哥。躺在医院床上的弗雷斯特像一道图腾，从头到脚打着石膏，只露着两只眼睛，鼻子上插着吸管用来呼吸，他的身上绑着铁条，防止他乱动或者挣扎。头几个星期弗雷斯特一句话都不能说，无法对任何人做出回应。麦琪大多数晚上都会待在医院，站在窗边向外望去，长长的烟圈喷在窗玻璃上。白天她要照顾加油站的生意，埃弗雷特·狄龙依旧负责油泵机。大多数时间弗雷斯特都陷入昏迷之中，醒来后他静静地躺在床上，灰色的眼睛盯着天花板，一眨一眨。

一天下午，伯莎和杰克安安静静地坐在病房里，从窗户上望着格拉西山高耸的密林。弗雷斯特躺在他们身后的病床上睡得很熟，杰克的手轻轻地罩在她的手上，时不时地捏捏她的手指。

这一切都不会白白发生，伯莎说道，它们就是来世的赞美诗。

她回头看了看直挺挺地躺在床上死人一般的弗雷斯特，然后盯着杰克。

爷爷告诉我，她说道，来世在天堂里，人们会吟唱今生这个世界。所有的故事，所有的生活都将变成赞美诗，被人们歌唱，我们就是这样记住它们的，这也是今生的意义所在。可问题是我们先要过完这辈子的生活，所以我们必须忍受。

说完，她握住他的手，冲着他浅浅地笑着。杰克觉得这个世界中那无法理解的一部分破解开来。这几年发生的一系列事情让他对她的爱变得更加深厚，此时此刻，这份爱照亮了整间病房。

弗雷斯特入院后第二个月的一天晚上，麦琪正收拾东西准备离开医院，杰克站在病房门口，看见她的手指拂过弗雷斯特打着石膏的脑袋，顺着高耸的鼻子摸到下巴和脖子上。她轻抚着那道伤疤，手指来回移动着，眼睛凝视着他的眼睛。杰克看见哥哥的眼睛也凝视着她，使劲地眨着。麦琪在床边的小桌上放了一张他俩的照片。两人站在黑水加油站前，弗雷斯特双手掐腰，麦琪面无表情，紧紧地抿着嘴。照片旁边摆着一只发霉的木块，那团模糊的形状隐约像个木偶。

听着，躺在病床上的弗雷斯特跟杰克说道，有些事情要告诉你。

两个月之后他依旧从头到脚裹在石膏里。头骨骨折的地方正在痊愈，脸部很快就能自由活动了，可现在他还只能从石膏上的两只眼洞里向外张望，那上面沾了一圈脏东西和汗渍。他的嘴巴上开了一个坑坑洼洼的通气口，上面沾着食物、喝的东西和唾液。

杰克正坐在椅子上轻声朗读着圣经，伯莎向他推荐的，弗雷斯特似乎也挺喜欢，两人已经像这样好几个小时了。杰克从白天一直念到晚上，弗雷斯特目光锐利地盯着天花板，稍稍一动，石膏下的皮肤便响起轻微的簌簌声。大多数晚上麦琪都陪在他身边，白天回到加油站照顾生意，有埃弗雷特和杰克做帮手。

杰克把手中的圣经放到膝盖上，有些紧张地眨着眼。床头灯的灯光十分微弱，窗外的天色迅速暗了下来。

在麦琪来之前跟你说吧，弗雷斯特说道。

他的声音有些发浊。他蠕动着干裂的嘴唇，努力把话说得清楚一些。杰克微微把身体向床边凑了凑，他看见哥哥眼里有一些警觉和紧张。

要叫人过来吗，杰克问道，是不是哪儿疼？

弗雷斯特微微弯了弯干裂的嘴角。走廊上传来鞋子的咯吱声，弗雷斯特转动着眼珠往门口看了看，敞开的房门漏进一道平平的光线。

那天晚上在县界餐馆，弗雷斯特说道，是麦琪把我拉出去的。

她当时在那儿？

弗雷斯特闭上眼睛，用力挤了挤，杰克觉得他那副包裹在石膏下的身躯颤抖着，像一只蜕皮的虫子蜕出了一身新皮。

他们把我放倒之后，弗雷斯特说道，她当时也在，就在餐馆里，我听到了她的尖叫声。我躺在停车场上，意识很模糊，不知道那是什么，我完全无法理解。

弗雷斯特睁开眼凝视着杰克，圆圆的眼睛很温暖。杰克胸口一热，像是被堵上了一块东西。他无法想象那尖叫声，麦琪不是一个会尖叫的女人。

她永远不肯告诉我在我躺在停车场上的血泊里时，里面到底发生了什么。弗雷斯特说道。

杰克点点头，握紧了膝上的圣经。

后来我们到了医院，弗雷斯特说道，我从车里下来走了进去。

可你为什么说你是一路走过去的？你为什么不告诉我们实情？

弗雷斯特笑出了声，随即猛烈地干咳起来。止住咳嗽后，他朝着天花板露出了微笑，像是对自己很满意。

妈的，弗雷斯特说道，当时我以为自己死了，我以为自己确实是一路走过去的。

好吧，杰克说道，我也有些事要告诉你。

Chapter 31

1934 年

半夜时分，杰克家的门上响起了重重的敲门声。伯莎睡在床上，孩子躺在她的身边，睡得很安稳，小嘴上吐着一小团色彩斑斓的泡泡。杰克躺在黑暗中，听着身旁妻小熟睡的呼吸声。敲门声很响，杰克想起了十五年前乔治·布罗迪那次充满痛苦的夜半敲门声，有好多次他希望他们当时没有去应门。

他从床上跳了起来，伯莎扯了扯他的胳膊。

干什么呀，杰克!

孩子咳嗽了两声，哼哼唧唧地哭了起来。

杰克套上长裤，那柄点 22 就在壁炉的架子上。门廊的地板上传来吱吱嘎嘎的脚步声。门闩很牢，杰克站在门边从窗户上向外窥视了一眼。一个穿着长大衣，头戴帽子的高大身影直挺挺地站着，面向紧闭的大门。是弗雷斯特。杰克点起油灯，把门打开。在弗雷斯特的身后，一个魁梧的身影站在黑暗的院子里，杰克认出那是霍华德。

你是对的，弗雷斯特说道，我们找到了那两人的下落。

一旦响应复仇的信号，事情就永远无法摆正，杰克一边穿起大衣一边暗想。

霍华德开着弗雷斯特那辆 1932 年的福特 V8 向北面驶去，他叹了口气，从驾驶室的地板上拿起一瓶酒，旋开盖子，从窗口扔了出去，盖子飞进了湍急的夜色中。他往嘴里灌下几口，浓烈的酒精把他的眼睛里逼出了水。一柄猎枪斜放在他的膝盖上，座位上还放着一盒子弹。霍华德开着车，弗雷斯特从座位下掏出一柄手枪，头也不回地递给后座上的杰克。那是一柄握压式扳机的点 38。

不用就别把它掏出来，弗雷斯特对着挡风玻璃说道，一旦指着谁，就打光里面的子弹。

杰克把枪插进外套口袋里，一股胆汁涌了上来，像一把老虎钳挟住了胸口。霍华德把酒瓶递到后座上，杰克猛灌了几口，感觉到胸膛和腹中缓了下来。他用外套的袖子擦了擦额头，大片濡湿的汗渍让他吓了一跳。男性身体特有的酸臭味迅速弥漫在车里，看着弗雷斯特的后脑勺，杰克知道在这件事上，他无法拒绝哥哥。可同时，他觉得有必要在适当时候发出信号，他还没有准备好。车子哒哒地行驶在车辙路上，车前灯探照进拐弯处的树林里。霍华德的脸上十分平静，双眼半闭着，这让杰克稍稍放宽了心。

他们向西开了近一个小时，在落基山镇东面靠近基尔斯湾*的一间加油站前停下来，杰克从未来过这里。尽管已过午夜，

---

* Gills Creek，富兰克林县内的一处地名。

停车场上仍有八辆车停在那里，楼上房间里的光束从薄薄的窗帘后透了出来。弗雷斯特熄掉车前灯，一个娴熟的急刹车，车子停在了这幢建筑的后面。

他们听到了楼上窗户里传出的笑声和音乐声。杰克仔细地分辨着那是什么曲子，可听了半天也听不出来。霍华德坐在乘客座位上，端着猎枪，一只手放在冰冷而油腻的枪管上，另一只手松松地放在扳机护环上，随着音乐轻轻低打着节拍。杰克把那瓶酒递给他，他接过来灌了一大口，然后递给弗雷斯特。

人影憧憧，灰蒙蒙的灯光在楼上的窗户上摇曳着，投在挡风玻璃上和后面的树林里。杰克感觉到天空在他头顶上升起掀开，像一条经过大山的路堑，笔直光滑。霍华德端坐在座位上，弗雷斯特盯着加油站的大门。

杰克想起了雪湾家里温暖的炉火和烛光，姐姐们的手指绕着毛线，轻声说着悄悄话。母亲紧紧地抱着他，寒冷的屋外燃着一丛篝火。他的姐姐整齐地并排躺在地板上，母亲的脸上盖着被子。

[拖着脖子被划开的身子在雪地里走了一英里的路。]

霍华德想起杰克有天晚上在营地的篝火前说的话：弗雷斯特绝对不会死在别人手上。当时夜已深了，两人都喝醉了。幽深的树林漆黑一片，像一片开阔的田野。有时在这一小片篝火的天地里，杰克很想高谈阔论一番，发表他对这个世界的宏大设想。

弗雷斯特认为，杰克说道，这个世界就是一个东西，可是他错了。

我见过地底下的东西，他说道，那里可怕又美丽。

霍华德喜欢听他搜肠刮肚地寻找着合适的词语来表达，杰克的眼睛是如此的真诚，让人很难把目光移开。

霍华德觉得肋骨上一阵闷疼，在座位上挪了挪身体。他想起了露西和女儿，小家伙现在已经长大了，活蹦乱跳地奔跑在树林间。他不会再去碰牌，他会存下一点钱，也许明年能在马丁斯维尔的纺织厂里找到一份工作。生活会向好的方向变化，他知道。窗外的世界模糊起来。车子像是一片海角，群山、密林和云团以惊人的速度从它身边掠过。霍华德又喝了一口酒，从溅满泥点的挡风玻璃上向外望去，他看着远方的田野，摸着外套口袋里的手枪。他觉得自己的感受如同那些古老的橡树，它们生长在森林深处，树冠仰望着太阳，脚趾深埋在泥土深处，巍然挺拔。

一个小时后，男人们陆续从加油站的前门里走了出来，有几位说笑着走向各自的车，那些输了钱的人则压低帽檐，踢踏着步子，不声不响。楼上的窗户里安静下来，只有收音机哔里剥落的响动和地板上家具的磕碰声。停车场上只剩下两辆车，弗雷斯特冲霍华德点点头，三人从车上下来。霍华德把猎枪塞进了长外套下，然后拍了拍外套翻找着多余的子弹，弗雷斯特检查着手枪里的弹匣，抬头瞟了一眼窗户。

你准备好了吗，杰克？弗雷斯特从牙缝里说道。

他一甩手，旋上了左轮手枪的弹膛。

动作要快，别散开。

杰克点了点头，心脏在胸腔里砰砰直跳。三人朝前门兜转过去。

霍华德冲在头里，弗雷斯特低声说道，对付第一个人，你跟在其后，拔枪结果掉第二个人。不要犯错，对准眼球开枪，听明白了吗？如果他乱动，就扣下扳机，一直打到子弹打光为止。

杰克握着口袋里的手枪木柄，是不是太滑了？他能迅速掏枪对准目标吗？四周一片安静，杰克看着敞开的大门里透出的白光和通往楼上的木质楼梯。他的内衣被汗水湿透了，裤裆处一片潮湿的温热，痒得难受。

收音机里的音乐在微风中摇曳着，有一阵子变得清晰起来，杰克终于听出了那支曲子。那是伯莎在家经常弹奏的一只曲子，她一边拨弄着班卓琴，一边对着儿子柔声轻唱，她的声音像极了萨拉·卡特*。

[海面上
暴风雨来袭
天堂也不见了
世界不再转动，爱
如果我向你证明它错了]

哥哥们静静地走上门廊，站在门口。低头迈上台阶的霍华德抬头看着屋里，手上那杆猎枪指着楼梯。弗雷斯特面无表情地盯着杰克。短短三个台阶，杰克就是无法挪动步子。他似乎被钉在原地，仿佛是脚下的土地勒住了他的双腿。杰克知道弗雷斯特正看着他，等待着他，他手忙脚乱地摸着口袋里那柄湿滑的手枪，仿佛在找什么东西。灯光一闪，他想起了那首歌，无力地垂下手。

---

* Sarah Cater，卡特家族（Cater Family）的主音歌手。

过了一会儿，弗雷斯特向后摆了摆头，示意杰克回到车里。霍华德回头看了一眼，杰克看着哥哥们爬上了楼梯。

杰克坐在方向盘后，从口袋里掏出了手枪。整只枪被他的手汗抹得湿滑油腻，他嫌恶地把它扔在了座位上。石子路上响起一声尖厉的吱嘎声，杰克看见一个男人从加油站的前门里撞了出来，朝自己的车跑去。杰克慌忙拿起手枪，笨拙地隔着挡风玻璃指着目标。从前门跑出来的那个人没穿外套也没戴帽子，他头也不回地朝车子跑去，没命地发动起汽车。引擎的启动装置尖叫了几声，车子冲了出去，从停车场飞上了大路。杰克回头看向楼上的窗户，他辨认出弗雷斯特低沉而粗率的声音，一把椅子还是一张桌子被扔到了地上，然后是一阵急促而拼命的打斗声，过了一会儿，屋里安静了下来，突然，杰克听到一声尖叫，他以为那是猎枪射出的子弹声。那声音回荡在停车场上，发自一个男人撕心裂肺的惨叫。杰克感觉眼睛从脸上鼓了出来，他咒骂着拍打着方向盘。

天呐！他想着，这……这声音是谁？

惨叫声持续了整整一分钟，起初尖厉的高音跌坠下来，堵成了含混不清的一团。那声音塞满了杰克的脑袋，他盯着挡风玻璃，试图把注意力集中在车灯光束里的红土碎石和路边高大的松树上。霍华德从门廊上走了下来，一只手拿着猎枪，另一只手抓着一只纸袋。他朝车子走来，坐进了车后座，把纸袋放在了旁边的座位上，杰克看到纸袋的底部湿了一片。霍华德掰开猎枪，检查着里面的子弹，然后穿上大衣。他的眼睛看上去明亮湿润，可身体似乎很放松，他一言不发地向后仰去。

弗雷斯特缓缓地走在车前灯的光束里，绕到了乘客座那边。

断断续续的呜咽声穿过停车场，那是一个成年男人的哭声。弗雷斯特站在车外，弯腰从地上抓起一把土搓着双手，就像在清冷的早晨在田间地头干活一样。他坐进车里，朝杰克点点头，杰克发动车子，朝路的东面开去。起初他开得很慢，在浓黑的夜色中，亮着灯的车子是其中一束孤零零的色彩。杰克听到车后座上的霍华德拧开了一瓶酒，车里弥漫着哥哥们的呼吸声，杰克闻到了玉米威士忌的味道，混合着另外一股气息，这气息让他想起冬日谷仓里那头正在生产的母牛散发出的腥甜气味，那些开膛破腹的家猪被放进冒着热气的食槽里的味道。霍华德把瓶盖甩进了窗外的树林里，杰克拉下节流阀，加快车速，朝着黑黢黢的大山里开去。

Chapter 32

1934 年

格兰维尔·邦杜兰特站在店里的柜台后，整理着一天的收据。六七个住在雪湾的老头正围在火炉边消磨时光，嘴里一边嚼着烟叶，一边抱怨着天。格兰维尔清扫了地板，用粗麻布蒙上了面箱和谷箱，封掉的炉火变成了幽幽的一小簇。夜幕降临，气温骤降，几场雨过后，地上一片潮湿，那天晚上男人们谈论着初秋的一场霜降，可中心话题是前一天晚上治安官杰弗逊·理查兹遇害的事情。他在靠近安提奥克兄弟会教堂的路上遭到枪击，身上被子弹打成了筛子，惨不忍睹。原本一周后他将出庭作证。

一定是卡特·李在清除异己，一个留着胡子的家伙抓着脖子说道。

那人靠不住，另一个人说道，身上背着太多的线索。

一辆车碾上了停车场的石子路，格兰维尔抬起头，用手抹去收据上的铅笔屑。不一会儿，一个身穿大衣的魁梧男子摇摇晃晃地穿过停车场，朝屋里走来。大门被一脚踢开，一股潮湿的冷风呼啸着吹进店里，里面的人低声抱怨起来，查利·雷克斯从门口走了进来。他的外套前襟敞开着，领带歪了，头上的费多拉帽低低地压着。雷克斯站住脚步，迅速扫视了一眼店内，然后朝围炉走去。他把外套向后褪去，把手伸了出来。他身上一股汗臭和威士忌酒的味道，炉边的老人哼了两声，挪动着懒洋洋的身体，换了个姿势。

添把柴过来，雷克斯说道，这鬼炉子是冷的!

我们要关门了，格兰维尔说道，孩子，你需要什么?

雷克斯怒视着他，帽檐下的眼睛里狂乱地燃烧着怒火。

加油。

油泵机关了。

把它们打开!

格兰维尔把柜台上的收据拢成一小摞，然后把双手垂在身体两侧，看着他。雷克斯的身体微微晃动着，外套敞开着。

查利，你想要怎样?

雷克斯怒气冲冲地看着四下里，然后转身对着格兰维尔。他从背后的腰带上拔出一只手枪，指着格兰维尔的胸口。

我要你知道一些事情，雷克斯说道。

他拿枪指着屋里转了一圈。

这屋里所有的人，你们这些人要知道一些事情。

放松点，查利，一个老人说道，我们知道事情现在有些——

你他妈的知道个屁！雷斯特咆哮着，每个人都以为他们知道点什么，其实他们屁都不知道！

雷克斯转回身面对着格兰维尔，半抬着胳膊，手枪粗野地抓在手上。突然，他似乎感到一阵疲倦，涨得通红的圆脸松弛下来，他后退了一步，用外套袖子擦了擦额头。小雨打在屋檐和窗户上，围炉边的人们簌簌地活动着脚。雷克斯的头垂了下来。

回家吧，查利，格兰维尔说道。

雷克斯擦了擦脸，握紧手里的枪，抬起胳膊，把枪指着格兰维尔的喉咙。

为什么？你认为我应该躲在什么地方，是不是？

他转过头冲其他人吼道。

还有你们几个？

屋里的人低下头看着炉子，下巴贴在衣领上，仿佛炉子里还有火似的。

雷克斯抬脚踢翻了一只凳子，似乎还不满意，抓起面粉箱掀翻在地，屋里迅速腾起一阵轻烟般的粉尘，围炉边的人纷纷抱怨起来。雷克斯看着身上的裤子，一条腿上沾满了面粉，他恨恨地骂了一句。那柄枪还握在他的手上，他朝柜台走去，抓起收据和账本扫到了地上。格兰维尔从柜台后退了几步，静静地站着，面无表情。雷克斯抬起胳膊，将柜台上所剩无几的东西扫到了地上，把货架上的罐头食品、口香糖和烟叶稀里哗啦地推到了地上。

我不害怕，雷克斯在屋里咆哮道，我他妈的不怕那个卡特·李！

他转着圈，又一次把枪指着格兰维尔。

我他妈的也不怕你那几个废物儿子！

雷克斯喘着粗气，擦了擦脸。

你们都去死吧！

他一把将帽子摁在头上，双手在腾满粉尘的空气中挥舞了两下，然后从门口冲了出去。屋里的人咳嗽着拍打着外套和裤子。

霍华德从仓库的门口走了出来，一言不发地穿过白色的粉尘。格兰维尔站在柜台后，盯着地板，没有注意到儿子的离开。如果屋里有其他人看到霍华德跟着雷克斯出了门，他们也装作没看见。

雨停了，天空漆黑一片。查利·雷克斯把车开上了自家的车道。小屋的窗上亮着一盏灯，他的狗在后院一阵狂吠。雷克斯啪的一声摔上车门，从外套口袋里掏出一只扁平的小壶，喝了一口，然后用袖子抹了抹嘴和脸。木屋的一边，山坡陡峭地没入树林里，山脚嵌进了黑水湾一条狭窄的支流。树林边上灯光一闪，雷克斯紧紧盯着那簇摇曳着的黄色灯光，原来是一只蜡烛。

雷克斯扭着脖子四下张望着，房子、车子、树林在他的周围打着转，他被包围在自己呼出的哈气里。他把酒瓶放回了口袋，掏出手枪，从屋子一边绕到了斜坡的栅栏边。雷克斯扫视着树林，那里一片漆黑，只有那一小圈金黄色的烛光。蜡烛被放在栅栏的木桩上，底部堆起了烛泪。雷克斯在那里站了一会儿，举着手枪听着动静。他的狗闻出了他的气味，停止了狂吠。山下的河水汩汩流着，雨水噼里啪啦地打在树林间。雷克斯又掏出了那只扁平的小酒瓶，牙齿咬住瓶塞拔了出来。他喝光了里面最后一口威士忌，身上一阵颤抖。他环视着四下里，屋里的灯光，黑暗的天空，还有环绕在屋后的陡峭山坡。他轻笑了几声，像是被噎住了似的弯下腰来，手背捂着嘴。他咳嗽了一会儿，往湿漉漉的草地上吐了几口唾沫，然后用力把空酒瓶扔进了漆黑一片的树林里。

过一会儿他探身吹熄了摇曳的烛火。在光亮消失黑暗笼罩下来之前，他看见霍华德的身影从树后冒了出来。他想大声喊出来，可霍华德已经掐住了他的咽喉。

霍华德把雷克斯掐到栏杆上，然后摔在地上，雷克斯那只拿着枪的手被摁在膝盖下。他一只手勒着雷克斯的气管，另一只手把雷克斯的手指从枪托上扳下来，然后把枪扔进树林里。雷克斯的喉咙被勒得咯咯作响，深红色的脸憋得发紫，他抓着霍华德的胳膊，双脚踢着潮湿的树叶。霍华德盯着他看了一会儿，似乎在研究着那张脸，然后抓着他的脖子把他拖到了山下。

狭窄的山坳处流淌着一条三英尺宽的清溪，霍华德把雷克斯甩进了冰冷的水里。溪流大约有一英尺深，底部是平滑的石块和泥土，雷克斯仰面跌进水里，尖叫起来，他的脸没入水中又抬了起来，嘴里向外吐着水，大口地喘着气。狗开始狂吠起来，雷克斯一脸仓皇地看着那个逼近自己的黑影。霍华德摇了摇头，像是在清除某些记忆，他喷着粗气，像一台起火的发动机。

天呐！雷克斯语无伦次地哀求道，别打了！

霍华德从雷克斯的身体中部横跨过去，双手抓着他的脖子把他往水里摁。雷克斯的手狂乱地抓着霍华德的脸，霍华德只是把脸扭开。他紧闭着嘴，咬牙看着雷克斯那张浸在水下的扭曲的脸和睁大的眼睛。黑暗向他包围过来，他突然感到一阵空虚降临在身上，他抬起头看着从树林间掠过的夜色。

过了一会儿他揪着雷克斯的衬衣前襟把他从水里拽了出来。雷克斯抓着喉咙，剧烈地咳嗽着往外吐水，狂乱地抓着泥泞的树叶。霍华德站在那里，考虑着是不是该玩乐似的踢上那人几脚，可还是决定不在那人的身上留下拳脚印。他俯身扳过雷克斯的脸，雷克斯抽泣着畏畏缩缩地向后退去，布满水迹的脸上涕泪交加。他的脸色有点发青，霍华德心想，不过应该没事的。

记住了，查利，他喝道，听见了吗?

说完，霍华德朝山上走去，丢下雷克斯躺在溪水里。走了几步后，他回头看了一眼，那个浑身湿透的人正蜷成一团瑟瑟发抖。

你要知道，霍华德说道，我们跟杰夫·理查兹的死没有任何关系。他自己树敌过多，自找的。

狗叫声又响了起来，霍华德走进了漆黑的树林里。

Chapter 33

1935年

到处都是人，他们靠在黑色的长轿车上，站在人行道上，手里拿着帽子，在烈日下擦着汗；还有人坐在杰斯餐馆靠窗的板凳上，站在银行大理石外墙的阴影中；他们穿着西服打着领带站在法庭大门的台阶上，有几个手里拿着照相机，助手背着鼓鼓囊囊的黑箱子，伸手往外套口袋里摸着备用的闪光灯灯泡。哈里森伯格县*中心的法庭像是一道日晷，它的影子先是投在对面的银行上，随着午后的日光掠过餐馆的柜台和浸礼教堂。法庭大楼的周围有一片延伸到大街上的缓坡草地，被一段青石台阶拦断了。这是一个温暖的六月天，天空中飘着几片云，富兰克林县私酒大案终于结束了五十天的审理，它打破了弗吉尼亚

* Harrisonburg County，弗吉尼亚州的一座城市。

州的纪录，比1807年的艾伦·伯尔案*的审理时间更长。在一间卫理公会教堂的门口，一个女人带着一个瘦小的男孩坐在板凳上，男孩长了一头淡金色头发，穿着白衬衣和工装裤。母子俩抱在一起，说着悄悄话。法庭门口的椅子上坐着一名警察，警帽低低地压在眼睛上遮挡阳光，手枪挂在胯上。

空气中传来了一丝动静，也许这动静是想象出来的，广场上并没有什么声音传来，可人们还是疑心自己听到了那扇门里的动静。门口那位警察抬起头，男人们往草地上扔掉香烟头，一辆车的车门打开来。那个带着小孩的女人仍弯腰跟孩子悄声说着话，母子俩在讨论小男孩膝上的一株蒲公英。法庭的大门打开，一个男人跌跌撞撞地冲进了阳光里。舍伍德·安德森用一只手捋了捋稀疏的头发，眨了眨眼，然后把帽子卡在头上。他看到广场上人们的注意力被吸引了过来，上下打量着他，然后不感兴趣地转过头去。这是一出典型的美国悲剧，他心想。这场审判让他对此事的想法更加清晰，一个没入岁月烟尘里的史诗般的故事开始在他的脑海里成型，这是一个可以在玉米地里大声朗读的故事。安德森走下台阶，腋下夹着一份《罗阿诺克时报》，他看了看兜里的怀表。

具有个性的个体将会消失在历史的尘埃里。那一天终将到来，安德森心知肚明，到那时，我们都是大公司时代背景下的小兵。在他小时候，没有汽车、飞机、广播、连锁商店，更没有趾高气昂的垄断集团向全世界扩张他们的利益。那时候人们过着自由的生活，安德森试图在《也许女人》一书中描述那段

---

* Trial of Aaron Burr，指发生于1807年的美国副总统艾伦·伯尔叛国罪一案。

生活，可这本书收到了大量恶评，有些甚至来自他的朋友。他仅仅是想说世界被机械化之后，人身上一些本质性的东西丢失了。而另一方面，女性世界却在物化的世界里不断升华。女性待在家中，被这些东西包围着。男人失去了动力，在感官世界里愈发欲壑难填，病态地沉溺于绝对权力之中。一个真正的人是不需要这些东西的，而真正的人寥寥无几，这是海明威为何对斗牛这种血腥的运动以及各种杀戮如此着迷的原因，也是他感觉到自己必须在公共领域内压倒自己前任导师的原因。文学远大于你我二人。他是一个缩手缩脚的人，海明威如此评价他，只会玩弄文字。

在巴黎待了一个月之后，两人喝了最后一顿酒。海明威总跟人说他会去拜访安德森的。在巴黎逗留的最后一天，安德森坐在房里，所有的行李都已经打包完毕。一阵敲门声响起，来人正是海明威。来杯酒吧，他建议。他们去了街对面的一家小酒吧点了两杯啤酒。海明威举起了酒杯。

好吧，就这样了。

然后他转身走出了酒吧。

总在宣扬自己的男性气概通常是最明显的自欺欺人。一个人不会经常炫耀自己已有的东西。

我才不在乎那些说我只会玩弄文字的评价。我们都面对着一堵墙，我扔过去的文字都来自自己的内心。

1931 年，格林威治餐馆举办了一场庆祝《也许女人》发表的聚会，出人意料的是福克纳也来了。他有些胆怯地走上前来，向安德森伸出一只手，安德森握了握。福克纳向他表达了祝贺，他微笑着扯了扯舍伍德的袖子。

舍伍德，他问道，到底怎么回事？你以为我跟海明威一样？你知道他们说的那些话都不是真的。

他们愉快地聊了一会儿，然后福克纳徘徊到了聚会的另一堆宾客那里。那时他已名声鹊起，人群最终被吸引到了他那一边，安德森孤零零地坐在一个小隔间里，手上拿着帽子。安德森知道在有些人看来他脸上的表情透露了他对眼下发生的事情心知肚明，他即将交出手中的火炬。他嘴角上的微笑略显紧张但又心满意足，那是属于一位资深文学发言人的神情。他手里那顶硕大而柔软的帽子是最近买的，从未戴过。他望着围拢在福克纳周围的人群，轻抚着膝上那顶硕大的帽子，像是抚摸着一只小动物。

《小镇畸人》出版的时候他 43 岁。一想到自己在商业机器的齿轮上浪费的时间，他直想作呕，他曾置身于那些巨大的骗局之中，在美国工业化的新纪元里，每天都有人被碾碎在它的指间。几年来，他走在大街上，很少想到那些蜷缩在不透明玻璃后的生命，那些状如螃蟹的生命孤独地坐在黑暗之中，他们拿什么填满饥饿。哦，他要是早点看到门后的景象就好了！

一直以来他专注于文字的准确性，巧妙地操纵着它们，让它们释放出最大的自由，于是这变成了某种写作风格，他的写作风格，直到这种风格变成了本质，此外再无他物。它死了，可他无能无力。

1935 年 5 月 24 日《罗阿诺克时报》的标题写着：私酒大案的头号女犯站在证人席上。5 月 23 日，威莉·卡特·沙普出庭作证半小时：

民众一直等待着能够一睹真容，这种好奇心让一整天的各种证词在她面前黯然失色……

大多数人包括安德森都极为失望，随着女主角站在证人席上的那一刻，他期待见到一位山里的传奇女子的愿望落空了：

卡特女士，一个活跃在禁酒令时期私酒贩子的繁荣时代的名字，其人出庭时的形象减弱了那颗曾闪烁在她牙齿上的钻石光芒。她身穿一条白裙和与之相配的鞋帽，白裙上有棕色的褶袖，衣领在前襟上别了一枚贝壳别针。

安德森看到她长着斗牛犬一般的双下巴，容貌粗笨，言谈愚钝，整体印象是一只穿着衣服的大猩猩。

判决书宣读后，庭审终于结束了。安德森走下法庭的台阶，往背心口袋里插上自来水笔，脚上那双粗革高帮的靴子蹭着石灰石的地面。那位警察往黑洞洞的门里看了一会儿，然后迅速站了回去。法庭的门里出现了一群人，他们涌上台阶和草坪，迅速在广场上散开，仿佛十分厌恶各种挤作一团的聚众集会，每个人都忙着给自己找点空间。站在广场上的人群涌动起来，向着相熟的面孔打着招呼；手持照相机的人高举着沉重的装备，在涌出来的人群中搜寻着目标面孔。安德森找了一棵人行道边的老橡树，站在了树荫下。他松了松黑色的领带，看着陆续走出法庭的男人和零星几个女人。那些人交谈着，喧哗声回荡在广场上。男人们握着手，拍着彼此的后背。几个身穿价格不菲的夏款羊毛西装，手提皮质公文包的人迈步上了等在路沿的长身型轿车。几个警察笑嘻嘻地朝街对面的杰斯餐馆走去。

一辆午夜蓝的敞篷车停在了路沿上，吸引了安德森的注意力。方向盘后坐着一个女人，她熄掉引擎，偏腿从车上下来。麦琪穿了一件闪闪发亮的玉色锦缎长裙。头发在脑后扎了个简单的发髻。安德森就站在她面前，可她用吉普赛人一般的眼神望向了安德森身后的法庭大楼。

卡特·李被免去了所有指控。这件案子中共有二十人被判有罪，其中包括治安官亨利·埃布夏尔和其他参与阴谋案的私酒贩子。显然，阴谋案中第一副手杰弗逊·理查兹的被杀身亡和查利·雷克斯神秘死于肺炎这两件事帮了他的大忙。陪审团里一位名叫马歇尔的成员拒绝把卡特·李列入犯人名单中，还威胁说要吊死陪审团。邦杜兰特三兄弟没有被正式起诉，他们作为起诉方的重要证人出席了庭审。

一个高大的男人迈步走出法庭，来到了阳光下。他穿着一件薄薄的棉夹克和一条工装裤，脖子上有一道在四十英尺远的地方就能看到的伤疤。他站住脚步，另两名男子跟在他身后走进了阳光里。三人的个子都很高，其中一位的外套被厚实的胸膛绷得紧紧的，晒黑的脖子支在浆过的衣领上。另一个人明显年纪较轻，长着一张红脸和鹰钩鼻子。

舍伍德·安德森从树荫下迈步朝那三人走去。

那位年轻一点的男子把手插进口袋里，冲着哥哥们微笑着，然后转身朝长凳上的女人和孩子走去。那个长着一头淡金色头发，小手小脚裹在工装裤里的小男孩朝他飞奔过来。

后记

第二年安德森出版了最后一本小说《基蒂·布兰登》，主人公是一位来自阿巴拉契亚山脉神秘而美丽的女人，她喜爱美丽的服饰，辗转于数家工厂打工干活，搭车环游在各个州。后来她跟了一个私酒贩子，成为私酒集团车队里的领头司机。这本书的销量平平，评论界认为这是一本失败之作。

1941 年 2 月 28 日，舍伍德·安德森和他的妻子伊莲诺乘船去南非旅行。登船后的一天晚上，安德森在吃冷菜的时候误吞了一枚牙签，后来发展为严重的腹部梗阻和腹膜炎，八天后，在巴拿马的一家医院里，舍伍德·安德森去世了。

西弗吉尼亚最大的私酒集团首领杜灵兄弟，哈伯德·杜灵和保罗·杜灵最终被认定为是在 1933 年 12 月 23 日早晨谋杀杰弗逊·理查兹的凶手。他们的兄弟弗兰克·杜灵在往西弗吉尼亚市场运送一批富兰克林县的私酒时遭到理查兹的高速追捕。那次追捕造成了弗兰克·杜灵的身亡，而杜灵兄弟向来是有仇必报。这项指控留有许多疑点，数年后，有其他人宣称对理查兹的死负责。其中包括哈利·博尔斯，他曾向数人，并在自己的自杀遗言里承认他和另外一人受雇于他人谋杀了理查兹。人们推测这出自卡特·李的授意。

弗雷斯特继续经营着黑水加油站，麦琪负责柜台，埃弗雷特·狄龙负责油泵。外人从未见过他们之间表现出任何亲昵的情感。此外，他仍旧帮助父亲和兄弟们打理烟叶地，酒水仍不断地流经他的加油站，只是数量大不如前。

霍华德搬到了马丁斯维尔，在那里的纺织厂里找到了工作。这些年以来他仍在火鸡山上保留了一座蒸馏器，每年夏天，他跟兄弟几个会上山酿一小批酒。露西后来生了四个健康的孩子。

艾米·邦杜兰特高中毕业后搬到了新泽西州的纽瓦克，以打字工作为生，她跟另外两名女子共住一间公寓，后来结了婚，又离了婚。

杰克·邦杜兰特接手了父亲的商店，在雪湾种植烟叶，饲养牲畜，偶尔邀请弗雷斯特过来吃晚餐。弗雷斯特的腹部在吃完饭后会隆起一块，刚吃下去的食物会从胃里漏出来。在那次枪击事件后，乡下的赤脚庸医缝上了他的皮，却忘了缝上他的胃。所以在吃完饭的几分钟后，一块葡萄柚大小的肿块会从他的肚脐上隆起。杰克的大儿子惊异于这神奇的一幕，小家伙伸手戳着肿块，弗雷斯特微笑着，尽管这让他难受不已。

1941 年的一天晚上，在帮父亲卖完牲口之后，弗雷斯特穿过将杰克家的地同格兰维尔家的地分隔开来的一片滩地，不慎一脚踩进了结冰的雪湾，冰冷的河水淹到了他的腋下。他在黑暗中朝山上走去，等到了杰克的家，所有人都已吃过晚饭上床就寝。杰克要给他弄点热的东西吃，让他换上干衣服，被他拒绝了。他坚持去后屋上床睡觉，说明天一早他一定是第一个起床的，当时他似乎对这桩意外感到十分尴尬。

第二天早晨，杰克的大儿子，那个10岁的小男孩猛地惊醒过来，他的姐姐莉和贝蒂·路易斯，还有弟弟伯比·乔仍在熟睡中。他最小的弟弟格兰维尔·托马斯二世即将在来年出生。

房间里冰冷而漆黑，没有任何动静，可小家伙似乎觉察到大厅里有什么人或是什么东西，墙壁上仿佛传来了那东西的脉搏，一阵冰冷的震颤。小家伙爬起身，静静地穿上衣服，没有踩到几个弟弟妹妹。储藏室的门半开着，这间屋子离壁炉最远，所以屋里的温度很低。

男孩看见屋子角落里一张窄窄的小床上躺着一个身影，旁边是一架祖父亲手做的碗橱，白铁皮的柜门上凿着通风孔；还有一箱母亲的画，简单的风景油画。男孩摸到了一只靴子，就挂在床边上，靴子冰冷而微潮。男孩轻轻地踩着地板走上前，以免吵醒整个屋子。弗雷斯特的脸从黑暗中显现出来，像一块蒙上了蓝色面罩的石头。他睁着眼睛，嘴巴僵硬地皱着，一脸难受的表情，一只手抓着床单，另一只手握着脖子，指甲已经变成了紫色，上面覆着一层薄薄的冰。

几年后，麦琪去世了，根据记载，她和弗雷斯特已经秘密结婚有十多年了。

男孩站在黑暗的屋子里，只听到自己的呼吸声和心跳声。他害怕，而又孤单。他注视着弗雷斯特的肩膀，男孩有着淡金色的头发，距离很开的双眼，酷似父亲和伯父们的鼻子。从他两条腿的长度能看出将来他会长成一个高个男人，就像他的伯父霍华德。

男孩从他的肩膀上望去，望着我们。

男孩被吓坏了，一动不动，不知道该做什么。

只有弗雷斯特知道我们在这里，知道我们正在看着。

这个男孩是我的父亲，安德鲁·杰克逊·邦杜兰特二世。